国家出版基金项目
NATIONAL PUBLICATION FOUNDATION

大家读大家

主编 丁帆 王尧

文本与阐释

〔美国〕夏志清 著

译林出版社

图书在版编目（CIP）数据

文本与阐释 /（美）夏志清著．—南京：译林出版社，2023.9
（大家读大家系列 / 丁帆，王尧主编）
ISBN 978-7-5447-9788-7

Ⅰ.①文…　Ⅱ.①夏…　Ⅲ.①中国文学－文学评论－文集　Ⅳ.①I206-53

中国国家版本馆CIP数据核字（2023）第113895号

本书受"南京大学人文社科资助项目"资助。

文本与阐释　[美国] 夏志清 / 著

主　　编　丁　帆　王　尧
策　　划　江苏明哲文化发展有限公司
译　　者　石晓林　等
责任编辑　许　晔
校　　对　张　堃
责任印制　闻媛媛

出版发行　译林出版社
地　　址　南京市湖南路1号A楼
邮　　箱　yilin@yilin.com
网　　址　www.yilin.com
市场热线　025-86633278
排　　版　南京展望文化发展有限公司
印　　刷　镇江恒华彩印包装有限责任公司
开　　本　850毫米×1168毫米　1/32
印　　张　10.5
插　　页　4
版　　次　2023年9月第1版
印　　次　2023年9月第1次印刷
书　　号　ISBN 978-7-5447-9788-7
定　　价　69.00元

序

丁 帆 王 尧

在2017年的文化生活中，“大家读大家”无疑是关键词之一。我们和明哲文化公司策划的“大家读大家”丛书第一辑出版，有效促进了文学领域的“全民阅读”。这一辑中最早出版的毕飞宇《小说课》一时风生水起，随后出版的李欧梵、张炜、马原、苏童、叶兆言、王家新等诸位大家的作品与之相呼应，成为2017年的一道风景线。在这非凡气象的背后，我们又紧锣密鼓地策划了现在读到的“大家读大家”丛书第二辑。

“大家读大家”丛书的策划包含着这样两层涵义：邀请当今的人文大家（包括著名作家、某个领域内的专家）深入浅出地解读中外大家的名作；让大家（指普通阅读者）来共同分享大家的阅读经验。前一个“大家”放下身段，为后一个“大家”做普及与解惑的工作，这种互动交流的目的，就是想让两个“大家”来合力推动当下的“全民阅读”，使其朝着一个既生动有趣，又轻松愉悦获得人文核心素养的轨道前行。

在我们儿时并不丰富的阅读记忆中，《十万个为什么》或许是最重要的一套书。我们在轻松、愉悦的阅读中获得了一些科普常识，萌生了探究世界的好奇心，潜移默化养成了我们看世界的视角。这是曾经的“大家”读“大家”的历史。我们常与一些作家、批评家同仁闲聊，谈起为普及科普知识，一些科学家绞尽脑汁地为非专业读者和中小学生写书但并不成功的例子，很是感慨。究其缘由，我们猜度，或许就是长期以来我们培养的科学家缺少人文素养的熏陶和写作技巧的训练，理性思维发达，感性思维欠缺，甚而缺少感性表达方式。没有自己的语言表达方式或者无法表达自己，是一种很大范围的文化危机。究其原因，多年来文学教育的缺失是其一，没有诗和远方，国民整体文学素养凝滞，全社会人文素质缺失。这是当下亟待克服的文化危机。

我们也在这样的危机中，又心怀拯救危机的理想抱负。百无一用是书生，但书生有书，读书，写书。倘若中国当下杰出的人文学者，首先一流作家和从事文学研究的专家学者，换一种思维方法和言说方式，重返文学作品的历史现场，用自身心灵的温度和对文学的独特理解来体贴经典、触摸经典、解读经典，或许会奏出不同凡响的音符；在解读经典的同时，呈现自己读书和创作中汲取古今中外文史哲大家写作营养的切身感受，为最广大的普通作者提供一种阅读的鲜活经验……如此这般，作者和读者岂不快哉！于是，我们试图由文学阅读开始，约请创作领域里的著名作家和艺术家以及文史哲艺学科门类术业有专攻的优秀学者，分别撰写他们对古今中外名家名著的独特解读，以期与广大的读者诸君携手徜徉文化圣殿，去浏览和探究中国和世界瑰丽的文化精神遗产。

已经与大家见面的丛书第一辑，是一批当代著名作家的读书笔记或讲稿的结集。无疑，文学是文化最重要的基石，一个国家和民族可以缺少面包，但是不能没有文学的滋养。文学作为人们日常精神生活不可或缺的人文营养补给，是人之生存和持续发展的精神食粮。作为专家的文学教授对古今中外名著的解读固然很重要，但是，在第一线创作的作家们对名著的解读似乎更接地气，更能形象生动地感染普通的读者与大中小学的学生——这是我们首先推出当代著名作家读大家的文稿的原因。

如今，许多大学的文学院或中文系都相继引进了一批知名作家进入教学科研领域，打破了“中文系不是培养作家的摇篮”的学科魔咒。在大学里的作家并非只是学校的“花瓶”，他们进入课堂的功能何在？他们会在什么层面上改变文学教育的现状？他们对于大学人文教育又有什么样的意义？这些都是绕不过去的问题。其实，这是中国现代大学的一个传统，我们熟悉的许多现代文学大家同时也是著名大学的教授。这一传统在新世纪得以赓续。十年前复旦大学中文系引进王安忆做创作专业教授的时候就开始尝试曾经行之有效的文学教育模式。近些年许多大学聘任驻校作家；北京师范大学成立了由诺贝尔文学奖得主莫言主持的国际写作中心；苏童调入北师大，阎连科、刘震云、王家新等也进入中国人民大学文学院。

在策划这套丛书的过程中，我们首先做了一个课堂实验，在南京大学请毕飞宇教授开设了一个读书系列讲座，他用自己独特的感受去解读中外名著，效果奇好。毕飞宇的课堂教学意趣盎然、生动入微，看似在娓娓叙述一个作家阅读文本时的独特感知，殊不知，其中却蕴涵了一种从形下到形上的哲思。他开讲的第一篇就是我们几代人都在初中课本里读过学过的名作《促织》，这个被许许多多中学、大学教师嚼烂了的课文，却在他口吐莲花的叙述中画出了一道独特的绚丽彩虹，讲稿甫一推出，就在腾讯网上广泛传播。仔细想来，这样的文本解读不就是替代了我们大中小学师生们都十分头疼的写作课的功能吗？不就是最好的文学鉴赏课吗？我们的很多专业教师之所以达不到这样的教学效果，最根本的原因就是他们只有生搬硬套的“文学原理”，而没有实践性的创作经验，敏悟的感性不足，空洞的理性有余，这显然是不能打动和说服学生的。反观作为作家的毕飞宇教授的作品分析，更具有形下的感悟与顿悟的细节分析能力，在上升到形上的理论层面时，也不用生硬的理论术语概括，而是用具有毛茸茸质感的生动鲜活的生活语言解剖经典，在审美愉悦中达到人文素养的教化之目的。这就是我们希望在创作第一线的作家也来操刀“解牛”的缘由。

丛书第一辑的作者，都是文学领域的大家。马原执教于同济大学，他在课堂上解读外国作家经典，讲稿出版后深受广大读者的欢迎。还有王安忆和阎连科也是如此。这两位作家的书稿原本也在第一辑出版，因为体例和内容原因，王安忆老师的书稿由人民文学出版社另行出版了。阎连科在当代作家中是个“异数”，他的小说和散文，都以独特的方式创造了另一个“中国”。如果读者听过阎连科的演讲，就知道他是在用生命拥抱经典之作。他对世界文学经典的解读另辟蹊径，尊重而不迷信，常有可圈可点之处。我们期待有机会出版阎连科的文稿。哈佛荣休教授李欧梵先生，因学术的盛名，而使读者忽视了他的小说家、散文家的身份。李欧梵教授在文学之外，对电影、音乐艺术均有极高的造诣，其文字表达兼具知性与感性。收录在丛书中的这本书，谈文学与电影，别开生面。张炜从九十年代开始就出版了多种谈中国古典、现代文学，谈外国文学，尤其是俄罗斯文学的读书笔记，他融通古今，像融入野地一样融入经典之中，学识与才情兼备。才华横溢的苏童，不仅是小说高手，他对中外小说的解读细致入微，以文学的方式解读文学，读书笔记如同他的小说散文一样充满了诗性。叶兆言在文坛崭露头角之时，就是公认的学者型作家，即便置于专业人士之中，叶兆言也是饱学之士。叶兆言在解读作家作品时的学养、识见以及始终弥漫着的书卷气令人钦佩。王家新既是著名诗人，亦是研究国外诗歌的著名学者，他用论文和诗歌两种形式解读国外诗人，将学识、情怀与诗性融为一体。我们这些简单的评点，赢得了读者的认同。我们将陆续推出当今著名作家解读中外大作家的系列之作，以弥补文学阅读中理性分析有余而感性分析不足的遗憾，让更多的普通读者也能从删繁就简的阅读引导中走进文学的殿堂。

我们现在读到的“大家读大家”丛书第二辑，收录了夏志清、王德威、白先勇、宇文所安、孙康宜、胡晓真、田晓菲、张小虹几位大家的书稿。他们无论身份是作家、学者，还是学者兼作家，几乎都是文章高手。用英文写作的宇文所安，是海外研究中国文学的大家，在他即将从哈佛大学荣休之际，出版他的大作，也是向他致敬的一种方式。值得注意的是，白先勇先生、胡晓真女士、张小虹女士，他们或有祖国宝岛台湾的生活经历，或长期在台湾的研究机构和大学从事教学研究，一样的母语写作，但有不完全一样的表达。彼岸学者、作家的阅读经验和修辞方式，自然而然丰富了我们汉语的表达。夏志清、王德威、孙康宜（她的部分文章是英文撰写）、田晓菲兼具中国文化和西方文化的背景，他们的阅读和写作，为我们提供了多元文化背景的参照。无疑，不少从事文学研究的学者也擅长生动的语言表达，他们对中外著名作家作品的解读在文学史的定位上更有学术的权威性，这类大家读大家同样是重要的。但我们和广大读者一样，希望看到的是他们脱下学术的外衣，放下学理的身段，用文学的语言来生动地讲解中外文学史上的名人名篇。

即将出版的“大家读大家”丛书第三辑，内容集中在外国文学。在解读世界文学名人名篇之时，我们不但约请学有专攻的外国文学的专家学者执牛耳，还将倚重一批著名的翻译大家担当评价和解读名家名作的工作，把他们请进了这个大舞台，无疑是给这套丛书增添了一道亮丽的风景线。新文学百年来翻译的外国作家作品可谓是汗牛充栋，但是，我们的普通阅读者由于对许多历史背景知识的欠缺，很难读懂那些皇皇的世界名著所表达的人文思想内涵，在茫茫译海中，人们究竟从中汲取到了多少人文主义的营养呢？抱着传播世界精神文化遗产之目的，我们在“大家读大家”丛书里将这一模块作为一个重头戏来打造，有一批重量级的学者和翻译大家做后盾，我们对此充满信心。

近几十年来，许多史学专家撰写出了像黄仁宇《万历十五年》那样引起了广大普通读者热切关注的历史著作，用生动的散文笔法来写历史事件，此种文章或著作蔚然成风，博得了读者的喝彩，许多作家也参与到这个行列中来，前有余秋雨的文化大散文《文化苦旅》，后有夏坚勇的历史大散文《湮没的辉煌》和《绍兴十二年》。我们试图在这套丛书中倡导既不失史实的揭示与现实的借镜功能，又有笔墨生动和匠心独运的文风，让史学知识普及在趣味阅读中完成全民阅读的使命。这同样有赖于史家和作家们将春秋笔法融入现代性思维，为我们广大的普通读者开启一扇窥探深邃而富有趣味的中外历史的窗口，从中返观历史真相、洞察人性沉浮，在历史长河中汲取人文核心素养。

哲学虽然是一个枯燥的学科，但它又是一个民族人文修养的金字塔，怎么样让这个可望而不可即的灰色理论变成绿叶，成长在每个读者的心头呢？这的确是一个难题，像六七十年前艾思奇那样的普及读本显然已经不能吊起当代读者的胃口了。我们试图约请一些像周国平那样的专家来为这套丛书解读哲学名家名作，找到一条更加有趣味的解读深奥哲学的快乐途径，用平实而易懂的解读方法将广大读者引入中国哲学和西方哲学名人名著的长河中，让国人更加理解哲学与人类文化休戚相关的作用，从而对为什么要汲取人文素养有一个形而上的认知，这恐怕才是核心素养提升的核心内容所在。

艺术本身就是有直观和直觉效果的学科门类，同时也是拥有广大读者群的领域，我们有信心约请一些著名的专家与创作大家共同来完成这一项任务，我们的信心就在于许多作者都是两栖人物——他们既是理论家，又是艺术家，在美术、书法、音乐、舞蹈、戏剧、电影、电视等艺术门类里都有深厚的人文学养和丰富的创作经验。

“大家读大家”丛书的策划、写作和出版，是一个长期而艰巨的工程，我们将用毕生的精力去打造它。我们希望这套丛书成为我们民族人文核心素养提升的一个大平台，为普及人文精神开辟一条新的航道。

非常感谢译林出版社和明哲文化公司为“大家读大家”第二辑所付出的心血，使得本丛书顺利出版，以飨读者。

向写作的大家致敬！

向阅读的大家致敬！

目 录

《红楼梦》导论

一

《红楼梦》是一部最伟大的中国小说，它最初出版于一七九二年。从李汝珍的《镜花缘》到刘鹗的《老残游记》，晚清时期委实出现了许多著名小说，而民国期间，中国小说则接受了西方的影响，向着新的方向发展。但即便是最好的现代小说，在广度和深度上也难以与《红楼梦》相匹敌。因为，除了少数例外，现代中国作家尽管拥有所有新的艺术技巧，但由于缺乏哲学方面的抱负和未能探索到更深的心理真实，更多的依然是传统主义者。一个精通传统文学的学者为了表示对当代中国作品的轻视，总会这样问："近五十年来产生的作品哪一部能够同《红楼梦》相比？"但人们也可以针锋相对地反问："在《红楼梦》产生以前，有哪部作品可以与它相比？"回答同样是否定的。大约六十年前[1]，在最初一

1　本篇选自夏志清著《中国古典小说》，初版于一九六八年。

批将西方思想运用于中国文学研究的中国人之中，大学者王国维毫不含糊地断言,《红楼梦》是唯一的一部饱含悲剧精神的辉煌巨著。但是，王国维主要是深感于《红楼梦》作者对于人类在这苦难世界生存的意义所作的不懈探求。而在这一部小说里，哲学和心理学是紧密相连、不可分离的——在中国文学中,《红楼梦》不仅是一部最能体现悲剧经验的作品，同时也是一部重要的心理现实主义的作品。

《红楼梦》的作者曹雪芹和《儒林外史》的作者吴敬梓是同时代人，但比他年轻。他们生活的环境迥异，彼此互不相识，但在中国小说发展的特殊关头，他俩都共同感受到一种强烈的驱动——朝着现实主义道路更进一步发展，并且在更大程度上利用他们个人的经历。但是，作为一个运用一种更加纯粹的现实主义手法、风格更为简洁的讽刺作家，吴敬梓仍然采用现存的故事和趣闻去丰富小说的情节，增强想象力。而曹雪芹的小说则犹如诗歌和寓言，风格也更加口语化、更加详赡，同时他坚决避免利用第二手资料，并且更加深入地开掘个人生活经历。吴敬梓的兴趣在于肯定隐逸文人的理想和抨击世俗社会的罪恶，由此他使得自传条理化了。杜少卿做出一系列的姿态，甚至偕夫人同游姚园也是一个姿态。读者由此足以了解杜少卿对妻子情深意笃，以及他的超凡脱俗的行为，而在更近的距离内描写他的婚姻生活则会有损于他作为一个傲世独立的文人的形象。我们知道，吴敬梓曾在南京的妓院里挥霍过不少钱财，但是，如果在描写杜少卿时也将这一方面的个人经历一并写进去的话，势必会又一次玷污他的形象。因而，在吴敬梓的自画像中所略去的，正是坦白的成分，而真实地描写个人生活，再现更加隐秘的内心实际，恰恰是自传性小说所必需的。曹雪芹这样做了，正因为这一点，曹雪芹成为反对中国小说非个人传统的远为激进的革命者。在晚明时期，描写个人经历的散文和回忆录已十分流行，但尽管如此，《红楼梦》仍然是第一部大规模地利用个人生活经历的中国小说。《红楼梦》第一回开篇的一段评论，甚至在初版时，就非常巧妙得体地与正文衔接在一起。

> 自己又云："今风尘碌碌，一事无成，忽念及当日所有之女子，一一细考较去，觉其行止见识，皆出我之上。我堂堂须眉诚不若彼裙钗，我实愧则有余，悔又无益，大无可如何之日也。"

这种坦白的、忏悔的语气是令人吃惊的。

早在四十五年前，胡适就开始了对于《红楼梦》自传性质的最初探讨，并促使人们对于一切与作者可能有关的材料进行精细的研究。但是至今我们对曹雪芹身世的了解甚至比对莎士比亚身世的了解还要少。对于作者生活中出现过的许多女子，虽然她们在小说中的重要地位使得注释者十分关注，但我们除了只能依据小说中的评论加以推测外，实际上是一无所知。然而由于曹雪芹出身于曹氏家族，这个大家族的好几代都是清朝皇帝的侍从，因此有足够的档案材料保存了下来。我们可以据此来重现曹雪芹的家庭背景。曹雪芹的曾祖、祖父、伯父和父亲都任过皇家织造官（这是一个很有油水的肥缺），先是在苏州上任，后到南京。祖父曹寅是文人学士的恩主，本身也是一个诗人。康熙南巡时，连续四次以南京曹寅的家为行宫，这使曹寅耗费了大量的钱财。不过，曹寅却得到了其他赚钱的肥缺来填补他的费用。

曹雪芹本名霑，生年不详。对他的生年，当今学者最有影响的两个假定时间，一是一七一五年，一是一七二四年，但我更倾向于认为他出生当在一七一六年到一七一八年之间。康熙之后继位的雍正皇帝对于曹家远非友善，一七二八年，曹雪芹的父亲曹頫被雍正革职抄家，大批财产被没收。然后，曹雪芹七岁到十二岁之间，和父母一同迁居北京。此时他们已家道衰落，但仍与满族的贵族们保持联系。绝大多数的研究者们认为，一七三五年乾隆皇帝继位之后，曹氏家族曾重新受宠，但是在一七四六年左右，当曹雪芹开始写他的小说的时候，他早已迁居北京西郊，生活窘困潦倒，曹的家庭可能在此之前又遭一次灾难性打击并且之后再也没有恢复元气。作者曾经极其贫困，他的一些朋友，著名的如满族兄弟敦诚、敦敏写下了一些关于他平时为人的诗和杂记，从中可见作为一个诗人和画家，曹雪芹喜欢饮酒，而且健谈。根据另一个满族人裕瑞的记载，雪芹皮肤黝黑，身材胖大，全然不似他小说中那个清秀漂亮的主人公。曹雪芹去世的时间极有可能是一七六三年二月十三日。从敦诚写的挽诗来看，在他去世前几个月他遭到丧子的不幸（这个孩子极有可能是第一个妻子生的），续弦夫人在他之后去世，而关于这位夫人我们所知道的也不过如此。

如果说现代研究至今还没有发现多少关于曹雪芹的身世的确凿事实的话，那么近年来《红楼梦》的一些重要手稿出现，则使我们能够在某种程度上客观地再现它的创作历史。然而，许多重大的疑难问题至今仍然未能解开，而且，根据少而又少的资料作多而又多的主观臆测的一些早期的观点流行甚久，以至于一种新的更合理的理论还不能迅速获得普遍的认可。但是，为了正确地理解这部小说，关于它真实作者的情况以及早期的版本必须加以详细的描述，尽管其中有许多仍是臆测的。

《红楼梦》直到曹雪芹死后近三十年，才在一些对曹氏家族完全陌生的人的主持下，以标准的一百二十回本的形式出版。其中的前八十回曾以“石头记”为题，甚至在曹雪芹活着的时候就在他的朋友中流传。这八十回通常是手抄本，其中包括曹雪芹的一个近亲，笔名为“脂砚斋”的人所作的评点。此人显然享有特权，每当《红楼梦》的一些章节写好后他便有幸立刻读到，而且在作者生前和死后的很长一段时间内，在不同的场合对这些章节加以讨论。根据脂砚斋的评点以及作者亲友们的为数很少的评论，前八十回确为曹雪芹所作这一点是无可置疑的了。

但是，后四十回仍然是个问题，尽管评点家脂砚斋看过八十回之后的一些情节的手稿，然而完整的章回在作者生前显然没有问世。甚至在他死后，绝大多数流传的手抄本也仅有八十回。因此，一般读者大众所能得到的完整版本只有程伟元、高鹗一七九一年刊行的版本（实际上是一七九二年出版的）。程、高二人深恐读者询问后四十回的著作权问题，为此在这一版以及两个月后印行的修订版的前言里，他们向读者说明程伟元多年来如何搜求散佚的手稿，又是如何请高鹗来帮助编纂整理成这四十回的。如果按照现代编辑的通常方式，他们应该提供详细资料说明每一批手稿是何时从何人手中得到的，哪些手稿是作者的手迹，哪些不是，并且确切地说明作了哪些编辑工作。假如这样，所有后来关于后四十回的可靠性的争论也就是多余的了。但由于程、高二人提供的信息简略而又含糊不清，而且由于迄今为止绝大多数的迹象似乎都表明曹雪芹仅仅完成了前八十回，因此，现代流行的看法，如同我们现在所持的观点一样，是高鹗续写了后面的三分之一。根据这种观点，高鹗主要是依据前八十回的发展线索续写的，当然，在续写时他一并吸收了新发现的原作者的手稿，但绝大多数学者都是最低限度地估计了程伟元实际拥有的手稿的数量。

但是由于最近发现的原始资料，我们今天得知程伟元和高鹗力主这部小说的完整形态应为一百二十回是不错的。当题为《石头记》的脂批手抄本广为流传之时，题为《红楼梦》的一百二十回改写本甚至在程、高刊行他们的版本之前亦未逸失。我们在一七九一年以前的几种书目中发现了这一迹象，尽管直到一九五九年才发现一册这样的抄本。此本现已用一种豪华的珂罗版重印，共十二卷，题名为《乾隆抄本百廿回红楼梦》，在附加的扉页上注明的实际日期是一八五五年。这个抄本的原本缺第四十一回到五十回，后来被人补抄了上去以使全书完整。其中一页上有题字，极有可能是高鹗的手迹，这表明他已看到过这种版本。退一步说，即便这题辞是伪造的，这部抄本毕竟在脂批本和程高本之间提供了一个联系的纽带，价值是无可估量的。虽然这个抄本中的前八十回正文（除了添加的十回外）与脂批本所差不多，但后来又作了删改，结果删改后的文本与程、高本大致相同，令人不解的是这种相同的程度在一七九二年的版本中，比之一七九一年的版本要更高一些。同样，其中作为最后修订过的后四十回与程、高本几乎完全相同，尽管没有其他抄本用来与原抄本作一比较。再者，虽然抄写原稿的工作是几个人合作的，但整个一百一十回的修订工作却是一人所为。修改的程度全书轻重不一，有的章节改的多，有的改的少，但许多章节几乎没作什么改动。基于这些发现，范宁在珂罗版的刊后语中强调说这个抄本是程、高二人为准备刊行《红楼梦》而制作的副本之一。这还不是最后的誊清本，因为它与一七九二年的标准版本只是百分之九十九的相同。

范宁的假设未必能赢得学术界的赞同。俞平伯（他早期的著作《红楼梦辨》曾鼓动人们把高鹗看作一个伪造者，具有很大的影响）曾在一篇文章中就这个本子是否就一定是在程、高指导下所准备的表示了很大的怀疑。然而，在他对这个抄本的详细考证中，他仅限于讨论前八十回，而对后四十回保持缄默。他赞同这一结论，即这个本子中的旁批可能抄自一七九二年的版本，但是，这个本子的原始手稿是在程、高开始他们的编订工作之前还是之后，对此他的态度则是比较暧昧的。人们一定会认为关于这一抄本的最根本问题在于要证明后四十回原始抄本的来历，如果它们并非出自程、高之手，那么是谁编定的呢？是曹雪芹，还是身份不明的某个编者呢？

可是，这个抄本的存在却证实了俞平伯的这一看法：高鹗并没有续作后四十回。俞是在为《红楼梦八十回抄本》所写的序言中试探性地提出这一观点的。他在《谈新刊〈乾隆抄本百廿回红楼梦稿〉》中，又重申了这一观点，这等于全部抛弃了他早期的主张：

> 这里不妨进一步说，甲、乙两本皆非程、高悬空的创作，只是他们对各本的整理加工的成绩而已。这样的说法本和他们的序文引言相符合，无奈以前大家都不相信它，据了张船山的诗[1]，一定要把这后四十回的著作权塞给高兰墅，而把程伟元撇开。现在看来，都不大合理。以前我们会发现即在后四十回，程、高对于甲、乙两本的了解也好像很差，在自己的著作里会有这样的情形，也是很古怪的。

1 张问陶（号船山）是高鹗的好朋友，他的诗《赠高兰墅同年》上有一条评语说《红楼梦》八十回所有章节都经高鹗“补”过，这个含义不明的“补”字既有“修补和改动”之义，又有“完成”之义。

假如一百二十回抄本的发现所带来的结果最终否定了高鹗续书的说法的话，那么这就取得了很大的成就：四十多年来的红学研究就是由于这一未受到检验的假定而弊陋百出，成效甚微。不过，对于学者来说，否定高鹗续作仅仅意味着对后四十回的作者进行重新研究的开始。长期以来，曹雪芹被视为一个反封建的革命作家而受到中国批评家的礼赞，然而这则神话只有在这种情况下才能说得通，即他只写了前八十回，此时他作品中主要人物的最终命运还没有任何把握能够确定和弄清。在“五四”时期，许多学者（俞平伯是其中突出的一个）就已不能忍受后四十回中那种主观臆测的与封建礼教的妥协，以及那种道教和佛教的遁世主义的情调。出于相同的原因，之后的批评家对此继续予以谴责。既然现在高鹗不能再作为一只替罪羊，那么最好的办法似乎仍是保住曹雪芹作为一个假定的文学名著的作者的美好声誉，而不能把它看作一部和反封建思想相抵牾的作品。

更为严重的是，研究者们极不情愿将后四十回确定为曹雪芹所作，因为后四十回文本好几处在情节的发展上和对人物性格的解释上与前八十回不能吻合。可是，为了削弱这一论点的力量，人们可以说前八十回也绝非是一个紧凑连贯、天衣无缝的整体。假如前八十回有许多小小的差异和不连贯、不一致之处，那么后面的章节在一些枝节问题上与之进一步不相符，则不会太令人大惊小怪。虽然程、高二人给小说的前八十回带进了不少错误，但将程、高本与脂批本相对照，就可以看出更多的错误是不经意地出自作者本人。我们从脂批本的评语中得到的印象是作者热衷于频繁的修改。我们有种种理由认为他当有充裕的时间写完这部小说，因为，根据庚辰本上的一条评语，评点者早在一七五六年六月就批阅了第七十五回。这时距曹雪芹去世还有七年。在这段时间里他居然就没能完成这部小说，这无论如何令人难以相信。但根据脂砚斋的说法，曹雪芹至死一直在修改他的小说，以至于第二十二回未能完工。实际上前二十二回之中纰漏甚多，其中许多必定是零敲碎打地修改的结果。

人们现在一般都赞成这种看法，即小说中的主人公贾宝玉是作者和评点者混成肖像的写照。根据脂砚斋的带有更多个人感情色彩的评论，我们推测他一定亲眼看见或亲自涉入了曹氏家族许多的生活情景，而这些情景则以小说的形式被记录了下来。根据新近引起广泛注意的两种意见，这个评点者或者是作者的叔父，生于一六九七年或更早一些，或者是作者的表姐，亦即《红楼梦》中那个活泼放达的史湘云。但是，这两种推测最后都被年轻的、极其锐敏的红学家赵冈所驳倒。与此同时，赵冈还提出一个新的人物，总有一天，这个人物将被作为真正的脂砚斋而为红学界普遍接受，这个人就是曹寅的孙子、比曹雪芹年龄稍长一些的曹天佑。他和曹雪芹一同在南京长大，很可能与曹雪芹有许多脂评中所提到的共同的经历和体验，再者，这位堂兄藏有一个珍贵的红砚台，如此便可以解释他的笔名：脂砚斋。

由于脂砚斋提供了极其珍贵的关于作者及其作品背景的资料，

因而他几乎与曹雪芹本人一样为现代学者所关注。以前红学界的批评风尚是，每当高鹗的“续作”与脂评者认为应该包括在作品里的情节发生矛盾或没有把这些情节包括进去时，研究者们总是要指责高鹗伪作的罪过。但是，除去作为一个提供资料的角色之外，可以认为脂砚斋对作者来说是一个讨厌的人。如果曹雪芹继续修改他的作品以满足他的艺术良心，那么这样做在某种程度上也就满足了脂砚斋，后者在一处评点中表明他曾令作者删去一个重要的章节，为的是保存他们的一个亲戚的好名声，这人就是小说里的秦可卿。曹雪芹于是删除了这一章节，可是却没有进行全面的修改。如果曹雪芹确实未能完成他的小说，脂砚斋亦有部分的责任。

曹雪芹和脂砚斋两人都倾心于重温往事。但他们之间基本的区别还是应当强调的：一个怀着勇气和激情将自己的过去诉诸笔端，另一个则颇有些感伤地对作品加以评论。尽管脂砚斋偶尔表现出批评家的敏锐，但他惯于追忆那些引发出小说某些章节的人物和事件，而且似乎因此而产生共鸣并感到一种强烈的震动。可是，如果说脂砚斋内心深处实际上是要一个往事的忠实记录而不是要一部小说的话，曹雪芹则一定感觉到那么一种难以抗拒的冲动，情不自禁地要去表现他自己心目中所想象的世界。对于任何一个伟大的作家来说，他首先是忠实于他自己的想象的冲动，这种冲动也并不一定等同于他坦白和忏悔的冲动。为了达到他的目的，他可以尽量改写他的个人经历：他没有义务去详细地描述关于他个人和家庭的事实真相。如果没有脂砚斋，曹雪芹也许会更加孤独，但从另一方面来说，他也就不会如此经常地轻易乱改他的想象。

尽管有脂砚斋的干扰，《红楼梦》本质上依然是一部极为统一完整的杰作。在后四十回中，所有主要女性的命运皆与前面的预言相符。在这样一部规模宏大、结构复杂的小说中存在着一些较次要的差异，一方面是由于作家的疏忽，另一方面也由于这样一个事实：作家真正在埋头创作的时候常常会背离原先设计的情节。后四十回似乎有时忽视了评点中的一些暗示，这很可能是作家没有同评点者商量而最终作了改动的缘故。但是既然脂砚斋可能早就看过所有的手稿，也许有一个更早的草稿，在那里面，贾家的财产被没收充公之后，贾宝玉和贾氏家族结局穷困潦倒。因此，许多学者认为，鉴于目前这种文本的结局并没有灾难未消的暗示，在作品问世之前确为某人修改过。

赵冈发现了一个很有意义的情况：虽然曹雪芹在他逝世前七八年就写完了八十多回，但仅前八十回有评点而且得以流传，而小说的后一部分似乎是有意不使问世。这后一部分赤裸裸地描写了贾家所遭受的虐待，由于这种描写可能会冒犯当局，为使作者及其家庭免受文字狱之累便有意不会让它流传。在乾隆年间，这种严苛的文字狱常有发生。作者死后数年，一次乾隆皇帝在满族豪族中偶然得到这本小说的一种手抄本，并对之表现出极大的兴趣。有位与作者关系密切的人感到有责任去提供一个政治上不会有风险的版本以便免除任何犯上之嫌。假如这部小说在作者死后确实有一些大规模的改动的话，那么就有可能是按照赵冈假设的那种方式发生的。为支持这种假设，我们在甲戌本的前言中找到一则明确否认小说政治兴趣的声明："此书不敢干涉朝廷。凡有不得不用朝政者，只略用一笔带出，盖实不敢以写儿女之笔墨唐突朝廷之上也。"

为了就作品的诸多版本及其作者问题提供基本的事实和更为合理的假设，我无意去评说当今红学研究中所有的争论和猜测，因为这对于一般的读者无甚帮助。尽管有各种很有价值的发现，这门研究却一直因它对于曹雪芹的偶像崇拜而引人注目。显然，曹雪芹是值得领受我们最崇高的敬意的，因为他的小说是中国文学中最重要的一部想象之作。长期以来，连那些通常不大关注白话小说的文人学者也无不对一百二十回本的《红楼梦》推崇备至。（时至今日，最流行的版本仍然是一七九二年出的程、高本，虽然就前八十回而言，学者们一般都更喜欢脂砚斋的文本。最好的评点本是四卷本的辑评本，其中也包括了后四十回。）既然没有后四十回我们便无法估价这本小说的伟大，那么，对后四十回进行批评攻击并且仅仅根据前八十回来褒奖作者，我认为这是文学批评中一种不诚实的做法。如果曹雪芹生前的确没有完成他的小说，或者我们不满于大体上仍出于作者之手的后四十回，那么我们对他的天才及成就的评价也应作相应的改变。但是任何一个公正的读者，只要在读这部小说时没有对其作者问题抱有先入之见，那他就不会有任何理由贬低后四十回，因为它们提供了令人折服的证据，证明了这部作品的悲剧深度和哲学深度，而这一深度是其他任何一部中国小说都不曾达到的。

二

由于《红楼梦》是一部十分复杂的小说，我们的评论最好还是先从介绍它的最重要人物，考察它的情节中最精彩的场面开始。小说所描写的是一个大贵族之家贾府的事，如同曹雪芹家一样，贾府世代享受皇室的恩宠。贾氏家族分为两支：一为宁国府，一为荣国府。两府都在京城，宅第相连。宁国府名义上由贾敬掌管，他是个道家信徒，一味迷信炼丹术，最终也因此而送命。他的儿子贾珍、孙子贾蓉，皆是酒色之徒。统辖荣国府的是贾老夫人，王际真的英文译本干脆叫她女族长。她有两个儿子，贾赦和贾政。贾赦的儿子贾琏，是个享乐主义者，贾琏娶了极其精明能干的王熙凤为妻。尽管王熙凤初时在管家理财和迫使情敌自杀等方面都获得成功，但这个俊俏而充满活力的女人最终也只落得个抱病而死。贾府后来被锦衣军查抄，财产充公，这一灾难性的打击与王熙凤的恶行劣迹有关，她对此负有很大一部分责任。

贾老夫人另一个儿子贾政，身有官职，是这个大家庭中唯一的一个正人君子。他是一个性情孤独、视野狭窄的人，但不能否认他的正直。小说开始之前，他就失去了一个极有前途的儿子贾珠，很自然地，他对妻子王氏所生的小儿子寄予厚望，希望他用功学习，为日后的科举好生准备。但是宝玉，这个小说的主角，自幼受到祖母、母亲和其他女亲戚的溺爱，憎恶循规蹈矩地学习，而喜欢和堂、表姐妹及女仆们厮混。宝玉有个表妹黛玉，娇弱而美丽，为贾老夫人所钟爱，宝玉自孩童时就与她嬉戏相伴。数年之后，又一位貌美的表姐住进了荣国府，这就是宝钗。无论宝玉在黛玉面前如何屡屡信誓旦旦，黛玉也总将宝钗视作自己的情敌并感到非常不安。由于她沉溺于自怜自爱不能自拔，渐渐损坏了健康，宝钗便取代她成为宝玉的未婚妻。但婚礼的举行却并未给宝钗带来欢乐，因为宝玉此时已变成了一个白痴。心碎如割的黛玉也在他们举行婚礼之夜抱恨而终。

后来宝玉终于痊愈，并且中了举人，但他在应试之后并没有回家，而是离弃了尘世，出家做了和尚。孤寂的宝钗只能以腹中之子自慰。忠实的女仆花袭人也伤心不已，最终与宝玉的一个伶人朋友结成了美满姻缘。另一个女仆晴雯，也是宝玉十分喜爱的女子，早在宝玉成婚之前便含冤染病而死。

上面所说的梗概自然是将重点放在三角恋爱的故事上的，这可能会给人一种错误的印象，即《红楼梦》只不过是一个结局悲惨的平常浪漫故事。实际上，《红楼梦》与其他中国古典小说之区别正在于它对于人物的强烈兴趣，甚至在描写那些无足轻重的人物时也不因循陈规，而是将他们描绘得栩栩如生。在清代初期流行着不少老一套的浪漫传奇小说，但宝玉和他的两个表姐妹虽然都是才貌双全，却全不同于这些小说中的男女主人公。那些才子佳人尽管才貌俱佳，但却缺乏个性，通常都是以婚姻幸福为其结局。在某种意义上说，《红楼梦》可以看作是对这些才子佳人小说有意识的反抗。在第五十四回中，两个女说书人试图说一段新书来取悦贾母，贾母笑道：

> “这些书就是一套子，左不过是些佳人才子，最没趣儿。把人家女儿说的这么坏，还说是‘佳人’！编得连影儿也没有了。开口都是乡绅门第，父亲不是尚书，就是宰相。一个小姐，必是爱如珍宝。这小姐必是通文知礼，无所不晓，竟是‘绝代佳人’，只见了一个清俊男人，不管是亲是友，想起他的终身大事来，父母也忘了，书也忘了，鬼不成鬼，贼不成贼，那一点儿象个佳人？”

对那些“佳人”的伦理偏见也许是贾母自己的，但作者借她之口道出了对陈腐的才子佳人故事的厌恶。

在《红楼梦》之前，只有一部小说描写一个不和谐的大家庭的命运，这就是《金瓶梅》。虽然从梗概中看不出它们之间的相似，但《红楼梦》委实从《金瓶梅》那里受惠甚多。曹雪芹可能对《金瓶梅》很有了解，因为他的评点者曾四次提到《金瓶梅》并作了专门的比较。作者从《金瓶梅》所学到的，主要是对日常生活的现实主义描绘艺术，这样一种技巧，即通过对那些表面上看来似乎无关紧要的日常琐事的描写来铺展小说，重点描述对一个家庭来说不同寻常的日子，如生日和节日，因为在这些日子里一般都有重要的事件发生。可是，《金瓶梅》却粗糙而单调，而《红楼梦》则是精巧而生动。在《金瓶梅》中，亲朋好友设宴聚会至多不过听听流行的曲子或者叙谈一些佛教的因果报应故事，要不然就是逗乐胡闹。而在《红楼梦》中，起码青年人显示出很高的文化素养。每当聚会之时，他们的谈吐总是文雅机智，富于诗才，且坦诚而风趣。这种差别不仅仅表明这两个大家庭的社会地位的悬殊，它同时也表明，比之《金瓶梅》的作者，曹雪芹对中国传统中历史悠久的智性和审美的关注要敏感得多。

因此，曹雪芹并不仅仅满足于叙说一个重要的自传性故事，而是进一步力图要以现存的中国文化思想观念为尺度来检验这个故事。这样就有可能表现出各种各样的矛盾态度，尤其是在性和浪漫爱情方面。儒家的学说重视婚后家庭生活的外在方面，对于放纵情欲和具有浪漫性质的情感纠葛则深表不满，因为儒学认为人的首要责任是将其才能报效家庭和国家。佛教、道教则强调从所有对尘世的迷恋中，包括从情爱中超脱出来。（作者一直未能将佛教道教细加区别，甚至认为佛教神秘的正宗与道教的鼻祖老、庄都坚持要清心寡欲、超凡脱俗，因而本质上是同一的。像吴敬梓一样，曹雪芹并不喜欢流行的佛教和道教。）然而，在纯文学的传统中，自《诗经》以降，男女之爱向来受到同情的关注，而在流行的小说戏曲中甚至连对极端纵情声色的方式也暗中予以同情。因此，在《红楼梦》中，即便主人公最终出家为僧的决定加重了佛教、道教关于个人解脱的学说在作品中的分量，浪漫思想和儒家思想也是得到强调的。作者对中国诸种形形色色的思想流派的兼容并蓄也许使小说变得纷然杂陈、含蓄朦胧，但这也正是小说所以伟大、所以丰富复杂的一个必要条件。

毫无疑问，曹雪芹有意地让他的主人公继承那种个性反叛的浪漫传统。在第二回里，冷子兴和贾雨村这两个朋友侃侃而谈贾府中的事情，小说借此向读者介绍了尚未出场的重要人物。当谈及贾宝玉的性格时，贾雨村立即将他归入中国历史上一群特殊的男女之中，这些人身上充满着一种正、邪二气兼备的特殊活力：

> 假使或男或女偶秉此气而生者，上则不能为仁人为君子，下亦不能为大凶大恶。置之千万人之中，其聪俊灵秀之气，则在千万人之上；其乖僻邪谬不近人情之态，又在千万人之下。若生于公侯富贵之家，则为情痴情种。若生于诗书清贫之族，则为逸士高人。纵然生于薄祚寒门，甚至为奇优，为名娼，亦断不至为走卒健仆，甘遭庸夫驱制。

贾雨村随之列举了中国历史和传统中的许多人物，隐士如许由；

诗人如陶潜、阮籍、刘伶；皇帝如唐玄宗、宋徽宗；画家如倪云林、唐寅；美女如卓文君、红拂、薛涛等。在愤世嫉俗、憎恶官场方面，其中有些人可以作为《儒林外史》的主人公的榜样，但从总体上说，他们又是一类文学典型，其性情比理想的逸士要浪漫得多。宝玉脱离凡尘后，他的笃信儒学的父亲对自己的儿子也作出了与贾雨村相同的评价。

尤其是，作者对饱尝痛苦的情侣们的深广同情，使得他跻身于王实甫、汤显祖一类浪漫传统的杰出倡导者的行列。作者在《红楼梦》的几个场面中，引用了《西厢记》和《牡丹亭》中的名句，这些名句回荡在整部小说之中，似乎预示着浪漫的结局。的确，无论是宝玉还是他的表妹，都不敢效仿这两部剧作中比他们远为大胆的情侣们，而对于儒家伦理道德唯唯而从的宝钗，对他们则明确地予以非难。但宝钗自幼便受到这些剧作的熏陶，而她表面上对传统道德的顺从恰恰更有力地表明她对自己富于诗意的早熟和浪漫憧憬的有意的抑制和隐瞒。《西厢记》和《牡丹亭》都为剧中的情节安排了幸福的结局，就这方面而言，曹雪芹将具有相同社会地位，同样富于浪漫色彩的情投意合的男、女主人公置于悲惨的绝境，这或许可以说是旨在真实，比之他的前辈更进了一步，使作品具有更为复杂深刻的社会内容和哲理意义。在《牡丹亭》里，爱情无惧于死亡，幻梦成了两情相系的先导。在《红楼梦》里，情侣们也做了许多梦，但这些幻梦常常变成可怕的梦魇。

曹雪芹对中国传统的反应是复杂的，为了谐和，他大量地运用寓言和象征手法。在第一回，宝玉如同孙悟空一样，被置于一个开天辟地的神话之中。女娲在炼石补天之时，单单剩下了一块很有灵性的石头未用。这块石头悲叹自己的命运并憧憬着尘世的快乐。顽石变成了一块美玉，最后又在一个和尚和一个道士的帮助下，投胎到贾家出世，这便是我们的主人公宝玉。在出生之前，宝玉居于警幻仙子的宫中，他十分喜爱一株绛珠草，每日以甘露灌溉。这株草后来便成了一个仙女，立誓要报答灌溉之恩，倘若与他一起下凡，将以一生的眼泪作为酬报。这个仙女，便是后来的黛玉。在通篇小说中，那个癞头跣足的僧人和那个跛足蓬头的道士定时出现，在尘世间芸芸众生沉沦之时，笑弄警醒他们，尤其关心宝玉那与生俱来的象征他的精神本质的玉石。

在第五回里，作者继续写他的寓言。他把主人公安放在全书中最为人称颂的一段梦幻之中。宝玉当时仅十来岁，一日造访宁府，定要在贾蓉之妻秦可卿的卧室里睡午觉。随后梦见一仙女，也叫可卿。如同前面曾提到的，关于秦可卿的故事在仓促修改时被删去了，结果尽管她后来久病而死，但仍有迹象泄露隐情，即在早期的版本中，她与其公公贾珍通奸，事情暴露后上吊自尽。但她在其他方面仍是一个最关心贾府生计的有德性的女子，甚至在她死后也经常出现在她最好的朋友凤姐的梦中，向她发出厄运将至的警告。因此，作者似乎让她仿效李瓶儿，李瓶儿也是久病而死，她的魂灵也出现在西门庆的梦中并劝告过他。而于现在这段寓言故事中，秦可卿却是个集众美于一身的美的化身。太虚幻境中秦可卿也是叫作“兼美”。宝玉刚见她时，见她既有宝钗的妩媚动人，又有黛玉的风流秀雅，大为震惊。(如同小说实际描写的一样，秦可卿的确令人联想起钗、黛二人，与黛玉一样，她也是一个孤女，体质纤弱，袅娜娇美；而谦恭有礼、深得长幼喜爱，则如宝钗。)作者似在说明，在宝玉更深地卷入女主角命运的漩涡之前，幻境中的秦可卿应能令人满意地使宝玉在爱情上得以醒悟。

为使秦可卿的房间与当时的情境相吻合，作者让这个房间布满了历史上著名的美女和臭名昭彰的荡妇们所用过的器具摆设，如西施、武则天、杨贵妃等人用过的器物。在这种富于暗示的环境中，宝玉迅即入睡，来到了警幻仙姑所掌管的太虚幻境。在这里，他首先浏览了关于贾府中约十五名女子的命运的谶语和画册，但当时并不明其意。然后，按照宝玉祖先的要求，警幻仙子充当一个儒学说教者的角色，训斥宝玉，说他是天下古今第一淫人。警幻仙子将“淫”和“情”加以区别，她当然知道宝玉对性的无知，但对她来说，恰恰是由于宝玉势将沉溺其中的那一段风流痴情(这种风流痴情使这些承继浪漫传统、不从习俗的男女主人公备受折磨)，因而宝玉的命运越发显得危险。将宝玉训斥一通以后，警幻仙子将他介绍给她的妹妹秦可卿，秘授以云雨之事，以便使他领悟，此仙闺幻境之风光尚然如此，何况尘世之情景呢？从今后，万万解释，改悟前情，“留意于孔孟之间，委身于经济之道”。

宝玉与可卿两情缱绻，难舍难分。但不久遭到一群野兽和恶魔的追赶，前面横着一条黑溪，难以通过，宝玉胆战心惊，急呼“可卿救我”，顿然觉醒。秦可卿当时正在房中，心中暗暗惊奇，怎会有人知道她的小名。

梦中的结局还有另一种含义。这一点警幻仙子并未明确指出，但是在小说的发展进程中却相当重要，这就是将儿女痴情以及任何对于人生的迷恋，看作是与弃世脱俗、淡泊寡欲水火不相容的迷惑之源。那条黑溪叫作“迷津”，这是佛教术语，而那些野兽和恶魔当然是指驱使人陷入迷津的情欲。在小说里，儒家伦理纲常的主要代言人是贾政，宝玉并不听从他的教诲。但当爱情和对于他周围许许多多不幸的人的同情使他日益陷入那个痛苦的世界之时，他渐渐为佛家和道家的弃世思想所吸引，以至于对他来说，最根本的悲剧性冲突来自相反的两股力量——对于人间不幸的同情和对于人世的超脱，来自两者之间的激烈搏斗。

可是，曹雪芹是一位非常出色的心理学家，因此他无法成为一个十足的寓言作家。紧接着梦境说教之后的一段现实主义场景描写，无疑是对上面那段寓言的一个讽刺。当晚，在梦境中被预先警告过的宝玉便哄袭人与他偷试云雨之情，对梦境中与秦可卿的柔情蜜意的回忆完全取代了对野兽恶魔的恐惧。再往后几回，作者在描写一桩风月情事时，又回到寓言式的笔调上来，但仍然带有讽刺意味，再一次表明人一旦陷于情欲便不能自拔。贾瑞，一个穷塾师的孙子，沉溺于对凤姐的无望的恋情之中。他厚颜无耻地渴望做她的情人，遭到这个倨傲自负的女人的屡次惩罚以致病入膏肓。后来那个神秘的跛足道人送他一面“风月宝鉴”，以为治病之用。镜子的一面现出一具骷髅，表明贪色所必将带来的后果；另一面现出的却是百依百顺的凤姐在里面呼唤他进去做爱，贾瑞禁不住诱惑，不断走进镜子的这一面，自然也就送了命。

在小说的发展进程中许多年轻的恋人丧生。作者对他们的死与其说是予以道德的谴责，不如说是表示遗憾和悲哀，哀叹青春的热情每每成为体弱多病和精神极端脆弱的征候。甚至就贾瑞而言，与其说他的故事是对所有失恋青年的一个可怕的警告，毋宁说他是一个任人捉弄的可怜的牺牲品。

喜欢现实主义的同情而不喜欢赤裸裸的寓言说教的读者一定会得出这样的结论，单单根据这段现实主义的叙述，便足见这与其说是用丑陋不堪的色彩描写情爱，不如说是勾画爱情道路上的种种障碍：贪婪、仇恨、好色淫荡，以及社会制度的冷酷残忍。当然在这一段叙述文字中，“情”与“淫”一直有着明确的区别。淫荡之徒无论是贾珍、贾琏，还是宝钗的哥哥薛蟠，虽然他们一心追求的只是肉欲的满足，但无论他们如何放纵情欲，也依然身体精壮。沉溺声色往往是他们耽于其他罪恶的先兆。他们不顾廉耻，也不管别人如何看法，显得活得很快活，因为他们不是能够进行道德反省的人。而对于多情的人来说，他们的爱情绝不仅仅出于肉欲，因此，他们毫无例外地要遭受许多痛苦。他们孤苦无援，成为那些粗俗下流之辈种种阴谋诡计的受害者，而且，与冷酷的肉欲主义者不同，他们的体质和精神、心理都很脆弱，于是不是因为爱恋而耗尽生命（如秦钟），就是因着羞惭而自杀身死（如女仆司棋、尤三姐）。在读这些次要角色的爱情故事时，读者感到并非是作者对真正的爱情不够尊重，而是因为他将真正的爱情看作是一种骨子里脆弱的东西，在残暴酷虐的命运的撞击下不堪一击。尤三姐在与周围的酒色之徒进行反抗斗争时始终表现出坚定勇敢的道德精神，她独特的个性使她丝毫也不能忍受她所爱的人对她不信任，虽然这种不信任是可以理解的，因为他仅是根据道听途说，而对她那种时时准备奉献给他的无私的爱则一无所知。她感情冲动地饮剑自尽，而柳湘莲则在悲哀和幻灭之中抛弃尘世随跛足道人出家漫游。从逻辑上说，柳湘莲不可能感到爱情的幻灭，因为他几乎还没有开始去感受爱情那诱人的温馨——他的行动更清楚地表明了对这世界的一种深恶痛绝，在这个世界里，真正的爱情一贯遭到破坏，是不可能实现的。

因而，小说中关于爱情和淫荡的图解式的描写，趋于这样一种程式：那些陷于粗鄙下流的情欲坑中的人根本不想解救自己（贾雨村是个例外，这个庸俗无耻的官僚在这个寓言故事中的重要性使他有资格最终遇见道家高士），而那些专注于情爱的人却全部遭到毁灭，他们的爱情之花如果能有机会开放，一定能向超凡脱俗的思想提出正式挑战，从而给小说带来另一种结局（作者的同情使我们完全有理由这样期待），但小说并未这样安排，而是让那些“情种”悉遭灭顶之灾，以便为佛教和道教的伦理道德留下表现自己的余地。因而不管它们的范围如何相同，主题看起来如何相似，《红楼梦》是与《源氏物语》和《追忆似水年华》不同的小说。在后两部小说中，爱情得到了充分的发展，从最初的迷恋到后来的厌腻或者憎恶：紫姬、斯万和马塞尔他们经过热烈而长久的爱情最终却感到郁郁不乐，感情空虚。《红楼梦》里的情人们绝无那种成熟的眼光：他们或者一直沉浸在青春期痛苦的渴望之中，或者未及品尝海誓山盟的甜蜜滋味便寻欢做爱，主人公最终得到的悲剧性认识与肉体的欲望几乎已没有任何联系。

与流行的看法相反，宝玉实际上并非是一个大情种。在小说中，他的主要作用也并非是充当一个情人。虽然警幻仙子预先向他警告过性欲的严重危险，而他后来的行为，无论怎样异端不轨，并没有沾染上性欲的污垢。确实，在他十来岁时，与花袭人就有过不正当的性关系，但这件事明白无误地说到只有一次，后来几乎未再提起。作者在这方面的缄默正强调了这一点，即对他的主人公来说，性欲本身并不是重要的。宝玉从女子身上得到的肉体快乐丝毫也不会改变他对她作为一个人、一个朋友的那种尊重。在莎士比亚《把精力消耗在耻辱的沙漠里》（十四行诗之一二九）这首著名的十四行诗里，爱情主要是从占有和破坏这一方面来看的，而宝玉正是因为完全摆脱了这种毁灭性的激情，才得以成为他周围所有姑娘的至交。那些淫徒色鬼与情人鬼混仅仅是为了他们自己的快乐，与此相反，宝玉对所有的姑娘都公平无私，一样关心。他得知秦可卿的死讯时，极度悲伤，竟至吐出血来。对那些冷眼旁观的读者来说，这意味着他二人有着特殊的关系。但是宝玉对书中所有可爱姑娘的夭折，都是悲伤之至，这是他特有的秉性。如对女仆金钏儿的死，对尤三姐和晴雯的死，莫不如此。宝玉深知贾府宅院之中男人们的所作所为，所以他早就作过这样一句有名的评论：男人们是泥做的骨肉，女儿们是水做的骨肉。男人充满粗野的欲望，情感污浊；而女人（至少是在迷人的青春时光）却楚楚动人，坦诚正直，虽然这一切都不一定靠得住。可是，尽管他说出了这样的警句，但几乎所有年长的妇女和绝大多数已婚的女人，在他看来却又自私狡诈，与一般耽于肉欲的男人一样粗俗不堪。所以，当面对一位姑娘时，宝玉心中就充满了赞美和怜惜之情——赞美她们的天生丽质和敏慧聪颖，同时对这一切过早的消失又感到深深的怜惜。不得已的婚姻将使那些丽质仙姝黯然失色；随之而来的，如果她还幸运地活着的话，则照例是安心消受那些由贪婪、嫉妒、怨恨所带来的低劣的乐趣。宝玉的思想中很少带有肉欲的成分，他内心隐秘的意愿与美国小说中那位甚为人称道的青年主人公颇为相似：做一个“麦田里的守望者”，将那些可爱的少女从习惯势力中、从淫荡的边缘拯救出来。（从霍尔顿·考尔菲德厌恶任何形式的假言假行、从他的青年时代、他的极端敏感，以及他的同情心等各个方面来看，两相对照，十分明显。）

宝玉得到他身边的所有姑娘的信任和友情，这并不是因为她们都将他看作情人，而是因为在男人中间唯有宝玉同情她们的境遇，理解她们的心事，尽管他举止娇憨，胸无大志，并且动不动就不高兴，耍性子，她们都知道他绝不是粗鄙冷酷之人。宝玉最终以“愚”和“痴”而出名，因为他与人在一起厮混或参与某事时往往心不在焉，神思恍惚，为此姑娘们甚至取笑他，其实这是主人公的自我超越，是他特具的能力，许多姑娘也都有英雄气质，且心地高尚，但她们都缺乏主人公这一最重要的天赋——自我超越的能力。

借用简·奥斯汀的话来说，大凡小说中的女性形象，或以见识而瞩目，或因敏感而出名。在与宝玉关系最为密切的四个女性中，宝钗与袭人都是明白事理的人；而跟她们相对的，黛玉和晴雯却是敏感的，神经质的，不切实际的。黛玉和晴雯也都年纪轻轻便香消玉殒，而她们的对手却继续活着以享天伦，由于读者一般都是同情失败者，传统的中国文学批评一概将黛玉、晴雯的高尚与宝钗、袭人的所谓虚伪、圆滑、精于世故作为对照，尤其对黛玉充满赞美和同情。近代批评家主要将这部小说看作是对封建罪恶所发出的革命性的抗议，但人们不无惊讶地发现，他们也像传统的评论家一样坚持对宝钗和袭人持有不满和仇恨的态度。而今宝钗和袭人被称作封建走狗，尽管她们真正的罪行还是因为夺走了黛玉的婚姻幸福以及生命。

这种带有偏见的批评反映了中国人在对待《红楼梦》问题上长期形成的习惯做法。他们把《红楼梦》看作是一部爱情小说，并且是一部本应有一个大团圆结局的爱情小说。出于这种感情用事的看法，人们觉得宝玉和黛工真是天生一对，十分般配，却终未能成其美好姻缘，这太令人遗憾了。可是，如果人们仔细阅读这部小说，就可以发现早在失意于长辈之前，黛玉就已是怏怏不乐，心绪不宁了。甚至在那些无忧无虑的日子里，她与宝玉每一次见面，结局往往不是误会便是争吵，而且这些不断的争吵并没有贝特丽丝和培尼狄克之间、米拉贝尔和米勒曼特之间那种充溢在争吵之中的浓郁的喜剧情调[1]。对于黛玉来说，这些争吵充满悲苦，令人肝肠寸断。这是因为她与宝玉二人尽管趣味相投，性情气质却截然相反。宝玉好动，富于同情心，最能自我超脱；而黛玉则以自我为中心，神经过敏，最终招致自我毁灭。宝玉被她吸引并不仅仅是由于她的纤纤娇弱之美，也不仅仅是由于她的诗人的细腻和敏感，还由于她那与他正好相反的特性——多疑多忌和自我纠缠。这与宝玉那种开朗活泼的性格完全两样，因此宝玉对黛玉的爱情始终带有一种无尽的悲哀的色彩。即使他俩结成了姻缘，就“姻缘”这个词所包含的浪漫含义来说，他们也是不可能幸福的。如果宝玉继续爱她，那在很大程度上是出于同情，就像陀思妥耶夫斯基的《白痴》中梅什金公爵对纳斯塔西娅的同情一样。

黛玉无疑代表了作者所神往的一种美人类型。除黛玉之外，

1 贝特丽丝和培尼狄克是莎士比亚喜剧《无事生非》中的一对欢喜冤家；米拉贝尔和米勒曼特是英国剧作家威廉·康格里夫代表作《如此世道》中一对颇爱斗嘴的情侣。

至少还有四个女子在容貌和敏感性上可与之相比，她们是秦可卿、香菱、晴雯以及孤标自傲的尼姑妙玉。这五个女子或是孤女，或是过早地离开了父母。其中有两三个是同龄人，并实际上是同日所生。当然，她们各各个性鲜明，命运也不相同。黛玉可以用来和与她同辈的任何一位美人进行比较，但是她那多愁善感的性格则同香菱形成最鲜明的对照。

在第一回里，对于香菱（当时叫英莲）的描写就带有深刻的寓意，尽管她不久便降至次要角色的位置。香菱在孩童之时就被一个骗子拐走，此后便步入苦难的深渊，先是做薛蟠的丫环，然后为妾。她备受薛蟠的妻子金桂的侮辱和虐待，最后在分娩时死去。相比之下，黛玉的环境要好得多。她初进荣国府时父亲尚健在，而且，虽然失去了母亲，她却受到了所有亲戚的怜爱。可是，即便她置身于一片爱的氛围之中，她也有一种不安全感。而备受虐待的香菱却截然不同，每当她被允许到黛玉和她姐妹这边来的时候，她总是显得快活而又无忧无虑。香菱识字不多，但在黛玉指点下写诗大有长进，这全仗她能苦心钻研，专心致志。当反复咀嚼唐诗名句或是自己学习作诗时，她近乎入迷。在众姐妹中，黛玉是公认的诗歌天才，然而她写的东西无不带有自怜自哀的情调。在她最著名的诗《葬花辞》里，她将自己比作是凋零的花儿，怀着一腔孤标自傲、多愁善感的自怜自爱之情，悲吟道："侬今葬花人笑痴，他年葬侬知是谁？"

宝钗一来到贾府，黛玉就立即感到不安。宝钗身上所佩金锁的铭文与宝玉与生俱来的玉石所镌的谶语恰成一对。而且，金锁来历几乎同样神秘：那是她在襁褓中时一个癞头和尚送给她的。金锁和玉石预示着一桩美满姻缘。尽管黛玉明知在众姐妹中宝玉独独爱她，但她仍感到缺少一个象征她与宝玉未来结合的看得见摸得着的证物。因而，一方面，她对她的情敌变得咄咄逼人，不放过任何机会话里带音地提及戴有那个金锁的幸运者，另一方面，对宝玉也变得苛刻起来。她用种种借口要求他表白对她的爱情，毁弃那所谓的金玉良缘。在她不断要求爱情信誓的热望之中，孩子气十足的宝玉才十几岁就迈入了成年。然而任何口头上的信誓都无法保证黛玉所需要的安全。于是，一个最合适的姑娘，在这种物质的证据前越发畏缩，甚至对宝玉最微不足道的情感流露也加以责备。结果，到头来她能够称之为自己的信物的便是两块陈旧的手帕，这是宝玉送给她的，在手帕上她题了三首诗。临终前她将手帕焚烧了——这种信物已被证明是完全无用的了。

然而，黛玉虽然惶惶不安，感到绝望，却仍然对她的命运故意表示冷淡并为此感到十分骄傲。出身于有教养家庭的中国女子是不应该对自己将来的婚姻表现出任何兴趣的，但绝大多数却会向她们的心腹女仆吐露心事。像《西厢记》《牡丹亭》中的女主人公那样冲破礼教的束缚，大胆地去主动争取自己的心上人是很少见的。但是，对黛玉来说，连“婚嫁”这个词都成了禁忌。她不愿谈论她的将来，甚至在她的侍女、她最好的朋友紫鹃面前也不愿谈起，虽然紫鹃屡屡恳求她保重身体，叫她采取积极的步骤去实现她平生的愿望。黛玉十分明白她没有一个强有力的支持者积极地为她考虑，但她宁可独自忍受痛苦也不愿去讨好巴结长辈们。如果说她确实是一个悲剧人物的话，那么她的悲剧就在于她的固执和不讲实际，在于她的违反常情的矛盾：她一方面真心希望和自己的意中人结婚；另一方面又唯恐为此而做的任何努力会招人口舌而损害自己的名誉。对她来说，承认自己在性和相爱问题上的脆弱就等于使自己羞愧得无地自容。结果她的脾气更坏，说话更刻薄，行为举止也更加唐突冒失。后来她疾病缠身，也没有什么朋友，遂又复归于自怜自爱，心想她真正是一个无依无靠的可怜孤儿。

黛玉那种孤苦伶仃的感情纠葛以及她对将来婚事的担心，在八十二回一场梦的描写中得到淋漓尽致的揭示。据考证，这段关于梦的描写当属增补的章节，很难确定就是曹雪芹所作。然而如此卓越的真实心理描写，在《红楼梦》之外，只有陀思妥耶夫斯基小说中的梦境描写才堪与之媲美。

这个梦发生之时，正值宝玉奉父命暂时回到家塾读书。宝玉和他的姐妹们住的大观园里已没有了往日的欢乐，一个又一个悲剧的袭击使大观园变得惨淡凄凉。一天下午，袭人与宝钗家的一个婆子依次来与黛玉谈天，袭人料定自己将来要做宝玉的偏房，想到黛玉很可能是宝玉的夫人，自己将在她之下服侍伺候，心中未免感到不快。于是她就有意试探黛玉，告诉她诸如尤二姐和香菱这些不幸的二房夫人的悲惨故事。那个宝钗家来的婆子一面赞美黛玉，一面不无妒羡地取笑说她与宝玉真是理想的一对，致使当晚黛玉比之往日更为自己的前途忧心忡忡：

当此黄昏人静，千愁万绪堆上心来，想起："自己身子不牢，年纪又大了，看宝玉的光景，心里虽没别人，但是老太太、舅母又不见有半点意思，深恨父母在时，何不早定了这头婚姻。"又转念一想道："倘若父母在时，别处定了婚姻，怎能够似宝玉这般人材心地？不如此时尚有可图。"心内一上一下，辗转缠绵，竟象辘轳一般。叹了一回气，吊了几点泪，无情无绪，和衣倒下。

不知不觉，只见小丫头走来说道："外面雨村贾老爷请姑娘。"黛玉道："我虽跟他读过书，却不比男学生，要见我做什么？况且他和舅舅往来，从未提起，我也不必见的。"因叫小丫头回复："身上有病，不能出来，与我请安道谢就是了。"小丫头道："只怕要与姑娘道喜，南京还有人来接。"说着，又见凤姐同邢夫人、王夫人、宝钗等都来笑道："我们一来道喜，二来送行。"黛玉慌道："你们说什么话？"凤姐道："你还装什么呆？你难道不知道：林姑爷升了湖北的粮道，娶了一位继母，十分合心合意。如今想着你撂在这里，不成事体，因托了贾雨村作媒，将你许了你继母的什么亲戚，还说是续弦，所以着人到这里来接你回去。大约一到家中，就要过去的。都是你继母作主。怕的是道儿上没有照应，还叫你琏二哥哥送去。”说得黛玉一身冷汗。黛玉又恍惚父亲果在那里做官的样子。心上急着，硬说道：“没有的事，都是凤姐姐混闹！”只见邢夫人向王夫人使个眼色儿：“他还不信呢，咱们走罢。”黛玉含着泪道：“二位舅母坐坐去。”众人不言语，都冷笑而去。

黛玉此时心中干急，又说不出来，哽哽咽咽，恍惚又是和贾母在一处的似的，心中想道：“此事惟求老太太，或还有救。”于是两腿跪下去，抱着贾母的腿说道：“老太太救我！我南边是死也不去的。况且有了继母，又不是我的亲娘，我是情愿跟着老太太一块儿的。”但见贾母呆着脸儿笑道：“这个不干我的事。”黛玉哭道：“老太太，这是什么事呢。”老太太道：“续弦也好，倒多得一副妆奁。”黛玉哭道：“我在老太太跟前，决不使这里分外的闲钱，只求老太太救我！”贾母道：“不中用了。做了女人，总是要出嫁的。你孩子家不知道，在此地终非了局。”黛玉道：“我在这里情愿自己做个奴婢过活，自做自吃，也是愿意。只求老太太作主。”老太太总不言语，黛玉又抱着贾母哭道：“老太太！你向来最是慈悲的，又最疼我的，到紧急的时候儿，怎么全不管？你别说我是你的外孙女儿，是隔了一层了；我的娘是你的亲生女儿，看我娘分上，也该庇护些。”说着，撞在怀里痛哭。听见贾母道：“鸳鸯，你来送姑娘出去歇歇，我倒被他闹乏了。”

黛玉情知不是路了，求去无用，不如寻个自尽，站起来，往外就走。深痛自己没有亲娘，便是外祖母与舅母姊妹们，平时何等待的好，可见都是假的。又一想：“今日怎么独不见宝玉？或见一面，他还有法儿。”便见宝玉站在面前，笑嘻嘻的说：“妹妹大喜呀。”黛玉听了这一句话，越发急了，也顾不得什么了，把宝玉紧紧拉住，说：“好！宝玉，我今日才知道你是个无情无义的人了！”宝玉道：“我怎么无情无义？你既有了人家儿，咱们各自干各自的了。”黛玉越听越气，越没了主意，只得拉着宝玉哭道：“好哥哥！你叫我跟了谁去？”宝玉道：“你要不去，就在这里住着。你原是许了我的，所以你才到我们这里来。我待你是怎么样的？你也想想。”黛玉恍惚又象果曾许过宝玉的，心内忽又转悲作喜，问宝玉道：“我是死活打定主意的了，你到底叫我去不去？”宝玉道：“我说叫你住下。你不信我的话，你就瞧瞧我的心！”说着，就拿着一把小刀子往胸口上一划，只见鲜血直流。黛玉吓得魂飞魄散，忙用手握着宝玉的心窝，哭道：“你怎么做出这个事来？你先来杀了我罢！”宝玉道：“不怕！我拿我的心给你瞧。”还把手在划开的地方儿乱抓。黛玉又颤又哭，又怕人撞破，抱住宝玉痛哭。宝玉道：“不好了！我的心没有了，活不得了！”说着，眼睛往上一翻，“咕咚”就倒了。

黛玉拚命放声大哭。只听见紫鹃叫道：“姑娘，姑娘！怎么魇住了？快醒醒儿，脱了衣服睡罢。”黛玉一翻身，却原来是一场噩梦，喉间犹是哽咽，心上还是乱跳，枕头上已经湿透，肩背身心，但觉冰冷……

在这个梦以及小说中其他重要的梦里，曹雪芹对心理意识的挖掘实际已比现代心理学的发现抢先了一步。鉴于传统的中国一贯对潜意识心理不甚了了，作者能够如此，的确是很了不起了。梦里所见到的，黛玉失去了社交的风度和魅力，失去了吟诗作赋的才能和敏锐犀利的机智。她伤心绝望，得不到任何帮助，连那些对她来说意味着傍靠的人也都袖手旁观。自从母亲去世，她住进了荣国府之后，她便很少看到父亲。几年之后，她由贾琏陪同南下去看望身染重病的父亲（这件事在十二回和十四回只稍稍提及），在父亲葬后便立即赶了回来。然而作为一个寄身于亲戚中间的人，她一定会想到如果她的父亲仍然活着而且与宝玉的父亲一样身居要职的话，她也就会重新获得往日的自豪和安全感。这个梦生动而形象地表现了这种愿望。但出于对女性心理的准确了解，作者又让女主人公无意识地将她父亲的富有与一个继母的毫不宽容的敌意等同起来，想见继母用最冷酷无情的方式专横地安排她的未来。（黛玉想象不到自己会做一个妾，但袭人关于尤二姐和香菱的悲惨遭遇的叙述在她的潜意识中却产生了有力的作用，以致她想象自己成了一个鳏夫的妻子。）她转向平日对她十分慈爱的女保护者们，随着梦境中一刹那间的领悟，她揭露了她们真实冷漠的面目。后来贾母、王夫人、凤姐都反对她做宝玉的妻子，她的直觉得到了证实。

然后她又转向宝玉求助，宝玉和往常一样，仍作为一个莽撞冒失的爱情的抗辩者出现。这一次她把他逼得自杀：如果她能看到他的心，她肯定就会满意了。可是宝玉去摸他的心时，心却不见了。这个梦境的最后转折十分含蓄，意味深长。虽然宝玉有着满腔同情，不断地申明自己的爱情，但在黛玉身上，他是否能发现他在晴雯身上所发现的那种异性的吸引力呢？要不付出他生命的代价，宝玉是否能满足黛玉需要得到证据的要求呢？宝玉发现心没有了便立即倒地而死，但假如宝玉剥出了自己的心并将它放到黛玉手中，他是否还活得下去呢？是什么不可抗拒的冲动导致她梦见这种骇人听闻的景象呢？

中国读者习惯将黛玉看作一个令人荡魄摄魂的天仙，一个优雅娇弱的美女和才情横溢的诗人；对于这个世界来说她太脆弱，甚至对那个经常发痴的情人宝玉也是太好了。他们要把她纯粹看作不受丑陋情欲沾染的绛珠仙草的化身。然而这样一种形象是对一个复杂性格的明显的简单化。尽管曹雪芹自己也打算使她成为一个天仙一样美的形象，但当他描绘她日趋严重，最终害及身体的病态情感时，在心理细节上却从不退避。到了黛玉做这个噩梦时，所有青春的迹象都早已离她而去。据她自己表白，一年之中她只有十来个夜晚睡得安宁；同时她又异常倦怠，总是躺在床上直到中午时分。她经常哭得眼睑红肿。这个梦成了她通往死亡道路上的又一个界碑——这天晚上她吐痰时连血也吐了出来。天亮时她叫紫鹃去换一个痰盒儿：

> 紫鹃答应着，忙出来换了一个痰盒儿，将手里的这个盒儿放在桌上，开了套间门出来，仍旧带上门，放下撒花软帘，出来叫醒雪雁。开了屋门去倒那盒子时，只见满盒子痰，痰中好些血星。唬了紫鹃一跳，不觉失声道："嗳哟！这还了得！"黛玉里面接着问："是什么？"紫鹃自知失言，连忙改说道："手里一滑，几乎撂了痰盒子。"黛玉道："不是盒子里的痰有了什么？"紫鹃道："没有什么。"说着这句话时，心中一酸，那眼泪直流下来，声儿早已岔了。
>
> 黛玉因为喉间有些甜腥，早自疑惑；方才听见紫鹃在外面诧异，这会子又听见紫鹃说话声音带着悲惨的光景，心中觉了八九分，便叫紫鹃："进来罢，外头看冷着。"紫鹃答应了一声，这一声更比头里凄惨，竟是鼻中酸楚之音。黛玉听了，冷了半截。看紫鹃推门进来时，尚拿绢子拭眼。黛玉道："大清早起，好好的为什么哭？"紫鹃勉强笑道："谁哭来？这早起起来，眼睛里有些不舒服。姑娘今夜大概比往常醒的时候更大罢？我听见咳嗽了半夜。"黛玉道："可不是？越要睡越睡不着。"紫鹃道："姑娘身上不大好，依我说，还得自己开解着些。身子是根本，俗话说的：'留得青山在，依旧有柴烧。'况这里自老太太、太太起，那个不疼姑娘？"只这一

> 句话，又勾起黛玉的梦来，觉得心头一撞，眼中一黑，神色俱变。紫鹃连忙端着痰盒，雪雁捶着脊梁，半日才吐出一口痰来，痰中一缕紫血，簌簌乱跳。紫鹃、雪雁脸都吓黄了。两个旁边守着，黛玉便昏昏躺下。

在小说的寓意性的构思里，黛玉应以眼泪还债。但是她的眼泪实际上带有自我怜悯的意味，并非出自感激。在一个完满的悲剧人物身上，人们要求有某种崇高的东西——一种仁慈善良或慷慨大度的特质，以及一种自我认识的探求——不管这种探求用了多少时间才达到目的，但最终还是使他认识自己到底是什么样的人。而这种崇高的东西黛玉显然是缺乏的。从智力上看她是能够获得这种认识的（这一点我将在后面说明），但是她过分地沉溺于一种不安全感中，这使她无法用一种客观的自嘲的眼光来看待自己。因而，她在小说中充当的是一个顽梗固执、凄楚悲哀的角色，以充分展示出自我中心意识对人的生理和心理所造成的摧残，无论它被描写得多么富于诗意，多么生动。在上面摘引的那个场面里，如同在九十八回更令人心碎的黛玉之死的场面一样，作者显然对她表露了深厚的同情，但同时他又不吝笔墨，精确而详尽地描绘了她的心理状况。原文中“一缕紫血，簌簌乱跳”的描写，是令人难忘的。

次日早晨，惜春听说黛玉的情况后说道：“林姐姐那样一个聪明人，我看她总有些瞧不破，一点半点儿都要认起真来，天下事哪有多少真的呢？”

当然，小说从头到尾始终贯串着“假”与“真”的对照。与宝玉相对的是一个叫甄宝玉的年轻儒生，他虽然与宝玉同名，却有着许多功名利禄的意念，因而终不似贾家的宝玉“真”，徒有其名。黛玉就其根本而言是一部现实主义小说中的女主人公，但她也被牢牢地置于宗教的幻影之中，对现实真相一无所知。

三

如果说，黛玉一直无法摆脱对未来的婚姻的忧虑，那么，宝玉，如前所说，则希望将所有的女孩子从必将结婚的命运中解救出来。他常常为这一问题感到苦恼：女儿家为什么要嫁人？因此，在小说的色调变得黯淡之前，他觉得最快乐的莫过于与姐妹们举办诗社的时光。他幻想只要他与他所喜爱的姐妹们都能在这样的聚会中得到乐趣，就能驱除结婚的魔鬼。他以此来安慰自己——艺术虽不能改变世界，但他们却能在大观园里亲戚姐妹之间融洽和睦的宁静氛围中为艺术而生活。

事实上，聚会成了小说的一个固定的特色。不仅这些妙龄少女，而且年长的妇女们在社交性的聚会中似乎也都显得更加快乐。这些年长的太太聚在一起往往都只关注着她们私自的问题，只有在节日的喜庆场合，她们才显得高兴，因为在这种时候她们几乎不得不如此。在整个小说中，贾母每次出现都有一大群人前呼后拥地伴随，她通常都是快乐的，直到最后，府中经济拮据，她慷慨解囊，将自己一生积蓄悉数交付家中解危济困。根据她在这种场合下的英雄行为来看，人们不免怀疑她的快乐满足自始至终是有意做给别人看的一种假象，为的是使别人心情舒畅。同样，凤姐在大家聚会之时也总是笑语连珠，装痴作傻，尽管在小家庭范围内她完全是另一副模样。几乎所有的贾家妇女都不得不在家族聚会中勉强表现欢乐，而这种欢乐一般都来自那些幼稚的游戏形式：猜谜语，说笑话，赌酒和傻里傻气的胡诌。显然，只有通过这些游戏，她们才能从成人的负担以及与之相随的丑陋的情感中得到暂时的解脱。

刘姥姥初进荣国府时，面对那富丽堂皇的场面表现出十足的乡下人气，对此，作者有一段精彩的喜剧性描写。对于这段描写，批评家们一直赞不绝口。但依我看来，应该注意的不是这个，而是另一点，即贾府中的太太们都急切希望她和自己做伴，以便从日常事务和沉闷单调的乏味生活中解脱出来。与其说刘姥姥要她们的经济资助和保护，不如说她们需要她作为精神上的调剂。下面一个事件和我的这一论点完全符合：当贾家的几个败家子企图将凤姐的女儿巧姐卖给外藩为妾时，巧姐到乡下刘姥姥之处避难，并且在她的撮合下，与一个纯朴的家道殷实的农民儿子订了亲事。这样，贾府中至少有一支系获得了拯救，在乡村的田园风光中得到了精神上的新生。

然而，即使在节日宴会上也难以尽掩悲哀的色彩。宝玉和众姐妹们的诗社聚会也许算是例外，但只要人们仔细去看，实际上也并非例外。宝玉他们在大观园里过着优裕的隐居生活，在那短暂的时光中，他们企图延缓那步步压来的成年的重荷，诗社聚会便是他们在这方面所作的努力，然而，这种努力却是枉然，由此看来，其中的辛酸便也清晰可见。大观园是为宝玉的姐姐、贵妃元春省亲而建造的。元春为让弟妹们充分享受深居宫中孤寂凄清的她所享受不到的那种友情和温暖，特下谕令弟妹们进园居住，大观园从而成了他们的隐居之所。因为，从象征意义上来说，大观园可以看作是为这些惶恐不安的青少年设计的天堂，以消除他们对即将到来的成年所感到的悲哀。妙龄女郎在这里保持着处女的贞洁纯朴，享受着田园诗般的恬淡宁静，相互间的交往充满了诗意和温馨，而事实上她们正被养育以便送进婚姻市场。其他传统文化中的青少年通常都是急切地大步跨进成年的行列，去接受婚姻和工作的挑战，而这些少女，虽然她们也向往爱情，为将来担忧，但同时却又想无限延长她们天真无邪的岁月，惧怕步入经验的王国。有周围那些不幸的女子为样板，经验对她们来说，首先意味着对她们童稚的欢乐和宁静生活的强奸，意味着带来堕落和不幸的后果。

然而，性爱仍然是她们梦幻和渴望的一个重要组成部分。即使是尼姑妙玉，也做了一场春梦。这个梦预示了她日后最终被流寇所劫持，下落不明。对于其他年轻的女子来说，那只绣着猥亵图案的“绣春囊”的发现，使她们最后从大观园安宁的生活跌进不幸的深渊。对司棋和她的情人、表弟潘又安而言，香袋上的图案仅仅是他们在大观园的树林里几次幽会的纪念品，但对于年事稍长的贾府姑娘们来说，这意味着一个骇人听闻的暗示，即魔鬼撒旦已进入乐园，危及着这些年轻少女受到保护的德行。于是，一批人组织起来进行搜查，家庭的成员不得不撕下假面具，暴露出相互之间隐藏的仇恨。一切都在惩治罪恶、保护清白的名义下进行。

七十三、七十四回绣春囊的发现和抄检大观园，是小说悲剧的转折点：从这时开始，贾府日益为不幸的事件所烦扰，再也不能维持虚假的喜庆和欢乐了。这两回和紧接在后面的几回都属于全书写得最好的部分——曹雪芹在小说其他任何部分都没有像在这些回中这样，在安排吵架的场面方面表现如此的戏剧性，或在描绘悲哀和死亡方面如此地不动声色。特别是，他在这些回里描绘了两个最引人注目，性情躁烈如火、刚直不阿的女主人公——晴雯和探春。此时贾府的人已对痛苦默默忍耐了很久，但当年轻的姑娘们没有一个敢于表示哪怕是最轻微的抗议时，这两个姑娘挺身而出，各自以自己的方式同以王善保家的为代表的邪恶权威进行激烈的对抗。王善保家的是邢夫人的心腹，她负责搜检大观园所有居住者的一切可疑事件。为了讨好巴结王夫人，这个爱管闲事的恶毒女人提出搜查大观园的坏主意，并且中伤晴雯，诬陷她是一个会给宝玉惹麻烦的危险的妖精。尽管晴雯连日来生病不适，这个清白无辜的女仆仍被强行带到王夫人面前并遭到严厉的呵斥。当晚，当王善保家的正在一一细细搜查宝玉的女仆们的衣物时，晴雯再也遏制不住满腔愤怒。

……挨次都一一搜过。到晴雯的箱子，因问："是谁的？怎么不打开叫搜？"袭人方欲替晴雯开时，只见晴雯挽着头发闯进来，嚯啷一声将箱子掀开，两手提着底子往地下一倒，将所有之物尽都倒出来。王善保家的也觉没趣儿，便紫胀了脸，说道："姑娘你别生气。我们并非私自就来的，原是奉太太的命来搜察，你们叫翻呢，我们就翻一翻，不叫翻，我们还许回太太去呢。那用急的这个样子！"晴雯听了这话，越发火上浇油，便指着他的脸说道："你说你是太太打发来的，我还是老太太打发来的呢！太太那边的人我也都见过，就只没看见你这么个有头有脸大管事的奶奶！"

后来，王善保家的又因探春是庶出，有意冒犯她，挨了一记响亮耳光。但这个奴才的最大的耻辱则是：她竭力主张要搜查归案的罪犯不是别人，却是她自己的外孙女儿司棋。由于司棋服侍的是邢夫人的女儿迎春，王善保家的弄得她自己的女主人陷入不利境地。但尽管事与愿违，搜查过后，王夫人和邢夫人又不分青红皂白，对大观园中所有实际的和可能的惹是生非者进行迅速的惩办。司棋被逐，并最后自杀；迎春则被嫁给了一个极端残忍的浪荡之徒；同宝玉的命运密切相关的晴雯在身染重病之时被驱逐了出来。

晴雯被逐出荣国府之后，住在她的姑舅哥哥家，哥嫂俩也是贾府的仆人。晴雯重病在身无人照料，病情很快恶化。一天宝玉偷偷去看她：

> 宝玉命那婆子在外瞭望，他独掀起布帘进来，一眼就看见晴雯睡在一领芦席上，幸而被褥还是旧日铺盖的。心内不知自己怎么才好，因上来含泪伸手，轻轻拉他，悄唤两声。当下晴雯又因着了风，又受了哥嫂的歹话，病上加病，嗽了一日，才朦胧睡了。忽闻有人唤他，强展双眸，一见是宝玉，又惊又喜，又悲又痛，一把死攥住他的手，哽咽了半日，方说道："我只道不得见你了！"接着便嗽个不住。宝玉也只有哽咽之分。晴雯道："阿弥陀佛，你来的好，且把那茶倒半碗我喝。渴了半日，叫半个人也叫不着。"宝玉听说，忙拭泪问："茶在那里？"晴雯道："在炉台上。"宝玉看时，虽有个黑煤乌嘴的吊子，也不象个茶壶。只得桌上去拿一个碗，未到手内，先闻得油膻之气。宝玉只得拿了来，先拿些水洗了两次，复用自己的绢子拭了，闻了闻还有些气味，没奈何，提起壶来斟了半碗。看时绛红的也不大象茶。晴雯扶枕道："快给我喝一口罢，这就是茶了。那里比得咱们的茶呢。"宝玉听说，先自己尝了一尝，并无茶味，咸涩不堪，只得递与晴雯。只见晴雯如得了甘露一般，一气都灌下去了。

宝玉看着，眼中泪直流下来，连自己的身子都不知为何物了，一面问道："你有什么说的？趁着没人，告诉我。"晴雯呜咽道："有什么可说的！不过是挨一刻是一刻，挨一日是一日。我已知横竖不过三五日的光景，我就好回去了。只是一件，我死也不甘心：我虽生得比别人好些，并没有私情勾引你，怎么一口死咬定了我是个'狐狸精'！我今日既担了虚名，况且没了远限，不是我说一句后悔的话：早知如此，我当日……"说到这里，气往上咽，便说不出来，两手已经冰凉。宝玉又痛又急又害怕，便歪在席上，一只手攥着他的手，一只手轻轻的给他捶打着。又不敢大声的叫，真真万箭攒心。两三句话时晴雯才哭出来。宝玉拉着他的手，只觉瘦如枯柴。腕上犹戴着四个银镯，因哭道："除下来，等好了再戴上去罢。"又说："这一病好了，又伤好些！"晴雯拭泪，把那手用力拳回，搁在口边，狠命一咬，只听"咯吱"一声，把两根葱管一般的指甲齐根咬下，拉了宝玉的手，将指甲搁在他手里。又回手扎挣着，连揪带脱，在被窝内将贴身穿着的一件旧红绫小袄儿脱下，递给宝玉。不想虚弱透了的人，那里禁得这样抖搂，早喘成一处了。

宝玉见了他这般，已经会意，连忙解开外衣，将自己的袄儿褪下来，盖在他身上。却把这件穿上，不及扣钮子，只用外头衣裳掩了。刚系腰时，只见晴雯睁眼道："你扶起我来坐坐。"宝玉只得扶他。那里扶得起？好容易欠起半身，晴雯伸手把宝玉的袄儿往自己身上拉。宝玉连忙给他披上，拖着胳膊，伸上袖子，轻轻放倒，然后将他的指甲装在荷包里。晴雯哭道："你去罢！这里腌臜，你那里受得？你的身子要紧。今日这一来，我就死了，也不枉担了虚名！"

一语未完，只见他嫂子笑嘻嘻掀帘进来道："好呀，你两个的话，我已都听见了。"又向宝玉道："你一个做主子的，跑到下人房里来做什么？看着我年轻长的俊，你敢只是来调戏我么？"宝玉听见，吓得忙陪笑央及道："好姐姐，快别大声的。他伏侍我一场，我私自来瞧瞧他。"那媳妇儿点着头儿，笑道："怨不得人家都说你有情有义儿的。"便一手拉了宝玉进里间来，笑道："你要不叫我嚷，这也容易。你只是依我一件事。"说着，便自己坐在炕沿上，把宝玉拉在怀中，紧紧的将两条腿夹住。宝玉那里见过这个？心内早突突的跳起来了。急得满面红胀，身上乱战，又羞又愧又怕又恼，只说："好姐姐，别闹！"那媳妇乜斜了眼儿，笑道："呸！成日家听见你在女孩儿们身上做工夫，怎么今儿个就发起讪来了？"宝玉红了脸，笑道："姐姐撒开手，有话咱们慢慢儿的说。外头有老妈妈听见，什么意思呢？"那媳妇那里肯放，笑道："我早进来了。已经叫那老婆子去到园门口儿等着呢。我等什么儿似的，今日才等着你了！你要不依我，我就嚷起来，叫里头太太听见了，我看你怎么样？你这么个人，只这么大胆子儿。我刚才进来了好一会子，在窗下细听，屋里只你两个人，我只道有些个体己话儿。这么看起来，你们两个人竟还是各不相扰儿呢。我可不能象他那么傻。”说着就要动手，宝玉急的死往外拽。

正闹着，只听窗外有人问道：“晴雯姐姐在这里住呢不是？”那媳妇子也吓了一跳，连忙放了宝玉。这宝玉已经吓怔了，听不出声音。外边晴雯听见他嫂子缠磨宝玉，又急又臊又气，一阵虚火上攻，早昏晕过去。

上面摘录的长长的一段当是这部一百二十回本小说中最精彩的章节之一。其功劳一半要归于编订者高鹗，因为他有力地突出了宝玉在与晴雯永别时的悲怆和哀婉之情，加强了对宝玉在晴雯表嫂粗鄙的猥亵玩弄之下屈辱地听任摆布的冷嘲。（在脂本中，晴雯不是用牙咬，而是用一把剪刀剪下她的指甲来的。而她的表嫂则是一个富于同情心的人，对宝玉的纯洁行为称赞不已。）读者先前或许以为宝玉即便不是一个大情种也是一个拈花惹草的男人，然而这两个对比鲜明的场景则有力地否定了所有这方面的联想。他不仅在一个放肆地挑逗他的女人面前全然手足无措，而且在晴雯的床边也显得颇为被动。他悲不能禁，不能自已。而恰恰是病入膏肓的晴雯主动地表示出她是多么需要他，表示她对他的一腔如火的爱情——她要茶喝；为过去没能表白自己的爱情，空使青春岁月蹉跎荒废而悔恨不已；猛地咬断自己的指甲，挣扎着脱下自己贴身的袄子赠给情人，以作为自己以身相许的象征，而以前的她由于过于坦直和骄傲而未能把爱情献给她的情人。正是这些言辞举动使得她的永别荡气回肠，弥久难忘。比之黛玉、宝钗、袭人来，关于晴雯的描写所占的篇幅极少，但凡在有她出场的情节中，她都是高度个性化了的，因此晴雯可以被认为是作者创造的形形色色的女性形象中最令人叫绝、最为成功的一个。

当然，引用上面这样一段长长的节录，主要在于说明紧跟着搜查大观园而来的一系列悲剧对于主人公的刺激和影响。和晴雯的永别使他深受震动，因此在听到晴雯死去的消息时他悲伤不已也是在情理之中。他写了一篇长长的诔文来悼念她。一个聪明伶俐的小丫头说晴雯变成了一个管花的花神，宝玉也有几分相信。他像个小孩子一样，情愿听信这个虚构的事情，以使自己从悲痛的重压下获得部分的解脱。就此而言，西方读者和现代中国的读者一定会觉得宝玉在家长的权威面前显得过于娇弱柔顺——他痛悼晴雯以及在此之前的金钏儿的悲惨命运，但是对于应对她们的惨死负主要责任的他的母亲王夫人，却从来没有进行过抗争。人们可以想象得到，如果一个西方的主人公处于宝玉的地位会对他的母亲怀着怎样的仇恨。然而，在小说哲理性的构思设计中，宝玉那种女性的敏感和驯从的痛苦正是他精神觉醒的必要条件——如果换一个果决刚烈的人，或许会由于过分沉浸于愤怒之中而不能具备他的那种悲剧性的洞察力。

搜查大观园之后突如其来的一幕幕悲剧使宝玉受到极度的震惊，他不久便病倒了。为保养起见，百日之内不准他出去走动。

然而四五十天之后，作者扼要地叙述道，他“和些丫头们无所不至，恣意耍笑”。不幸的是，关于这种狂欢胡闹却没有任何具体的描写。宝玉百日禁闭出来后对不幸姑娘们的同情和怜悯一如既往，对黛玉的命运也一样关注。从这点来看，作者在他那富于表现力的语言中不可能含有任何放纵情欲的意思，如果这时作者让宝玉像陀思妥耶夫斯基《群魔》中的斯塔夫罗金那样，开始疯狂地放纵情欲以显示他精神的死亡，从而拓展小说的心理广度，这恰恰是最合适的时机。但作者没有这样做，这不能说不是件憾事。

百日禁闭之后宝玉似乎显得精神不振，缺乏生气。当年长的太太们开始郑重其事地议论他的婚事时，他迫于压力重又拿起四书五经之类的书本来。但他的情绪很快落到最低点，这象征性地表现在他身上所佩玉石的神秘失踪上，结果他成了一个奄奄一息的白痴。当悲剧性的高潮事件——黛玉之死和他同宝钗成婚——发生时，他只有任人驱使了。

宝玉在出生之前是一块通灵性的石头，它惊异于人世的奇观异景，渴望步入红尘。作为一块石头的化身，尽管他被假定为耽于肉欲并且屡屡迷失了灵性，但仍然是小说中最敏感的人。失玉之后，他在一种麻木痴呆的状态中完成了他那“掉了包儿”的婚姻。可是数月之后，宝玉复得到了失去的玉，他却死命地挣扎着要去把玉还给那个行踪神秘的送玉之人——那个癞头和尚，这使全家人大为恐慌。用佛道的术语来说，这种举止行为象征着“大彻大悟”和“返璞归真”。但是宝玉决心要抛弃的，不仅是他那世俗的情性，还有他的悲天悯人之心。这样，他便可以了却那段痛苦的尘世纠葛。宝玉悟觉的戏剧性情节无疑表现了世人所处的这样一种悲剧性的二难窘境：一个人获救的代价就是麻木不仁吗？摆在人们面前的有两种选择，或自知无力使人类恢复正常状态从而只好默默忍受，空表同情，或寻求自我解脱，使自己变成一块石头，对周围痛苦的呼号无动于衷。两者之间，哪一种选择更为高明呢？

宝玉重新获得玉石之后，立刻第二次游历了太虚幻境。在一个更富于戏剧性、更有意味的梦幻场景中（关于第一个梦境的说教情调前面已有论述），宝玉又一次见到许多可爱的脱离了尘世的姑娘们，但奇怪的是，这次她们对他的态度，虽谈不上敌对，却是冷若冰霜。他反复默想着她们的命运，以及那些诗词谶语里所暗示的其他在世姑娘的命运。他第一次来时对那些诗词谶语只是迷惑不解，现在弄清其中的含义之后，便心如死灰，听天由命了。宝玉从梦境中出来后完全变了，变成一个极其冷漠的人。他决心割断尘缘。宝钗、袭人的担心和痛苦使他非常痛心，但无法改变他的主意。怀着悲凉的决心，他现在寻求着一条遁入空门的道路，一边又敷衍马虎地履行着人世间的义务。

在宝玉神志恍惚的时候，宝钗和袭人一直忘我地服侍着他。现在她俩都面临着不能理解他的恐惧。往日她们对宝玉的心理了如指掌：她们懂得他的慈悲心肠，原谅他反复无常的感情和离经叛道的思想。她们原以为，凭着一腔忠诚和爱情，她们最终会使他回到仕途经济的道路上来。甚至在他恢复之后，她们仍然一心指望他对死去的人的忧伤会增加他对仍旧活在世上的人们的怜悯和同情。悲剧既已发生，无法再挽回，但他无疑还能够爱护家中那些蒙受苦难的妇女。

除了少数有眼力的人之外，无论是传统的评论家还是当代的评论家都将宝钗与黛玉放在一起进行不利于前者的比较。在一些批评里（除了陈涌的《关于薛宝钗的典型分析问题》这个重要的例外），宝钗形象遭到严重的贬低：与“叛逆勇士”黛玉形成鲜明的对照，宝钗被说成是一个封建主义道德培养出来的狡猾虚伪的阴谋家。这种稀奇古怪的主观反应如前面所指出的那样，部分是由于一种本能的对于感觉而非对于理智的偏爱。宝钗是一个有德行的温顺的姑娘，特别因为她称心如意地得到了宝玉，她的德行便成了对她不利的因素，这一点是不难理解的。但是如果人们仔细检查一下所有被引用来证明宝钗虚伪狡猾的章节，便会发现它们都被有意地加以错误的解释。诚然，宝钗不是一个叛逆者。在一个崇尚儒学的社会里，她理所当然地承担起一个理想的女性角色。她相信文人的职责在于通过仕途经济之路来证明自己的价值。在这个意义上，和宝玉一样嘲笑八股文章和仕途经济的黛玉，的确少一些“庸俗”而为人喜爱。但是，黛玉对于庸俗的嫌恶只是使她的自我中心主义更为严重，而宝钗接受儒学的道德则暗示着对于她自己的诗人情感的抑制。钗黛二人才气相当，她们都幼年丧父，在亲戚家中或多或少都是寄人篱下。如果宝钗尚能在她母亲那里寻求温暖和安慰的话，我们必须注意到她生活在一个很不和谐的家庭中，支配这个家的是她那个愚笨无能而又任性无度、毫无责任感的哥哥。由于她的早熟和家庭中的复杂生活，她或许早已具备了一个圣徒所具备的耐心和谦卑，使她自己成为一个公认的道德模范。她是一个勤于女红的诗人和知识广博的学者，一个在家中忍受着敌意而在外面遭到嫉妒的调解人和对人忠心的朋友。最后，她还是一个完美的妻子，屈从于老太君的意志去服侍一个要死不活的白痴，做出了巨大的牺牲。

尽管既有的批评时尚过分地强调钗黛二人的竞争和对抗，我们必须记住她们公开的竞争在四十五回就结束了。其时宝钗挂念着黛玉正在恶化的身体状况，向她表示了真诚的友情。而以前一直攻击情敌的黛玉，这时也感激地接受了这种友情，并坦率地承认了自己以前对她的好意心存戒备的错误。从这时起，她俩成了最要好的朋友：二人同是她们长辈手中无依无靠的典当品，都没有丝毫力量去把握自己未来的婚姻。即便长辈们选择宝钗作为宝玉的新娘，她们也丝毫没有考虑到宝钗的幸福。尽管宝玉一度曾是个令人称心如意的郎君，但是在婚事刚提起之时他就是一个一时难以恢复健康的重病之人。甚至比起黛玉来，宝钗更是那个残酷的“掉包”计的牺牲品。因为，毫无疑问，仓促安排的婚礼在年长的贾府太太们看来只不过是为恢复宝玉健康而配制的一剂药方而已。薛姨妈不好拒绝这门亲事，但她心中也为女儿感到深深的惋惜。就宝钗自己来说，母亲的话对她就是法律。“宝钗始则低头不语，后来便自垂泪。”虽说有贾母、王夫人和凤姐等人的阴谋恶毒，黛玉最终也只能怨自己损害了健康并首先疏远了和贾母等人的感情；而对宝钗所受的折磨和痛苦来说，唯一要负责任的则是长辈们极端的自私和残忍。

一旦嫁给宝玉，宝钗当然就要全力以赴去改变她无法忍受的处境：使丈夫恢复健康，帮助他恢复正常人的情感。可是宝玉恢复知觉之后，却莫名其妙地冷淡她。她情愿放弃安乐、财富和地位，情愿弃绝夫妇之爱。她所要求宝玉的（也是袭人所要求的），是体贴和慈爱。她最终深感震惊的是，这个人一直有着最可爱的品质，即对苦难的过分的敏感，而现在却对此无动于衷了。重新得到他的精神本质之后，宝玉已经变成了一块石头。

至此，小说将我们引入一场关键性的哲学争论之中。这场争论明确地显示出同情心和自我拯救两者之间的不可调和性。在一百一十八回的前边，惜春和紫鹃决定出家修行，宝玉在一旁为之赞叹，这使得宝钗和袭人伤悲不已。而袭人原以为宝玉要为她二人的出家大哭一场的：

> 却说宝玉送了王夫人去后，正拿着《秋水》一篇在那里细玩。宝钗从里间走出，见他看的得意忘言，便走过来一看。见是这个，心里着实烦闷，细想：“他只顾把这些出世离群的话当作一件正经事，终久不妥！”看他这种光景，料劝

不过来，便坐在宝玉傍边，怔怔的瞅着。宝玉见他这般，便道："你这又是为什么？"宝钗道："我想你我既为夫妇，你便是我终身的倚靠，却不在情欲之私。论起荣华富贵，原不过是过眼烟云；但自古圣贤，以人品根柢为重……"宝玉也没听完，把那本书搁在旁边，微微的笑道："据你说'人品根柢'，又是什么'古圣贤'，你可知古圣贤说过'不失其赤子之心'？那赤子有什么好处？不过是无知无识无贪无忌。我们生来已陷溺在贪嗔痴爱中，犹如污泥一般，怎么能跳出这般尘网？如今才晓得'聚散浮生'四字，古人说了，不曾提醒一个。既要讲到人品根柢，谁是到那太初一步地位的？"宝钗道："你既说'赤子之心'，古圣贤原以忠孝为赤子之心，并不是遁世离群、无关无系为赤子之心。尧、舜、禹、汤、周、孔，时刻以救民济世为心，所谓赤子之心，原不过是'不忍'二字。若你方才所说的忍于抛弃天伦，还成什么道理？"宝玉点头笑道："尧舜不强巢许，武周不强夷齐。"宝钗不等他说完，便道："你这个话，益发不是了。古来若都是巢、许、夷、齐，为什么如今人又把尧、舜、周、孔称为圣贤呢？况且你自比夷齐，更不成话。夷齐原是生在殷商末世，有许多难处之事，所以才有托而逃。当此圣世，咱们世受国恩，祖父锦衣玉食；况你自有生以来，自去世的老太太，以及老爷太太，视如珍宝。你方才所说，自己想一想，是与不是？"宝玉听了，也不答言，只有仰头微笑。

上面这场争论，在中国人的思想观念里一直争执不休。孟子和老子都把赤子之心视为人类美德的标准。但在老子所谓赤子之心不过是无欲、无知，在孟子看来，“赤子”之所以可贵是因为他具备尧舜所有的美德。对孟子来说，爱和同情是人类生活的基本事实，宝钗是这么看的，宝玉在觉悟之前也是这么看的。如果“不忍”不是对于人性的检验，那么什么才是呢？如果一个人拒绝接受他内心最本能的驱使，人性怎能在他身上继续存在呢？宝钗不能够理解这个问题，宝玉也不能在人类推理能力的一般水平上回答这个问题。只有将人类生活置于关于渴望和痛苦的宇宙论的体系中，人们才能明白拯救自我的需要。执著于爱和同情实际上是坚持自欺欺人——在古代原始的道教中原是没有爱和同情的需要的。但宝玉不能对宝钗说出这种话来，那样做，即使对于彻悟了的他来说，也是太残酷了。

所以作为一个悲剧，《红楼梦》又有一种苦涩的讽刺性喜剧的色调。正是它那些令人痛苦的悲剧性事件的积聚使读者承认自己在人类情感面前的脆弱性并且深切地感受到这种脆弱性。可是在出生、病痛和死亡这些关键时刻，却不知从什么地方冒出来个癞头和尚和一个跛足道人，嘲笑读者不能摆脱这些情感。的确，黛玉死时他们没出现，因此，对黛玉之死的描写充满了人情味，令人感到极度的痛苦。但作者设计这样一个极度悲苦的场景也许是别有用意，为的是把女主人公当作一个最终仍未受到道家点化的情欲的牺牲品，从而带有一种哲学意味。她临终前说道："宝玉，宝玉，你好……"表现出决不宽宥的态度，尽管她的情人与她一样孤立无援，是这个世界上最不值得她恨的人。当然，在智力上，黛玉是能够悟出佛道的真谛的。在九十一回，黛玉和宝玉谈禅，言语之中表明她对于佛教的万念皆空的学说有着较深的把握。但具有代表性的是，她接触禅学不过是作为一种智力锻炼，并非响应它的神秘召唤使自己从太多的情感之中解脱出来，虽然在九十六回到九十七回的一段生动有力的情节描写中，她似乎也暂时摆脱了难以忍受的悲哀。黛玉无意中从傻大姐那里听到宝玉将成亲的消息。她想回到潇湘馆去，无奈"那身子竟有千百斤重的，两只脚却像踩着棉花一般，早已软了"。迷迷糊糊地空走了一会儿，她决定到贾母这边来去最后看一看宝玉。而宝玉呢，这时还处于痴呆状态，只是看着黛玉傻笑：

> 忽然听着黛玉说道："宝玉，你为什么病了？"宝玉笑道："我为林姑娘病了。"袭人、紫鹃两个吓得面目改色，连忙用言语来岔。两个却又不答应，仍旧傻笑起来。袭人见了这样，知道黛玉此时心中迷惑，和宝玉一样，因悄和紫鹃说道："姑娘才好了，我叫秋纹妹妹同着你搀回姑娘，歇歇去罢。"因回头向秋纹道："你和紫鹃姐姐送林姑娘去罢。你可别混说话。"秋纹笑着也不答语，便来同着紫鹃搀起黛玉。

那黛玉也就站起来，瞅着宝玉只管笑，只管点头儿。紫鹃又催道：“姑娘，回家去歇歇罢。”黛玉道：“可不是？我这就是回去的时候儿了。”说着，便回身笑着出来了，仍旧不用丫头们搀扶，自己却走得比往常飞快。紫鹃、秋纹后面赶忙跟着走。

黛玉出了贾母院门，只管一直走去，紫鹃连忙搀住，叫道：“姑娘，往这么来。”黛玉仍是笑着，随了往潇湘馆来。离门口不远，紫鹃道：“阿弥陀佛，可到了家了。”只这一句话没说完，只见黛玉身子往前一栽，“哇”的一声，一口血直吐出来。

袭人根据常人的理解力，完全估计错了黛玉的情况。对于将近死亡的女主人公来说，她的迷痴实际上是混沌中片刻的清醒，在宝玉将要成亲的消息的极大打击下，她暂时超脱了自己的苦难，听从于自己的失败。她话带禅机，具有双重的意味（“我这就是回去的时候儿了”），并且像疯僧癞道那样发出癫狂的笑声。不过，她之所以能暂时做到用讥讽的自嘲代替习惯性的自怜自爱只是全凭着一股惊人的意志力。在这样极度紧张的重压之下，她的身体垮掉了——她吐了血并且差点昏了过去，此后便一病不起，再难恢复。

当宝玉最终离家出走时，他如同那一僧一道一样，也爆发出疯狂的笑声。他表面上是要出门赴考，实际上是在与在场的家庭成员一一道别，并且特别提到惜春和紫鹃，她俩先已出家为尼。

> 此时宝钗听得早已呆了。这些话不但宝玉说的不好，便是王夫人、李纨所说，句句都是不祥之兆，却又不敢认真，只得忍泪无言。那宝玉走到跟前，深深的作了一个揖。众人见他行事古怪，也摸不着是怎么样，又不敢笑他。只见宝钗的眼泪直流下来，众人更是纳罕。又听宝玉说道："姐姐，我要走了。你好生跟着太太，听我的喜信儿罢！"宝钗道："是时候了，你不必说这些唠叨话了。"宝玉道："你倒催的我紧，我自己也知道该走了！"回头见众人都在这里，只没惜春、紫鹃，便说道："四妹妹和紫鹃姐姐跟前，替我说罢。他们两个横竖是再见的。"
>
> 众人见他的话，又象有理，又象疯话。大家只说他从来没出过门，都是太太的一套话招出来的，不如早早催他去了就完了事了，便说道："外面有人等你呢，你再闹就误了时辰了。"宝玉仰面大笑道："走了，走了！不用胡闹了，完了事了！"众人也都笑着："快走罢！"独有王夫人和宝钗娘儿两个倒象生离死别的一般，那眼泪也不知从那里来的，直流下来，几乎失声哭出。但见宝玉嘻天哈地，大有疯傻之状，遂从此出门而去。

和前面那段情节一样，这段描写中的一些关键词语（"走了”“喜信儿”“胡闹”“完了事了”）也有某种含蓄的意味，这些都增强了主人公双重意义的告别的戏剧性：他表面上是在过于庄重地与大家道别前去赶考，实际上却是交割了却尘世的缘分。与他最亲近的两人——王夫人和宝钗——都有某种预感，但她们也无法猜测到他实际的打算。宝玉早已打定主意。但此时慢慢拖延着与众人告别，不忍即刻离去，因为他也不能忍受割断尘缘实际上的残酷和痛苦。但他最终鼓足勇气和那两个下凡的神仙一样，嘻嘻哈哈地笑道，嘲笑人间的悲伤，毅然去执行自己既定的计划。和先前黛玉的笑一样，宝玉的笑声中也清楚地包含着一种苦涩的滋味。

安东尼·威斯特先生在他关于两种《红楼梦》英译本的卓越的评论中，将宝玉和德米特里·卡拉马佐夫相比较。不过我觉得，虽然他们两人都是深受折磨的灵魂，宝玉却缺乏德米特里那种粗俗质朴的激情和生气勃勃的活力，不像德米特里那样，总是不断地摇摆于爱与恨之间，徘徊于极度的谦卑与极度的反抗之间。在坦率正直、天真纯朴、稚嫩娇弱和对人的同情与理解等方面，宝玉与陀思妥耶夫斯基笔下的另一个主人公——梅什金公爵倒更为相似。他们两人都处于一个堕落的世界里，在这个世界里，一个充满同情和爱的人总被怀疑或被宣判为白痴。他们两人都发现这个世界上有着说不尽的难以忍受的痛苦，并且都经历过长时间神志恍惚、精神错乱的折磨。他们都分别与两个女性发生痛苦的纠葛，而且结局都十分悲惨。梅什金公爵最终成了一个白痴，因为随着纳斯塔西娅的死，他认识到基督之爱对于这个贪婪淫荡的世界毫无效用。而宝玉最终由痴呆恢复正常之后，也同样认识到爱情的毁灭。但不同的是，他抛弃了这个世界，表现出一种遁世的冷漠。

如果曹雪芹处于西方文化背景之中，他可能会用全然不同的方式结束他的故事。宝玉会像梅什金公爵一样，处于一种精神死亡的状态之中；或者像长老佐西玛和阿廖沙·卡拉马佐夫一样，重新获得人类的美德使余生成为仁慈博爱的榜样。在后一种情况下，他一定会更加疼爱宝钗和袭人，更加同情她们唯有奉献而得不到补偿的状况。可是曹雪芹当然不可能创造出一个基督徒的故事，所以，表面上看，他写了一个具有佛道色彩的喜剧，展示出为欲望和痛苦所纠缠的人类的无望，以及主人公和另外几个出色的人获得的解救[1]。但这些也仅仅是表面上的而已。因为读者必然会感到小说中描写的苦难的现实比之道家的学问远为深刻地触及他的灵魂，他必然会对作者深沉博大的同情——无论是对年老的还是年少的，无论是天真纯洁的还是巧于心计的，无论是自我克制的还是放浪不羁的——产生强烈的共鸣。如果没有充分的同情心，人们就不能够估量到主人公最后的决定中所包含的痛苦；如果不是毫不留情地否定那个世界，人们对于人类活动中那稍纵即逝的美与丑就无法理解。尽管主人公曾经一度自我安慰，幻想在

1 甄士隐和柳湘莲都注意到跛足道人的召唤，从而大彻大悟。惜春和紫鹃在小说结束时决定出家为尼，这时她们也可以说已部分地得到了点化。

贪婪和仇恨的荒漠中维持一块美的绿洲，但最后他却不可避免地以悲剧而告终，而这个悲剧恰恰存在于爱和自我拯救这两个对立要求的激烈冲突之中。宝玉经受的磨难所包含的悲剧意味确实太浓重了，因为我们可以说，宝玉在选择抛弃红尘这条道路的时候，也同时抱有一个幻想，这个幻想与人类之爱和同情相比实际上更加空泛和不切实际，尽管他最后的那种辛酸和漠然应该使我们相信他做出这种决定的不可抗拒的必然性。当然，自传体小说的主人公绝不会完全就是作者自己。一个人觉悟之时，对他过去的历史是并不介意的，因为对于一个信奉佛教的遁世者来说，怀旧是不可能的，就像基督教圣徒不会沉湎于过去一样。然而，曹雪芹在倾其一生心血描写宝玉与贾氏家族历史的时候，却既决心从人世红尘中寻求解脱，又同时留恋过去的繁华岁月，因此，他是一个内心充满矛盾，并深受其困扰、折磨的悲剧艺术家。

（石晓林　译）

汤显祖笔下的时间与人生

一

二十世纪以来，中国学者很向往尊重个人自由、反抗暴政的晚明思想，连汤显祖的思想也受到他们的注意。汤显祖是有明一代集大成的剧作家，但他和当代敢作敢为、自己思想上有见地的学者文人也保持了相当密切的关系。他交游很广，比他长一辈的李贽、徐渭，比他小一辈的袁氏兄弟，都同他有来往。在政治见解上，他可算是东林党的一员，有一次上奏，直言首辅申时行失政，被贬广东。他又是罗汝芳的学生，可算是“左派”王学泰州学派的一分子。罗汝芳是该派创始人王艮的三传嫡裔，黄宗羲在《明儒学案》上抄了他的《近溪语录》，很看重他的思想，而他自己的老师颜钧在思想上比王艮更能代表泰州学派过激脱俗的特质。

汤显祖从学于罗汝芳时，年方十三岁。父母送他去读书，当然为他功名着想，要他攻读经书，并非要他探求什么哲理。但同老师日夕相处，思想上自然也受到他的影响，所以后来文章上提起这一段从学经过，汤显祖非常得意，认为是他“天机泠然”的一个时期。读《近溪语录》，我们知道罗汝芳对明代思想的贡献，在于把《易经》上的“生生”一词应用到形而上学以及伦理学系统上去。此系统乃是基于对《大学》及《中庸》里主要词句的诠释。罗氏认为，生命自身的现象和生生不息的过程，即是宇宙生机。他相信此种自强不息的活力乃是本然的善，因此把“生”视为“仁”。对罗氏而言，既有“生”便有“仁”。他曾说，“盖人之出世，本由造物之生机，故人之为生，自有天然之乐趣，故曰仁者人也”。他并谓，“善言心者不如以生字代之”。主张以“生”代“心”。

罗汝芳这种生机论在汤显祖所著的《紫箫记》《紫钗记》和《牡丹亭》三个戏曲里，极为明显，而尤以《牡丹亭》为最。在汤氏所遗下的约四百五十封信件及卷帙更多的诗文集里，吾人也可找到许多他重视“生”的例证。在他贬任广东徐闻县典史的那一段时期里，他创立了贵生书院，并作《贵生书院说》以阐明“贵生”的意义。谓“故大人之学，起于知生。知生则知自贵，又知天下之生皆当贵重也”。明清以来，一般批评家都极推许汤显祖对“情”的肯定。我们可以更进一步地说，他之所以重“情”，是因他认为“情”乃人的特质。在颜钧的学说里，“情”便已占极为重要的地位。黄宗羲在《明儒学案》里录了颜钧一段话：“吾门人中与罗汝芳言从性，与陈一泉言从心，余子所言，只从情耳。”颜钧既是和许多门人谈论过“情”字，罗汝芳自是不会没有听见。

汤显祖五十岁以后，似倾向于传统的释道思想。大多数评论家认为，他最后的两部戏曲——《南柯记》和《邯郸记》——所表示的出世态度，和他早年的思想迥然不同。达观禅师，一名紫柏，是汤显祖中年时期最尊敬的好友。他们初次见面在一五九〇年，那时汤氏四十一岁[1]。后达观因罪下狱，死于一六〇三年，那时汤氏五十四岁。达观禅师才气很高，受到当时文人学士的重视，不下于李贽。他对汤显祖究竟有多少影响，很难定论。虽然在政治上达观相当激进，但在思想上他是个饱受理学影响的正统禅家。在他给汤显祖的一封信里，他反对汤氏之重“情”，并谓“性”高于“情”。(《紫柏老人集》卷二三,《与汤义仍书》:“夫近者性也，远者情也，昧性而恣情，谓之轻道。”）很多学者都认为汤氏后来之遁入佛教，系受达观影响所致。侯外庐则认为，达观对汤氏的影响，主要在于政治态度，而非宗教思想。他把《邯郸记》看成讽刺政治的作品，以为表面上汤显祖虽似在提倡道教，但实际上他关心的还是明代政治。侯氏更以为作者是个乌托邦主义者，在具有浓重佛教思想的《南柯记》里，憧憬着一个更幸福、更平等的社会。不过对明代戏曲较有研究的学者们都颇怀疑侯氏这种把汤氏视为乌托邦社会的原始社会主义者的解释的正确性。

---

1 汤显祖生于一五五〇年，此处年龄及下文“五十四岁”应是虚岁。——编者注。

二

前节所记，颇像是为应某一对明代思想做系统研究的学者所请，提供了一节有关汤显祖思想的资料。不过汤显祖究竟是个剧作家：从他的戏曲和其他作品中摘取他的思想，探索其根源，比较他与当时的哲学思潮和政治潮流的关系，实在是不太适当。这样做，对汤氏五个戏曲之个别和集体的意义，以及其相互间的关联，都会发生误解。有语录载在《明儒学案》的思想家，所关切的是抽象概念，他们在极为抽象的层次上研讨伦理和形而上学的问题。至于一个剧作家，则只能在戏剧性的情局中纳入他的哲学思想，或表现于人生的冲突对峙，或托之于梦的寓言。因此，读汤显祖的戏曲，我们所关心的不是某些观念的独立意义，我们所注意的是这些观念之融会。我们都深深体验到莎士比亚思想之深湛，但我们却难于把这种深刻的思想体系化，假如我们硬要把莎士比亚的深奥哲理抽演一番，其结果必是极为平庸无奇的哲学。虽然汤显祖不能与莎士比亚相提并论（有许多中国学者却认为可以），但他的戏曲也同样的是对人生、对充满着不合理的人生有所感触后的写照，而不是对人生提出可资传绎的说明。要正确了解戏剧的真意，我们必须注意其结构的每一细节，其文字的微妙用意。

如本文题目所指，我研究汤显祖的戏曲，系着重在其对人在时间之摧残下的情况这一主题的探讨。明代大思想家中，据我所知，并没有人特别关心时间和永恒这个问题。汤显祖对人生的短暂特别关心，乃是中国文学传统的产物。文学的传统，对汤显祖来说，是极其重要的。前节所述汤氏思想各特色，都可以参照文学传统去作解释。即使汤氏对“生”和“情”的哲学意义不感兴趣，他仍会依照明代传奇戏曲的传统去肯定生命和爱情，袒护年轻的恋人。同样的，即使汤氏对于佛道两家思想毫不关心，佛道的思想也会自然而然地钻进他的戏曲里去的。这也是传统之一，因为元明两代的通俗文学都广含佛道教义。为了相同的理由，即使汤氏从未积极参与政治活动，他的作品里也会隐含一些不太过分的政治性讽刺，因为中国戏剧历来都带有那种讽刺的成分。

我之所以特别重视汤显祖戏曲里的时间因素，不仅为了时间在他的每个剧里都占极重要地位，而且也因为时间为了解汤氏作品提供了一个统一的概念。在中国文学史上，大家都知道，汤显祖的前三部戏曲主要在谈“情”（根据徐朔方在《汤显祖年谱》里的断定，它们的写作时期是《紫箫记》一五七七至一五七九年；《紫钗记》一五八六至一五八七年；《牡丹亭》定稿成于一五九八年，那时汤显祖四十九岁），而晚写的两部（《南柯记》成于一六〇〇年,《邯郸记》一六〇一年）谈的则是“梦”，主张绝情绝爱，并否定其他尘世价值，对人生作了宗教性的解释。现代人由于对尘俗价值之偏爱，遂竞相惋惜作者在后期两个戏里的宗教态度，不管它们从别的方面看来，如何值得欣赏。对于作者思想的改观，曾有种种不同的解释：或免官后因过退隐生活而起了思想改变，或受达观禅师之影响，或因殇子之痛（尤其是一六〇〇年他的长子以二十三岁之龄英年早逝），或因对时代之失望等。不论解释如何，一般都认为，他的前三部戏曲和后两部戏曲在思想上截然不同。因此之故，他的整个作品也就缺乏了哲学的连贯性。

但详细阅读汤氏的全部戏曲，即可知道上面这些推定是言过其实的。不但在第一部戏《紫箫记》里我们就可闻到浓重的宗教意味，在后两部戏里，尤其是《南柯记》中，虽然在最后几出他否定爱情，但是描写成婚后的爱侣之轻怜密爱时，他仍和写前几部戏时一样着力。我坚决相信，汤显祖的人生态度并未有重大改变，晚年他并未转而唾弃鄙视爱情或其他社会所认为值得追求的尘俗价值。只要不触及时间对人的压迫这一问题，则这些价值仍值得珍惜。在后两部戏里，没有爱情的单纯肉欲遭到讽刺，但这并不是什么特别的事，因为在传统的道德观里，肉欲一向是被鄙视的。我认为事实是这样的：在最后两部戏里，汤氏改用永恒的角度来看人的处境，唯有这种看法，才发觉爱情和人的其他价值之欠缺。汤显祖显然不是个神秘主义者，他不会从时间里去观测永恒。对他而言，永恒乃是无穷无尽的时间，无穷尽到使人的知觉意识无能为力。在前两部戏里，他不大在乎这个问题，因此他能把自己融入时间之中，专注到爱情上去，而在爱的狂喜中忘却时间。在早期的戏曲中，时间还不是大害；《紫钗记》中的大害乃是人之恶毒怨恨所造成的，但这种害却能以侠义行为慢慢矫正。在作者于最后两部戏里向时间投降之前，他曾在《牡丹亭》里很勇敢地向时间挑战。汤显祖利用戏中女主角的死和复活，来证明爱情打败时间，只是她被自己的收获所诱，终究沦为时间的俘虏。

三

在《紫箫记》里，汤显祖对中国旧诗中表现时间这一主题的许多变奏已极熟练：如老对幼，寄蜉蝣于天地的人对周而复始、生生不息的自然，两地相思时的时间之难忍，以及情人和朋友久别重逢时时间之暂被摒却遗忘等。除此而外，在《紫箫记》中我们也可看到中国诗人所追寻的赖以缓和或消除时间之痛苦的各种目标：儒家之立名，道家之长生，佛家之彻悟等。大多数早期的中国诗人对抗时间的方法至为简单：酒。但汤显祖并没有依赖这种享乐主义来对抗时间，他所依靠的是浪漫爱情的浓烈喜悦。

《紫箫记》系根据唐传奇名著蒋防的《霍小玉传》而作。《霍小玉传》记的是霍小玉被负心郎诗人李益遗弃，因而憔悴致死的故事。但在《紫箫记》里汤显祖把李益写成一个值得钦佩的多情郎君。他这样写一半是因为这是明传奇剧写爱情故事的常例，一半也因为他十分同情戏中的女主角。若干原因使得汤氏未完成

《紫箫记》，而将此故事终于改写为《紫钗记》。《紫箫记》的曲文宾白是骈绮体，而骈绮体在当时刚开始变得不流行。此戏未被收入《临川四梦》（汤氏是江西临川人），因此《紫箫记》常被认为不成熟而遭轻视。实在说，这是最不应该的失误。照明代戏曲的标准，戏中对情侣们的遭遇须有详细的记载，按此标准《紫箫记》情节自嫌简略不足。但是依照现代标准，此剧情节虽简单，但含义之丰富，结构之齐整以及对爱之热烈处理，却足补其短而有余。这部戏等于一首歌颂青春热情的赞美诗，其歌声较鼎鼎大名的《牡丹亭》更为嘹亮，更为持久。

汤氏的戏剧技巧，在处理时间主题上特别出色：他写年轻貌美的小玉前途充满希望，同时又写迟暮乐伎局处达官宅第、依人为生的境况，两相对照，尤其显出时间之无情。老伎们在年轻时也享有浮名，后来被京都的王孙公子买去做妾，一旦年老色衰，便秋扇见捐，过起寂寞的深宅生活，有些人为了寻求宗教上的安慰遂遁入空门。汤氏在他的第一个戏里，便已把弃绝尘念列作重大的可能——小玉自己就有一次申言要做女道士而受到赞扬，因为这部戏没有写完，因此我们无从知道，她这个念头对她的未来有何影响。小玉是霍王的庶出。在小说里，她母亲郑六娘，在霍王死后被逐出邸第。她教养女儿在表面上看似相当严格，但实际上则是在训练她做乐伎。在戏里霍王并未死去，只是忽然想要访道（第七出），寻求长生不老，而遣散了他的两个侍妾：郑六娘和杜秋娘。两人侍奉他已有二十年，而现在则必须自谋出路，如果她们愿意的话，她们可效法他的榜样去求仙。杜秋娘不久做了女道士，和一个比她年轻、名叫善才的女伴住在一起。这两个人物的名字都取自白居易的《琵琶行》，不过诗里的善才，乃是教弹琵琶乐师们的通称罢了。《霍小玉传》是唐代传奇里最悲怆的故事，它描写的是一个年轻官伎的命运。咏叹韶华老去，只落得天涯沦落的“琵琶女”则是唐诗里叙述长安歌伎最动人的一首。汤显祖把《琵琶行》里的哀怨气氛写进他的戏里，以加强其对迟暮美人的同情。

早在这戏的第四出里，胸怀大志、想在边疆建立大功的花卿将军，喜爱郭小侯（汾阳王郭子仪的孙子）的骏马，便用他的侍妾鲍四娘（小说里称她为鲍十一娘）去换。鲍氏原是一个职业歌女，侍奉他已有多年。在小说里，她是个油嘴滑舌、诡计多端的媒婆——在中国小说里媒婆通常是个下流的角色。但在戏里，她虽仍操媒婆行业，给李益和小玉拉拢婚事，却是那位霍王弃妾郑六娘的好朋友，分享着她的苦乐。

这几个迟暮美人的命运对小玉的影响，戏曲里说得十分明白。小玉虽有郡主名称，却在准备着做高级乐伎。在小说里，李益一经介绍，当夜就和小玉同居了；在戏里，虽多了举行婚礼一项，却可明白看出她那层暧昧身份。与其说她是正式妻子还不如说她是长期外室。李益请鲍四娘做媒，鲍举荐小玉时即附带劝他不可纵欲：“十郎你千金之躯，怎去娼楼销费，不如聘一名姝，相陪作客。”注意“相陪作客”字样。

小说里，小玉求李益和她同住八年，到那时李益才三十岁，还有资格娶一个富贵人家的小姐。在戏里，小玉求李益和她同住的年限则是十年。小玉是个极其罗曼蒂克的女孩，她认为能和自己选中的情郎同住个十年八年，这一辈子也就活得值得。但同时她又是很实际的人，她知道要一个在仕途上极有前程的名诗人，一辈子和她相厮相守，是不可能的事。

因此，小玉的命运遂完全掌握在她的情人手中。如果事实证明他不义，她便被毁了，前面只有死路一条。汤显祖既把李益的品格改写过，李便变得处处值得小玉信赖，也值得小玉痴爱。（在第四出里李益以花卿朋友的身份出场，劝花卿用妾侍去换马那件事，是个例外）。结婚后不久，有一次小玉和李益在花园闲逛（第二十出），她把相守十年的计划告知李益，李即誓言永远相爱。二人在花园里和唱的辞句，极为热情奔放。这一对少年夫妻热烈相爱，除非别离，时间对他们是不成问题的。可是等到李益中了状元之后，他受任为镇守边关的老将杜黄裳的参军。别离之苦，使这位诗人和他的妻子难于承受。在第三十二出里李益把相思寄托在带有抒情意味的重述上，反复地唱出他和小玉如醉如痴的狂恋，花园里信誓旦旦的相爱，以及送别时的动人场面。不久边疆即恢复和平，在最后一幕（第三十四出）里，李益在牛郎织女相会的七夕返抵家园。

《紫箫记》里的少年情侣，经过三年的苦熬，卒能战胜残暴的时间，终于团圆，在那时，未来的岁月还不会使他们感到再次苦恼。年老的一辈，情形就完全不一样。郑六娘她们没有爱情，她们手里仅有时间。她们只能在她们心爱的小玉的幸福中，间接获得些许满足。男人们追求的又是另外一些理想。就他们来说，情爱的关系无法不使他们意识到生命之短暂：他们选择儒家的立名，或道家的长生。因此杜黄裳由前线胜利归来，忽然转向佛教。杜氏早年跟随郭子仪东征西讨，战绩辉煌，出将入相，历任三朝，到了六十高龄，应召进京，途中有一个法名“四空”的高僧，在庙里等候他路过来访。这老和尚年过百岁，原是杜氏昔日的朋友，杜将军从前虽无出尘之念，但一听到老和尚唱述人生百岁的苦乐，顿时感到精神生活的必要。歌辞如下：

【耍孩儿】只见人生十岁，孩儿的颜如蕣华美，终朝游戏薄昏归。二十岁骏马光车，盈盈的高谈雅丽。三十岁举鼎干云气欲飞，一心在功名地。四十连州跨郡，垂珰出入皇闱。

【五煞】幢旄五十时，歌舞罗金翠。婀娜六十成家计。容颜七十无欢趣，明镜清波懒得窥。八十岁聪明去，记不得前言往事，致政悬车。

【四煞】九十时日告衰。那些形体是志意。非言多谬，误心多悖。平生感念交垂泪，孙子前来或问谁？人百岁全无味。眼儿里矇瞳浊镜，口儿里唾息涎垂。

歌辞内容和莎士比亚的《皆大欢喜》一戏里，贾奎斯所讲的那段有名的台词，非常相似。不同的只是它把人生算得更长而已。贾奎斯在他的台词里说，人到七十，他的“奇异的、多事的历史”便要终结，而爬向“再现的稚气和遗忘”，但他对人在后面大限之前，一生所扮演的各种角色，并没有任何遗憾。他认为避开朝廷上和战场上的虚荣（他有点哲学家意味）未始不是好事。但他的慧眼看到了一些虚妄可笑的事情，觉得人生的每一阶段都有其可堪玩味的地方。四空和尚的歌原本是特意为那位立过殊功的听者做的，他把青春的欢乐和活力，同老年的昏眊虚弱，生命的淡然无味，做了强烈的对比。杜将军对老和尚这首歌的反应，倒是意料之中的。他说：“人生到此，天道宁论！圣贤不能度，何得久存我。回想前事，只是蜉蝣一梦。”他于是忏悔从前，皈依佛祖，等候往生西方极乐世界了。

这一出所描述的杜将军的皈依（第三十一出）等于是《南柯记》和《邯郸记》两戏的缩型。四空老和尚还说到人的肉身会污秽腐烂等话，那都是佛家语的老套。他作的百年歌既没有讥嘲人生，对人生也不曾涂上毫无慈悲心的色调。它只是老老实实地教人去看看暮年的衰颓，两相对照下，便觉壮年欢乐之虚妄徒然。杜将军立刻相信了佛家出世的教义。六十岁的他，还有着足够的精力去逃避老迈无能的悲惨境遇；他过的乃是富裕的、尊荣的生活。皈依了佛教，实是通情达理之举，那是趁自己的知能感觉还没有完全丧失时，选择了大智大慧。但是他的觉醒并没有提示多少明心见性的启迪。

杜将军听了这首百年歌之后的反应，在中国诗里经常出现。事实上，“圣贤不能度”那句话套用了《古诗十九首》里的一句。该诗有关一节如下：

> 人生忽如寄，寿无金石固。
> 万岁更相送，圣贤莫能度。

像早期的中国诗人一般，杜将军原就在担心老年，害怕死亡。他采用了一个传统的老法子去解决它，即向往着一个西天乐土。中国诗人寄情色酒或“常怀千岁忧”的习惯其实是他们对死亡的恐惧的表象，但也有些例外。有些诗人力言生命之可贵，有些则似乎真能窥见死生之奥秘。陶潜的《形影神》一诗似是特意为了答复《古诗十九首》所提出的那类问题而作。形说，酒和感官的快乐，可使日子过得快意；影说，功名是儒家的看法；神则劝人从容地接受死亡：

> 正宜委运去。纵浪大化中，不喜亦不惧。应尽便须尽，无复独多虑。

如说享乐主义和儒家的教训是蓄意缓和人们对死亡和湮没的恐惧的话，陶潜的恬淡主义所暗示的，便是免除那种恐惧，因为每一刻光阴都可以无忧无虑地去过，不必介意你是否正在享受这刻光阴，更不必担心你在这刻时光里是否做了些有意义有价值的事。一个人随时都可以坦然死去，因为每一刻都代表连续不辍的恬淡乐趣之一刻，丝毫不为人生短暂的意识所苦恼。外加选择这种存在主义的生活，并不是说一个人自甘放弃高度的快乐或高层次的成就。假如潜藏在人内心的精神，驱使他去恋爱，或从事创造活动的话，那人便应该为他身体里暂时增加的生气与活力表示感谢才是。

杜将军之突然转变也说明一件事，即汤显祖认为生命之短暂，逼使人去找寻永恒以阻住时间，但是汤显祖不是神秘主义者，他没有法子看见时间和无时间之共存。另一大诗人苏轼的《前赤壁赋》对沧桑变迁的感念道出了他对现实和时间共同存在的问题更高一层的看法。他说："盖将自其变者而观之，则天地曾不能以一瞬；自其不变者而观之，则物与我皆无尽也，而又何羡乎！"这一段超越前人的智慧之语，既非道家的哲理，亦非佛家的禅理所能推翻。尽管汤氏与达观友情深厚，于禅理极为投合，尽管他对浪漫的爱情有着热忱，把它当作乐以忘时的生活方式，但是由于他不甚体会到人的生存尊严，也不太觉察得到万物虽看似必朽却有其不朽的一面，因此汤显祖到底是个被时间观念所困扰的诗人，所以才找寻宗教以替代"生"。

四

汤氏在《紫钗记》和《牡丹亭》里确认了爱情的价值之后（这两个戏容后讨论），写《南柯记》和《邯郸记》时，便着力于写“人生如梦”的主题。（这个主题老早就借杜将军的觉醒而发挥过了。）这两个戏都是根据唐代名著小说编写的：《南柯记》根据李公佐的《南柯太守传》，《邯郸记》根据沈既济的《枕中记》。汤氏明知这些蓝本不够戏剧化但还是借用了。他把这些故事视为表现自己人生新信仰的工具。

《南柯太守传》讲的是：有一个名叫淳于棼的军官嗜酒，一次做了一个梦。他被邀进蚁国和公主瑶芳结婚，受任南柯郡守。他很有政绩，邻近的蚁国来侵，他拒敌有功。妻子死后他被朝中大臣陷害，劝回人间。醒后寻找蚁国所在，发现就在他院内的一棵槐树下面。他证实了梦中的遭遇，也明白了“人生不过一瞬”，于是便戒绝醇酒妇人之乐而皈依道教。三年后他寿终正寝，年四十有七。

汤显祖把这个故事改了，将契玄禅师的戏份扩大（契玄法师在《南柯太守传》里提到过一次），又把书中本来是道教隐士的主角改成皈依佛教。契玄可能是达观理想化的写照。他在戏里的任务是安排蚁国众生以及戏中主角的生活——傀儡的牵线工作。他的前生原是达摩祖师跟前的侍者，不小心倾倒了莲灯，把沸油泼进了蚁穴。再世为人，就是为了超度这些蚁群，让它们升天以了宿孽的。本戏开场和终场诸幕，演淳于棼与契玄相遇情形，即是全戏哲学意趣所在处。此戏演述主角在梦中的功业，一如传奇所记，很是忠实，可惜不免单调。这是汤氏五个戏里最差的一个。

在《紫箫记》杜将军看破红尘那一段里，并没有写什么情感上的波折，因为并不要他和什么最亲爱的人生生离别。他年已六十，对情爱已没有什么黏滞。他选择佛门生活是比较顺理成章的。《南柯记》里的主角淳于棼是一个特别痴情的人：他关怀已故父亲的幸福，爱怜妻子儿女，他甚至在蚁妻死后，还和三个性饥渴的宫中贵妇发生过关系。汤显祖既已在他前三个戏里确定情的价值在时间的范畴内是至高无上的，《南柯记》是他第一个严正的尝试，把情爱的价值放在人生短暂的大前提下去考验。这本戏曲有三出主戏——第八出，情著；第四十三出，转情；第四十四出，情尽——都是表达他的哲理的重要安排。虽然在最初几幕戏里，淳于棼以酒徒游戏人间的姿态出现。（他认识全扬州的妓女，“扬州诸妓，我已尽知”。玩腻了，才在盂兰会到和尚庙里去听讲经。）

作者不脱明代剧作家浪漫的传统，他安排淳于棼在庙里观音像前，遇见两个宫装女子。代表公主奉献给佛一只通犀小盒和一对金凤钗时，他忽然变得年轻、漂亮，礼貌周到得可充当公主的配偶，跟他住在蚁国的一切表现和其他明代戏剧里的多情主角毫无差别。他是一个谨守儒家观念和浪漫价值的人，丝毫不带戏开头时玩世、厌世的痕迹。梦醒之后，他偕同两个朋友，查看蚁国的位置，看到埋葬他蚁妻的地方时，感到十分悲凉！

> 淳于〔细看哭介〕:“你看中有蚁冢尺余，是吾妻也，我的公主呵！”

淳于棼一直难忘爱人和故乡，特为此再次去拜访契玄禅师，请他超度已故的父亲、蚁妻以及所有蚁国的居民，使他们一起“生天”。这种慈悲心可能也是他后来皈依佛门的部分原因。但是契玄禅师给他的试验是要看他能否脱尽一切痴爱，所以主办了一场集体升天，借以考验他，使他得以成佛。当淳于棼看见他的三个蚁国妻妾升天时，复又勾起旧情：

> 生（淳于）:“三位天仙下来。我有话讲哩。”
>
> 贴（甲女）:“我们是天身了，怎下的来？”
>
> 老旦（乙女）:“便下的来，你人身臭，也不中用。最人身可怜，最人身可怜。我天上有好因缘，你痴人，怎相缠？”

接着公主上天了。淳于棼先向她道歉，请原谅他的不忠实，然后又保证他爱心不渝：

生（淳于）[南江儿水]：“我日夜情如醉，相思再不衰。公主，我怕你生天可去重寻配？你升天可带我重为赘？你归天可到这重相会？三件事你端详传示。〔哭介〕你便不然呵，有什么天上希奇？也吊下咱人间为记。”

公主心生怜悯，下凡了。

旦（瑶芳）：“呀，怎的吊下来？”

生：“我的妻呵。”

旦：“人天气候不同，靠远些儿也，哥。”

生：“你怎生叫我哥？”

旦：“你也曾在此寺中叫我一声妹子。”

生〔想介〕：“是曾叫来。”

旦：“你前说要个表记儿，这观音座下所供金凤钗小犀盒儿，此非淳郎一见留情之物乎？”

生〔想介〕：“是也。”

旦〔稽首佛前取金钗玉盒与生接介〕：“淳郎，淳郎，记取犀盒金钗，我去也。”

生〔接钗盒扯旦跪哭介〕[南侥侥令]:“我入地里还寻觅，你升天肯放伊？我扯着你留仙裙带儿拖到里，少不得蚁上天时我则央及蚁。”

旦：“你还上不的天也，我的夫呵。”

生：“我定要跟你上天。”〔生旦扯哭介〕

〔净（契玄）猛持剑上砍开唱呀字后旦急下〕〔生骇跌倒介〕

不论何种文化，对待相爱的人，几乎都是差不多，即希望他们的爱能够维持长久，即使升到天上也不变更。淳于棼和瑶芳与他们是一样的。罗塞蒂在《天堂淑女》里有一段说：当地上的情人回忆和所欢在死别前的快乐时，那在天上的女郎却在预想情人到来后的情形，她准备把他介绍给圣母玛利亚，并向基督乞求赐她如愿：

但求在世上一样，
相处恩爱——可是，
那时仅片刻，现在
永恒爱着，我同他。

依天主教的想法，爱侣们可以在天上团圆，但佛教则绝不容此想法。已经成了仙的瑶芳在将要上天时，可能还会谈谈凡人的浪漫之爱，希望和丈夫在忉利天有一些肉体的和灵魂的团圆。但是淳于梦后来是要成佛的，他绝不会被允许有这样的奢望。当他和情侣分离后，契玄禅师再三提醒他说，他的妻子不过是一只蚂蚁，他和她过的那几十年欢娱时光只不过是一个短梦，而她给他的定情表记也只不过是一点毫无价值的小东西：

> 生〔醒起看介〕："呀，金钗是槐枝，小盒是槐荚子。啐，要他何用？〔掷弃钗盒介〕我淳于棼这才是醒了。人间君臣眷属，蝼蚁何殊？一切苦乐兴衰，南柯无二。等为梦境，何处生天？小生一向痴迷也。"

我们可以说淳于梦之醒觉实在难以令人信服。作者把蚂蚁写成像人一样，描写蚁国犹如人类的国家，淳于梦自然会和他们混在一起，像和自己的同类在一起一样。到了末后，作者又有了和我们一样的偏见，看不起蚂蚁，说道，蚂蚁只不过是蚂蚁罢了。蚂蚁的感情又何足挂怀？但是淳于梦与瑶芳离别的那一场景，却很是感人。正因为她除掉名称不是人外，其他一切都富于人性。当淳于梦发觉他的爱妻只是一只蚂蚁而丢掉爱情的表记时，他并没如作者要我们相信的一般，把人类的情感依照佛教的宇宙哲学观，去衡量它们的价值；他只是对人类的感情表示轻蔑而已。（他因人类的习惯，轻视蚁类，而看不起蚁妻。）照说，佛家原是以慈悲为怀的，提倡众生平等的，为什么要轻视蚂蚁的感情呢？（契玄回复人身，原是要把蚁群超度上天。）爱的表记不论是树枝也好，树荚也好，其货币价值或许比不上黄金和犀角，但若是出于诚挚的爱或感激之忱的赠物，其价值和稀有宝物又有什么不同？汤显祖知道，只要我们在情感上有所黏滞，我们便要成为时间的奴隶，而无法得到真正的自由。所以在戏里，他便设计了一个有比拟性的寓言故事，使主角得到自由，只是这个比喻在结尾时，并没有告诉我们为什么感情是不好的。戏曲的大部分描述主角做情人、做太守、做三军元帅的各种作为。作者都以赞许的语气，适当地运用了诗的辞藻，先从好的方面去描写人类，或是蚁类的世界，尔后在结局时却使它成为梦境。如果人在清醒时所要找寻的永恒，非轻视人类以及动物的生存无以获得的话，则我们实在难以信服，何以清醒的境界比梦幻的境界为佳。

五

《邯郸记》比《南柯记》要有力得多。可是它所根据的《枕中记》却比《南柯太守传》的故事短，而且较少趣味。主角卢生是个富有野心、不满现实的人，在梦中大为得意，同时受尽羞辱。淳于棼的梦中生活大体说来是快乐而有意义的，是一种使我们肯定人生的生活；卢生刚好与之相反，虽然他和浮士德或约伯不能相比，但其同受考验则一。在小说里，当道士吕翁问卢生为什么感到不满意，卢生答道：

> 士之生世，当建功树名，出将入相，列鼎而食，选声而听，使族益昌而家益肥，然后可以言适乎。吾尝志于学，富于游艺，自惟当年青紫可拾，今已适壮，犹勤畎亩，非困而何？

吕翁放了一个魔枕在他头下，要他小睡一会。他醒时即已尝尽了一个大臣可能经历到的各种甘苦，再也没有兴致去奋斗了。小说里的吕翁在《邯郸记》中直称吕洞宾。他收了卢生做徒弟而且度他到蓬莱仙岛。

这个故事，汤显祖改写得很忠实，同时还为主角的梦里生活增加许多插曲，添了一些有政治意味的讽刺。汤氏冷眼观世，故意讥诮，藉以烘托出此戏的中心题旨——道家的出世思想。淳于棼和瑶芳都是明代传奇中惯有的典型生旦，但卢生和他的妻子崔小姐则不那样纯洁。在第四出里，卢生刚入睡便立刻梦见自己走进拥有惊人财产的崔小姐的花园。她和他一见钟情，毫不嫌弃他的寒微，立刻决定嫁他。他们的婚礼举行得相当草率：新郎和佣仆都用双关语谈话，并揶揄新娘。婚后，卢生的表现和大多数同样处境中的主角亦不一样。他对应考没有一点兴趣，甚至妻子要他去考时，他也不肯。他的理由如下：

> 不欺娘子说，小生书史虽然得读，儒冠误了多年，今日天缘，现成受用，功名二字，再也休提。

崔小姐也认为准备考试很是无益，但觉得像她家和朝廷的那种关系，那种有钱的境况，花钱弄个官做是非常容易的事，“取状元，如反掌耳”。后来卢生果然中了状元，做了官，经历了许多磨难和考验。他慢慢地老练了，成为一个负得起责任的大臣。但是我们不能忘掉前几幕戏对他的讥讽。卢生在政海的浮沉，主要是受到政治阴谋陷害的结果。

大概卢生遍贿朝官，独独忘记了贿赂主考官宇文融，这个人十分恶毒，而在朝又极有势力。（他是汤显祖笔下的典型恶人，在《紫钗记》和《南柯记》中都曾出现过这类人。汤显祖创造这一型人，影射的可能是张居正。因为私人间的恩怨，汤氏深恶其人。）卢生中了状元之后，益发故意藐视宇文融。所以在翰林院任职期满三年后，宇文便荐举他承担两项艰苦的工作。他都做得非常出色，有着惊人的成就。宇文融再生诡计，诬告卢生通敌，以致卢生问了充军罪名，流放到海南岛。他几乎死在那里。经他的好友协助，特别是太监高力士，卢生终被赦免，召回朝中。为官家发卖在机房当织女的卢夫人和她的孩子们，也都恢复尊荣。宇文融则因卖国论斩。卢生做了二十年宰相，晋封赵国公，赐地三万顷、府邸一所、女乐二十四名。这时卢生告诉他的妻子："夫人，吾今可谓得意之极矣。"

在采阴补阳的托词下（这是道家讲究房事的养生术，在明代，皇帝和王公贵族多采行之），卢生和这二十四名美女相处在一起，放纵情欲，健康因之猛失。临死时，高力士和御医在旁侍候。卢生担心他的赫赫勋业和功绩史臣记载有误，又挂念他最小的一个儿子还没有成年，四个大的儿子都有了官爵，这小的还没有荫袭。他把小儿子和青史标名的事托付了高力士，满足地死去。他死时最后的遗言是："人生到此足矣。呀，怎生俺眼光都落了。俺去了。"

卢生的梦和淳于棼的梦，显然不相同。首先，前者的梦中生活非常美满，死而无憾；后者则在事业中途突然离开。其次，淳于棼的梦中生活，不脱明代戏曲的常套，有浪漫的插曲，也有打仗的故事。卢生的梦中生活，不但富于政治意义，而在最具戏剧效果的几幕里，其梦魇式的幻怪遭遇也非常显著。第三，卢生充满波折的一生远比淳于棼更能表达一个充满荣枯的政治生命的风险与人生之无常。卢生流放在海南岛受罪那一段，把中国许多重臣——在文学上负有盛名或是在朝廷政绩卓著的——因为朝臣争权被冤枉地充军到异乡的情形，给戏剧化了。

卢生的勋业，使人想到和他际遇相反的浮士德。卢生最初出名，是由于做水利官，在山区凿石开河，挖了一条两百八十里长的运河。顺利完工之后，奉派为河西总督，征讨外寇，大获全胜。进军天山，西出玉门关千里之遥。（中国守军原驻在玉门关。）浮士德在歌德诗剧的第二部第四幕里出现时，老早就已享有优越的政治地位，他是皇帝信任的顾问，在那一幕里，他打败了敌国皇帝的军队。在第五幕里，他着手与海争地，拓出大片沼泽土地，供人垦殖，为人类谋福利。这种为公众谋幸福的事业对于中国的卢生只是他勋业的初步，但在寻求实现自我价值的浮士德，却是他事业的巅峰。

浮士德的事业与一对老夫妇的悲剧牵扯在一起，这对老夫妇拒绝协助他的拓地计划。卢生的工作，却在轻松的、玩笑性质的条件下进行。（他把石头变成水的方法是："取干柴百万束，连烧此山，然后以醋浇之，着以锹椎，自然顽石粰裂而起；后用盐花投之，石都成水。”）

卢生和浮士德还有更根本的不同。浮士德本是一位厌世的学者，一被魔鬼梅非斯特引诱，便立刻跟随去寻欢作乐。一直要到度过了心灵消沮这个阶段，梅非斯特才无法挟持他。对歌德来说，浮士德最后所做的好人好事，可说是对他年轻时所追求的个人浪漫主义的一种超越。汤显祖笔下的主角虽被奸相恶意驱迫，做了许多好事，他都认为是应该做的，并没有被浪漫的虚无主义所苦。只有在获得权势时，才开始在配偶之外，找寻肉欲方面的快乐。然而他之所以荒唐，主要还是为了要借此求得长生。再如我们所见，卢生屡次声明，他对人生感到满足。而浮士德却跟魔鬼梅非斯特约定：

假如我乞求将逝的时刻：
“请稍逗留！你多美妙！”
你可即将我卡上脚镣，
我愿当时当地沦亡！

对浮士德来说，满足等于生命的尽头，所以刹那永不能来临。他把生命看作一种在永无休止的自觉过程中的冒险。虽然在他生命将尽的最后一刻，他确曾要求在无穷尽的未来中，在那假定的刹那“稍作逗留”，但那只是表示，他对于新垦地之能成为理想社区感到极端满足而已。这种理想社区从不曾存在过，或许永不会有。恩赖特说得好：“在预期中，同时也只有在预期中他才能享受这种真正的满足。”在汤显祖的戏曲里，这至高无上的一刹，是迟早会来到的：当一对情侣成就了爱情并想要延长那欢娱的一刻直到永远时；当一个官员事业顺遂，升到了极品禄位，觉得别无所求时；或是相反地当一个新的人生境界启迪了这位官员，使他忽然大彻大悟时。

卢生既然在临死前表示，对他的一生十分满足，为什么从梦中醒来时，又会立刻感觉人生不过是个幻景，而跟随吕洞宾去了呢？为什么他不要再过一下那遇见女财主时的好运生涯，重尝一下中状元时的那份得意，甚至是开浚运河和打败敌人时那种青史留名的功业，他最后投进的那美女温柔阵，以及他流窜中所受的折磨？可是当吕洞宾告诉他说，他梦中的妻子不过是他的驴子变的，他的子女只是院子里的鸡狗之后，卢生立刻回答他（那答词和小说所记的差不多）：

> 老翁，老翁，卢生如今醒悟了，人生眷属，亦犹是耳，岂有真实相乎？其间宠辱之数，得丧之理，生死之情，尽知之矣。

于是我们可以说卢生之所以决定放弃这个世界，其原因主要来自一个事实，即人类的境况没有一点是长久不变的。像浮士德这种真正的浪漫人物总是不满足，总是不停息追寻和奋斗，而汤显祖笔下的那些即将大彻大悟的佛道人物，则满足于任何可永远停留的事物。因为不论是性爱还是由此而生的后裔，不论是儒家所倡的功业还是因此而来的名誉，都不能保证永久的快乐。因此他才想和红尘俗世断绝关系。在歌德的《浮士德》里，行动和事业是被列为首要的：只要这人对自己忠实，在做着有意义的探求，末日什么时候到来，实无关重要了。我们看到，汤显祖笔下的主角多是厌恶行动的（《牡丹亭》倒是个例外，那个戏里人人都在动的）：主角们几乎总是被奸臣陷害才派出去做危险的事情，虽然他们都具儒家观念，爱惜立功后所得的荣誉，同时不免思念妻子，就如和自己一样寂寞的妻子也正在深闺中想念自己一样。传统的诗词和戏曲，使汤显祖认识到，功名勋业使家庭离散，使情人分离，带来了许多感情上的痛苦。从某种意义来说，《紫箫记》和《紫钗记》结尾那两幕感人深切的重逢场面和《南柯记》《邯郸记》结尾之主角彻悟人生的戏是大同小异的。在前两部戏里，少年情侣有长期的欢乐家庭生活在等着他们去享受，只要丈夫回家，就可团圆，安享一切！他们还没有功夫，也没有必要去花费脑筋想象永久情爱之虚幻，但后两部戏里主角在梦中过了丰富的生活后，醒来便立刻寻找更高的解脱。像淳于棼，被人强迫脱离梦中生活，他之仍然抓住蚁族世界不放的心情，是可以理解的。但是卢生过得心满意足，所以醒来后便立刻决心跟随道家去求仙。

这两个彻悟了人生的主角，他们的明心见性并不表示他们的识觉有任何急剧的重大改变。我们并不感到他们的正常自觉被悟到上帝或更高层次存在的自觉所取代。他们只是警觉到时间的诡诈，而采用了传统的宗教方式去逃避时间而已。用做梦的方式去缩短时间，使其体验到人情眷恋之不足取，因为在短暂的梦中，此种眷念尤为短促不堪。《南柯记》在表面上宣扬传统的佛门教义，主角也成了佛，因为他想要搭救众生。但是在主角的醒觉过程中，作者把蚂蚁的蚁性和人类的人性都忽视了。

撇开外在的宗教助力不讲，现在我们已经提到了三种形式的生活，这三种生活都未乞求外在的宗教助力：一是歌德式的浪漫奋斗型，二是陶潜主张的恬淡的存在主义型，三是苏轼的神秘知觉型，这一型，在西方有布莱克名言，可作良好例证："一粒沙中见世界，一朵野花识天国。"上述这些生活方式，以及其他任何可以不受时间胁迫的生活方式，汤显祖都未言及。举个相反的例子，颇受中国和日本戏剧影响的美国剧作家桑顿·怀尔德认为，一般的日常生活事件都值得我们无条件的绝对肯定。人生之可贵，正因其短暂，但其短暂并不排除永恒的存在。在《我们的小镇》里，女主角艾米莉的鬼魂在一个幻景里，重过其十二岁生日，对于人的境况，越发爱好起来。她唯一感到遗憾的是，那天早上她父母和她自己忙着日常工作，大家都忙得没有工夫去体味那正在消逝的永恒中的每个刹那：

> "我没有察觉到。这一切进行的事，我们都没有去注意。让我回到——山上——我的坟里去。但是，且等一下！让我再看一眼。"

“再见，再见，世界呀。再见！格洛佛角……妈妈和爸爸。再见，滴答的时钟……和妈妈的向日葵。还有吃的东西和咖啡。还有新烫好的衣服和热水浴……睡着和醒着。噢，大地呀，你真了不起，谁能会整个了解你呢。”她望着舞台经理突然淌眼泪问：

“有人在活着的时候懂得生命吗？……每，每一分钟？”

在怀尔德看来，人的处境并不是绝望的，因为消逝中的每一刹，都可能是永恒中的一个刹那，所以他认为并不需要恳求肉身的恒久不变。正因为汤显祖脑中没有那种神秘主义的想象，因此他获得永恒的方法，是借爱情以遗忘时间，或者退避到某些宗教的托庇所去。但这两种解决方式，都曾形之于词曲，使作者得以成为中国传统文学各流各派的伟大继承人。

六

汤显祖写《牡丹亭》时，正值他诗才焕发达到顶点的时期，这是他向时间挑战的唯一作品。《紫钗记》是作者将霍小玉故事予以改写，借“侠”的力量纠正世间的邪恶。在侠士黄衫客出现前，女主角虽生性豪爽大方有侠气，却因思念离她远去的“负心郎”几至憔悴而死。假如没有人出面协助，她是会死掉的。等情人回到她身边，奇迹便出现，她的健康立刻就恢复了。这个转接，引发了汤显祖对另一作品的意念；他一定费了不少时间和心血，去搜索一个能够证明爱足以超越生死的言情故事，后来终于在通俗笔记小说里找到了一则题名《杜丽娘慕色还魂》的文本。它虽然缺少文学价值，但汤显祖还是采用了。这篇故事收在晚明刻印的《重刻增补燕居笔记》内，现有两套，分存东京内阁文库及北京大学图书馆。至于汤氏是否在这部书里或在更早刻印的笔记集里看到这则故事，我们目前无法知道。因为杜丽娘、柳梦梅的故事，即使在汤显祖那个时期，也很少有人知道。研究明代戏曲的专书都以为是汤显祖有意彻底违背明代大多数剧作家的惯例而自己创造的，而同时认为故事的基本情节系采自唐以前各代流传下来的若干故事。我们读《牡丹亭》的汤氏自序，即可知道这个假设的不确。自序上有这一段：

> 传杜太守者，仿佛晋武都太守李仲文、广州守冯孝将儿女事。予稍为更而演之。至于杜守收拷柳生，亦如汉睢阳王收拷谈生也。

我们试读《杜丽娘慕色还魂》，即可发现它的基本情节的确借用了《法苑珠林》所记载的李、冯两太守的故事。而汤氏借用《杜丽娘慕色还魂》写《牡丹亭》时，又加进《列异传》所记丈人拷打女婿的故事，以资润饰。

《牡丹亭》是个很长的剧本，可是毫不沉闷。中国读者一直都很喜爱它，但从来没有任何批评家指出，它之所以普遍流传，在于它的诙谐有趣。主要情节是：江西南安太守杜宝有一独生女，延师在家课读。在一个春天，女儿到家里的后花园去散了一回步，回到闺房即做一梦，梦见有个少年带她到花园里的牡丹亭上，和她缠绵，结果她便得了相思病。临死，她画了一幅自己的肖像，遗言要求埋她在后花园里的一株梅花树下。杜宝不久奉调新职，与妻子离开南安到扬州去了。接着丽娘的梦里情郎梦梅即到了南安，住在杜宅，无意中看见那幅肖像，非常喜爱，夜间丽娘的鬼魂来访，诿称为邻女。后来她终于透露身份，并请求发掘她的尸体。她复活后，和柳生结为夫妇，二人一同北上寻她的父母。

汤显祖处理这个难以令人相信的故事，充分运用了编制喜剧的天才，剧中大小配角，都显得生气勃勃。在小说里，杜丽娘的父亲只是一位正直可敬的官员；在戏里，他是百姓拥戴的好太守，是个运气极佳的统帅，以最小的力气敉平了一个重要地区的叛乱。他还是个严正的卫道之士和盲目的理性主义者，绝对不肯相信女儿能够复活，并且不断地责打女婿，硬指他是盗墓人。在小说里，丽娘的塾师连名字都没有；在戏里则名叫陈最良（外号陈绝粮），是个冬烘老夫子，完全不懂自然之美和爱情的神妙。他略懂医术，肯援助别人，后来成为看守丽娘坟墓的人和叛军的俘虏，同时又是独力完成一项重要使命的间谍。另外还有几个粗俗的滑稽角色，使人联想到莎士比亚戏剧里的小丑和乡下人。在汤显祖的其他戏剧里，打仗场面都很乏味，而这些场面在明代传奇戏里，似乎是不可缺少的。不过在《牡丹亭》里，有一幕这样的场面却是非常滑稽（四十七出）。听惯《牡丹亭》富于浪漫精神论调的读者们，一定想不到戏里有这样许多粗俗的语言和秽亵的笑话。

戏里严肃的角色只有杜丽娘。她是为情困扰而又因没有得到爱情的滋润而萎谢的人。她的肉身虽被那无法排遣的爱之伤痛所苦，灵魂却在地府胜利地通过审判，投入情人的怀抱，获得她梦寐以求的幸福。和她比较下，柳梦梅这个角色也多少是个讽刺的对象。他虽在丽娘梦见他之前即已梦见过她，但在未拾得她的画像之前，一直热衷功名，不顾手段。若将他和李益、淳于棼相比，后二人在做情人方面比他值得赞佩。他们认准一个爱的目标，专心一志，绝不旁骛。在几幕表演爱情的戏里，柳梦梅对待杜丽娘的鬼魂是很温柔、很热情的，但一和她完婚，即准备起程到杭州去应试，又恢复了热衷名利的本性。他幸运地高中状元，得意之下便折磨丈人，使他苦恼，以报复被丈人看不起之怨。那时丽娘见丈夫地位改善、父亲又升官，亦欣喜欲狂。她忘记她是因痴情专注，才得从坟墓里复活过来的。

《牡丹亭》虽是本喜剧，但是一向都被认为它最值得玩味的只有演述杜丽娘主要事迹的那几幕：她的梦和她在花园里找寻她失去的梦，她的忧愁和死亡，她在地府受审判，她和情人幽会，她的复活。汤显祖在自序里显然鼓励了这种偏颇之见：

> 天下女子有情，宁有如杜丽娘者乎！梦其人即病，病即弥连，至手画形容，传于世而后死。死三年矣，复能溟莫中求得其所梦者而生。如丽娘者，乃可谓之有情人耳。情不知所起，一往而深。生者可以死，死可以生。生而不可与死，死而不可复生者，皆非情之至也。梦中之情，何必非真？天下岂少梦中之人耶！必因荐枕而成亲，待挂冠而为密者，皆形骸之论也。

汤氏这段动人的文辞阐述了他的爱的哲学。有几个重要名词：如“生”、如“情”、如“梦”，都再三地提及。（“死”也是一个重要名词，它的消极性的含义，只在与“生”和“情”的力量相对比时方产生强调作用。）我们晓得罗汝芳对明代思想的特殊贡献，在他将“生”字代替“心”字，认为生生不息，乃是宇宙的力量。进一步，他又使“生”和“仁”相等。汤氏既认《牡丹亭》是他的得意之作，很可能是他特意采用杜丽娘这个故事来阐扬他老师的哲学观念，把“生”的哲理观给戏剧化了，然后再进一步发挥这个哲学观念，认定“情”是生命最重要的基本条件。但同时他又用他的第三个名词“梦”来改变在时间的世界中对“情”和“生”的拥戴。丽娘只有在梦中，一个没有时间限制的状态下（因为梦不能以醒觉状况下的时间来衡量），才能享受最强烈的生命形式和最丰富完满的爱。再者，她也只有在做了鬼之后，享受梦一样的存在时，才显得大胆，敢于热情奔放地去找寻爱。等她还阳复活之后，时间又把她收回了，她便不再是汤氏在自序里所说的爱情至上的女子了。

《牡丹亭》是汤显祖唯一不认真提到佛道理想的一部戏：戏里的几个道姑，偏是性饥渴者，显露出她们心身方面的各种变态，逗人发笑而已。他之所以这样写，是因为这部戏所关切的主要的价值是现世，以情爱和生命对抗由女主角的父亲和塾师所代表的已被丑恶化的儒教价值观。他们对于女孩子春情勃发的状况全然无知，认为闺女在未嫁之前，绝对克制情欲是理所当然的。杜丽娘对抗父亲和老师之获得胜利，并非由于她有什么主动的抗争，而是由于她整个地屈服于亲师压力之下，就如童话故事里的情形一样。她是一个性早熟的睡美人，一睡三年，等待寻找她的王子到她的堡垒里来吻醒她。不过童话里的睡美人是沉沉熟睡，什么都不知道，也没有梦去打扰她，而杜丽娘的活动则全在梦中和死后，只有在梦和死亡的境界里，她才能脱离礼教及禁忌等束缚，可以自由无拘地找寻爱情。

一旦复活，丽娘立即变成一个不同的人——一位羞答答的大家闺秀，非常注意礼仪。有论者认为她比《西厢记》里的女主角更为大胆热情。为了爱情，她不辞出生入死。但是鬼魂的生活是没有时间性的，在那种境界里，她的自我抑压力并不存在。莺莺虽没有经验过一段梦的生活，但她却自愿地献身给她的情郎，去经验那艾略特诗里所提到的“献身时的大胆”。其实，这种事情丽娘在清醒时是绝不敢做的。她回生后，柳梦梅向她求欢，她即曾拒绝过：

旦：“秀才，可记的古书云：必待父母之命，媒妁之言。”

生：“日前虽不是钻穴相窥，早则钻坟而入了。小姐今日却又会起书来。”

旦：“秀才，比前不同，前夕鬼也，今日人也。鬼可虚情，人须实礼。”

后来，在同幕（第三十六出）她同意即刻结婚，对情人说：

旦："柳郎，奴家依然还是女身。"

生："已经数度幽期，玉体岂能无损？"

旦："那是魂，这才是正身陪奉。伴情哥则是游魂，女儿身依旧含胎。"

这位少女谨守童贞，坚持鬼可纵情，人必守礼，人鬼之间，有基本的差别，她已不再是三年前因相思而死的丽娘了。虽然她在新婚之夜告诉梦梅说，"柳郎，今日方知有人间之乐也"，但情境已变。丽娘已经得到她所要的郎君，梦梅也已找着他的梦里情人，自此以后他们急需要做的事情是纠正他们的行为，使女方父母和世俗社会看得顺眼。如果他能上京应考，高高得中（他就做到了）的话，他们那一段人鬼之恋的爱情，便将因他的功名成就而获得另眼看待。毕竟，他是才子，而她是佳人，他们过去有过某种浪漫的越礼举动，乃是值得艳羡的事情。因此本戏的后三分之一遂变成为比较寻常的浪漫式喜剧，借以辩明男女主角过去一段不顾一切的热恋没有什么不对，因为他们现在已是名教的维护者，过着合乎他们新得的官家威仪的生活了。在最后一出戏里（第五十五出），丽娘深自庆幸她的梦里情郎在官场早显身手，任她父母怎样选也不会选到的。她对陈最良说："陈师父，你不叫俺后花园游去，怎看上这攀桂客来？"当为情所苦的情侣们度过了爱的阶段而寻求与社会相妥协时，原来在死气沉沉的儒教社会中强烈地肯定生命的那种浪漫爱情至此已变得面目全非，无可辨认了。

无疑，汤显祖的意思是想把超时间、超生命和超死亡的热爱，注入杜丽娘的形体。但是爱情只有在未能得偿所愿时才似永恒。一旦爱情正常化了，或是因有了实体的性的拥抱而减少了相思，那份永恒的感觉便无法继续。假如丽娘和梦梅两人在恋爱成功后仍继续鄙视世俗的成功和反抗传统的道德，他们是会成为悲剧性爱侣的。但是汤显祖不会采用悲剧形式，因为明代的传奇，虽然着重悲欢离合的情节，到底是喜剧形式。再者，柳梦梅原是个穷秀才，他所念兹在兹的一直都是仕途显达。照杜丽娘的家庭背景和教育看来，她若一辈子与一介穷书生过活也不会高兴的。因此《牡丹亭》终于写成一本协调喜剧：就女主角而论，爱的冲动带给她世俗的尊荣和成功，假如她没有主动地去经历生死以求爱情，她是无法获得如此之大的成功和尊贵的。她虽然有一阵反抗时间，但很快就和时间欣然谋得妥协。时间最后将使她成为尊奉名教的母亲，关心着孩子的正当教育。若和《南柯记》与《邯郸记》相比，《牡丹亭》的特色在于以丽娘的梦点出一个无时间性的世界，在这世界中爱是唯一的真实，而另两个戏则以梦来缩短时间，把生命之短促戏剧化。但在梦和鬼魂生活之外，时间又绝对地控制了丽娘。

（陆勉余　译）

《老残游记》艺术与意义的探索

清末十年所出的小说中，《老残游记》最受人爱戴。是书风靡一时，而所获得的学者的注意，过于同期的任何一部小说。可是，虽有人下过种种可嘉的功夫，此书无可置疑的力量和艺术成就，却还没有人用比较严密的批评方法去分析、讨论。拥戴这小说的，征引数节原书，把其中要义和辞彩孤立起来，略评一下，便心满意足了；殊不知在评论任何伟大性已得到假定的作品时，思想与风格的衡量是不宜分开的。论者特别赏慕刘鹗对官吏的严酷批评，以及若干章节中对景物和乐曲的精摹细绘，以见作者的开明政见和文学才华。可是，强调作者留心贪官酷吏，反而容易令人忽视了他对整个中国命运的更大关怀；单纯褒扬作者的描写能力，则他在中国小说传统中形式与技巧两方面所作的革新，我们便可能觉察不到，而这革新远较描写能力来得卓绝。这篇文章想深入一点，探讨《老残游记》的艺术成就和政治意义，以为更全面地评价这本小说之伟大的初阶。

这本小说结构松散，对故事的布局显然不太关心，这可能是一般批评家对它的了解比较机械化的一个原因。《老残游记》英译者谢迪克教授力称“作者对人对物的兴致无时或已，加上他的道德勇气和幽默感，造成此书气氛上的完整性”。可是，他仍不得不承认，“揆诸西方的小说概念”，则这书情节与题材的完整性，两皆缺乏。然而，刘鹗对叙述、对话、描写的经营，表现出他是个卓然有成的艺人，而非初出茅庐、心不自知其力的小说作者。因此，此小说之所以缺乏后者那类完整性，与其说是由于拙劣和粗疏，毋宁说殆因作者故意如此。最末两回，正好证明刘鹗并不是不会撰述面面俱圆的故事的。前十八回，刘鹗并没有这样做，大抵因为他不满前人以情节为中心的小说，又有野心包揽更高更繁杂的完整性，以与他个人对国计民生的看法互相呼应。刘鹗身处的时代中，小说家瞩目所见，尽是大批从翻译而来的西方小说；时论所趋，又驱使他们心怀家国。方此之时，刘鹗握管而书，所享之成功，似乎大于他同时代杰出而多产的李宝嘉和吴沃尧：他脱掉传统的小说家那件说故事的外衣，又把沿袭下来的说故事的所有元素，下隶于个人的识见之内，为其所用。如果在行文上用的不是第三人称，它尽会是中国第一本用第一人称写的抒情小说。同时，作者与当代的讽刺小说和谴责小说的作者迥不相侔，他探究国家的现在与未来，所以，它可被称为中国的第一本政治小说。

以上各点，下文将予以论证。这里只谈小说结构中最突出的一点——中间第八至第十一回这部分；它是一大段哲学性和预言性的插曲，几乎可以完全从老残游历的主线割离出来。这一部分记述申子平到桃花山之行，表面上为了寻访隐者刘仁甫，实际上则领受了女智者玙姑和预言者黄龙子的一番道理。申子平启程之际，老残并无要事等他去办；所以，倘若作者要维持小说的完整性，使它彻头彻尾是老残的游记，则大可叫他踏上旅途。然而，刘鹗故意冒个险，从主干枝裂出来，以便完完全全地表达出他对时局错综而矛盾的看法。这些看法分由老残和黄龙子道出。至于枝裂的理由，稍后将会说到。因此，为了评论上的方便，这本小说可分两个步骤来阅读：我们可先览主人翁完备自足的记述，然后把它与中间部分合起来读。现代读者对主人翁的自述早有同情；中间部分，尽管满是玄思奥说和神机妙算，但大大促使它与整本小说的感性融为一体，又大大渲染了整本小说的政治意义。本文第一节中，我先从第一步骤入手。中间部分的风格与记述手法和主线鲜有出入，因而在该节讨论小说家刘鹗的技巧贡献，我以为不必顾及这中间部分了。然而，由于主线议论中国，情深而意切，本身即已引人入胜，我也会讨论主线的这一方面，以为读者进入第二节作准备。本文的第二节，则想针对那哲学性和预言性的插曲。我希望这两节合起来时，有助于对此小说的技巧和意义的进一步了解。

一

义和团攻打东交民巷，引起报复，一九〇〇年八月，八国联军攻占北京。此事之后，即使最顽固的中国读书人也感到时乎不再，对国家的前途忧心忡忡。刘鹗于一九〇三至一九〇四年撰写他的小说：虽然它所追述的年代，中华帝国并未临到山崩地裂的危险关头；可是，难逃的劫数，则人人感而知之。作者的序言末段，对此说得清清楚楚：

> 吾人生今之时，有身世之感情，有家国之感情，有社会之感情，有种教之感情。其感情愈深者，其哭泣愈痛：此洪都百炼生所以有《老残游记》之作也。
>
> 棋局已残，吾人将老，欲不哭泣也得乎？吾知海内千芳，人间万艳，必有与吾同哭同悲者焉！

因而在序言中，刘鹗压抑了小说预言性部分较为自信的声音，主要唤起人们注意他对中国的衰弱的深切悲痛。金圣叹评点《水浒》序言开了在序言中表明自己忧戚态度的先例；而刘鹗的论哭，即承袭金氏而来的名篇。序中谓其哭也有二端：

> 灵性生感情，感情生哭泣。哭泣计有两类：一为有力类，一为无力类。痴儿呆女，失果则啼，遗簪亦泣，此为无力类之哭泣；城崩杞妇之哭，竹染湘妃之泪，此有力类之哭泣也。而有力类之哭泣又分两种：以哭泣为哭泣者，其力尚弱；不以哭泣为哭泣者，其力甚劲，其行乃弥远也。

刘鹗把自己列入第二类的哭者中：屈原、庄子、司马迁、杜甫、李后主、王实甫、八大山人和曹雪芹。他相信这些哭者多情善感，以见其灵性之深邃。他们大半皆变一己之哀而为人类之哭，因此，我们可说刘鹗服膺济慈所谓没有人是真诗人，

> 除了那些以人间世之悲惨
> 为悲惨，且把它们永驻心头。

有力类之哭使忧天下的诗人有别于“梦族”。这伙“梦族”，擅于柔弱之哭，而对“人间世之大悲大痛”[1]无动于衷。

1 引录的两行诗句及片语皆出自济慈的诗：《海伯利安的陨落》。

在所列举的有力类的哭者中，刘鹗与杜甫最为接近。刘鹗与诗圣杜甫相形之下，毫不逊色，于此可见他的伟大。他能摹擅写，在传统中国小说家中，无人能出其右，犹如杜甫之于众诗人。二者同样忧时感世，虽然极其悲戚沮丧，但对中国的传统、信念坚贞不渝。杜甫中期的诗，是浪游于苦难世局中的记录，犹如《老残游记》。二者既对暴戾和不平痛心疾首，而又同样表现出热爱山水和率真的意趣。

我之提及杜甫，乃用以阐明刘鹗的记述手法。要求紧凑完整的布局，或要求一连串紧凑完整的情节——以此传统的准绳去衡量《老残游记》的批评家，就无可避免地发觉它的结构未臻善境。然而，这本小说，一如书名所云，是游历的记录；而作者构思那独特的情景、独特的经验时，似乎仰赖自然诗人和小品文家远多于传统的小说家。《老残游记》文如其题，是主人翁所视、所思、所言、所行的第三人称的游记。（即使那预言性部分，亦可当作申子平的游记。）这游记对布局或多或少是漫不经心的，又中意貌属枝节或有始无终的事情，使它大类于现代的抒情小说，而不似任何形态的传统中国小说。刘鹗变旧小说而为抒写人物深蕴五中的情与思的编制；可惜他下一代的作家步武西方小说，以致刘鹗那近乎革命式的成就一直未获承认。

所以，《老残游记》并非《儒林外史》那种风格的讽刺小说。第四回中，有两个做官心切的送钱给老残，托他保举一官半职。可是，除了诸如此类的小场面外，揭人隐私以嘲之辱之的讽刺色彩是极少的。它也绝非与《官场现形记》和《二十年目睹之怪现状》同类的谴责小说——如鲁迅所称述的。刘鹗不是查根究底，为揭发而揭发的新闻记者。每当有人告以官吏的失职时，老残即大吃一惊。这惊恐以及无可奈何的怜恤之感，为读者提供了适当的情绪反应。虽然书中两个主要的酷吏——玉贤和刚弼——残忍得令人难以置信，我们并不认为作者把他们漫画化了；换作李宝嘉和吴沃尧，则必会如此。反之，他认真断言刚弼的“清廉”，而认为玉贤清廉之外，更具“才”干。刘鹗率先揭露所谓清官的面目，几乎所有的批评家都对此啧啧称赞。然而，事实似乎是他竟把同情心延及这班残虐的人。他们愚昧；他们迫害弱小而引以为乐；他们——至少玉贤如此——野心勃勃要向上迁升；这愚昧，与乎迫害之乐和迁升的野心，同样是他们残忍的根由。

作为一本新类型的小说，而以游记的形式出之，《老残游记》最末布局紧凑的那两回，最为脆弱。这两回述及老残摇身一变而为私家侦探，在他助手许亮乔装诱捕恶棍吴二浪子时，无端端销声匿迹了好几页。侦探小说大盛于晚清，刘鹗技痒而用之，情有可原。可惜他以侦探故事终结全书，却破坏了前此善为经营游记体裁的完整性。

这侦探故事削弱全书的另一原因是：这桩揭发出来的案件，只是家庭内争，与官吏酷虐百姓的主题无关。贾魏二家的故事引人入胜，因它举例说明了刚弼那令人悚然以惊的残忍和愚昧。刚弼挫败了，这故事的主要目的也达到了。是以小说的高潮发生在第十六和十七回之际：刚弼下令对贾魏氏用刑，老残勃然大怒，急忙抢上堂去，对质审官，斥其严刑逼供那荏弱女子及其垂死老父。刘鹗明知这家庭案件无涉于全书大义，乃将被毒死的悉数复活过来，把这桩罪恶消于无形，以皆大欢喜作小说的收场。翠环与翠花二妓则从火坑赎身出来，前途也较前光明了。

主人翁的嗜好、兴趣、关怀等，一一从游记中呈现出来。首章写他治愈黄瑞和（暗喻黄河）的病；另有梦境，记那代表中国的帆船，船破入水，在洪波巨浪上翻闯，一片叛乱，好不危险。他对中国的关怀，在此表露无遗。然而，他同时是个酷爱山水和音乐的走方郎中。他随身携备古书数卷，既诵诗又赋诗；旅途上和客栈中，喜与平民百姓为伍。第二回记他旅次山东首府济南时，先则游当地的山水名胜，听白妞的清唱绝响，一如旅人所为。后来听到骇人的惨事，乃难免转注于官场的罪恶和无辜百姓的苦难。可是，老残的好奇心和兴致无时或已。他心怀国事，然而，除了忿怒和忧思的时候外，这关注并没有完全盖过他多方面的兴趣。

主人翁既有种种兴趣，为求与此吻合，作者乃能妙笔生花，把小说写得趣味盎然，或苦或乐，乍惊乍喜，跃然纸上。早期的中国小说家着重布局，对场面的烘托则极少考究，绝少能把在场人物的举止谈笑和盘托出。《红楼梦》的作者写初看起来似乎无关宏旨的人物对话逼真妙肖，但对场面的营造则逊于刘鹗。从第十二回老残与黄人瑞在一傍晚邂逅时起，至第十六回他俩于翌晨入睡时止，我们读到接近四十页的叙述，生动活泼地道出二人在翠花、翠环陪同下的言谈举止。这场面连绵不断，无疑地记述了传统中国文学中最长的一夜。就小说技巧而言，也是描摹最为逼真的一夜。四个角色全部栩栩如生，尤以黄人瑞至为突出，可说是中国小说中最可爱的瘾君子。

诚然，水灾以及贾家谋杀案的复述，颇伸延了那夜一节的长度。不过，它们绝非完全独立的加插，水灾故事尤其不然。这故事的展开，把四个人都引到里面去。夜叙一节，表面看来，乃为了向读者交代水灾和凶案，其实作者紧握时机，尽量描摹真相，呈露了老残深一层的性格，表明了他三个友伴的身份和性情。黄人瑞一再拖延，最后才把凶案道出，此乃作者的典型记述技巧：倘若晚饭既毕，故事立刻如诺道出，则夜叙瞬即结束，我们也就没有机会好好认识他们各人了。

晚饭刚刚用完时，老残从黄人瑞所请而赋诗。从早一天他目睹黄河冰封时起，腹稿已定，是以顷刻写在墙上。诗云：

> 地裂北风号，长冰蔽河下。
> 后冰逐前冰，相陵复相亚。
> 河曲易为塞，嵯峨银桥架。
> 归人长咨嗟，旅客空叹咤。
> 盈盈一水间，轩车不得驾。

锦筵招妓乐，乱此凄其夜。

这诗不离唐前五言古诗窠臼，落得个平平无奇。然而，前此老残既闻玉贤的种种暴行后，乃吟诗以泄义愤；如今他亦缀句以抒激情。中国文人素以散文冠于诗首，序诗之所由作；因诗的篇幅短小，为了交代背景，俾供读者全面鉴赏，所以有此必要。这样说来，则几乎第十二回全回到老残握笔在墙上挥写时止，都可以说是那诗的序。可是，这段散文描述，诗意盎然；相形之下，原诗本身不过用传统的方法，把诗情浓缩起来，对用以入诗的那些独特经验少有讽示。

老残受困于东昌府，乃因他不能渡过黄河，以抵济南。与黄人瑞邂逅的前一天，他走在河堤上，看看有什么方法渡河。然而，河上的浮冰和船上以木杵打冰的一干人把他迷住了，以至于在客栈中用完晚膳后，他便穿上羊皮袍子，又到堤岸闲步。彼时雪月交辉，他忆起谢灵运的诗句，岁月如流，国事扰攘，老残不禁悲从中来。翌晨，他又走到岸边，探听怎样渡河。斯时河已全被冰封。返客栈时，他踯躅途中，城里景象寥落荒凉。返抵客房，无疑地因曾忆起谢灵运的诗，他便读起一本新编的《八代诗选》来，心中把它与同类选集比较。看了半日，在店门口闲立一会，黄人瑞差来的家人进门请见。黄氏也住在城里，不久便约他一同用晚膳。这顿饶有生趣的饭，诗中以末二句概括了事，实在不够。

那下午黄河冰封一场，就是诗的首六句所吟述的，刻画得惟妙惟肖，洵为佳构。云开月明，银光映照雪山，良夜里老残翘首对月一场，亦是传诵的名篇。但对了解该小说写作技巧而言，则随之而来的冥思一节更值得我们注意：

> 老残对着雪月交辉的景致，想起谢灵运的诗，“明月照积雪，北风劲且哀”两句，若非经历北方苦寒景象，哪里知道“北风劲且哀”的个“哀”字下的好呢？这时月光照得满地灼亮，抬起头来，天上的星，一个也看不见；只有北边，北斗七星，开阳摇光，像几个淡白点子一样，还看得清楚。那北斗正斜倚在紫微垣的西边上面，杓在上，魁在下。心里想道：“岁月如流，眼见斗杓又将东指了，人又要添一岁了。一年一年的这样瞎混下去，如何是个了局呢？”又想到《诗经》上说的“维北有斗，不可以挹酒浆”——“现在国家正当多事之秋，那王公大臣只是恐怕耽处分，多一事不如少一事，弄得百事俱废，将来又是怎样个了局？国是如此，丈夫何以家为！”想到此地，不觉滴下泪来，也就无心观玩景致，慢慢回店去了。一面走着，觉得脸上有样物件附着似的，用手一摸，原来两边着了两条滴滑的冰。起初不懂什么缘故，既而想起，自己也就笑了。原来就是方才流的泪，天寒，立刻就冻住了，地下必定还有几多冰珠子呢。闷闷的回到店里，也就睡了。

精描细摹的段落，人多知之。如上那些，则极为人忽略，而刘鹗作为抒情小说家的真正本领，即在此表现出来。若说这里写主人翁的灵思冥想在他的诗里沦为一对质木无文的偶句（“归人长咨嗟，旅客空叹咤”），则这段散章，直抒胸臆，使眼前所见物色与脑中浮现诗句，浑然呼应，最后归于仰观天象的愀然感叹。自然，这里所述的经验，已司空见惯：任何忧时感世的中国骚人墨客，明月当头之际，都会有此心怀。纵使中国诗词中时有咏述（杜甫即是显著的一例），但中国小说向来对主角的主观心境不肯着力描写，刘鹗摸索以意识流技巧表现这种情景，不但这里如此，好几处亦如此，且同样精彩，这确是戛戛独造的。

作者曾自拟此书于一种“其力甚劲，其行乃弥远”，不以哭泣为哭泣之哭泣的境界。如此看来，本段更饶有趣味。在一本涉及人类受苦的小说中，眼泪自然是不能避免的：我们特别想起于学礼的媳妇在她丈夫断气前哭得死去活来，然后刎颈殉之。翠环对老残和黄人瑞倾诉身世时，还忍得泪；最后一闻他们允诺相助，却号啕大哭起来。贾魏氏泣不成声，一丝半气地供说实在无从捏造一个奸夫出来。这等女子，都是“有力”的哭者，倘若上苍俯听，她们直会“崩城”“染竹”。甚至第二回所述那被官府的轿夫踢倒的街童，也是个“有力”的哭者，因为在一个天下为公的社会中，那轿夫应该更加谨慎小心，更加照顾别人。如果这意外真的无可避免，则那轿夫——轿内的官大人更好——会抚慰那孩子，并向他母亲赔个不是。这里的情形则是：那妇人只有挈了孩子，嘴里咕噜咕噜地骂着，就回去了。

老残借悬壶济世，尽他所能扶助残弱的和被害的，俨若一不携刀剑的侠士；他不效英雄之所当哭。然而，曾几何时，每当痛心恶吏，感怀国事，他便热泪盈眶。正如有一次，他怒火中烧，欲杀玉贤，发髭因之竖起。可是，老残往往自加克制，不让愁郁和忧愤一发不可收拾。这正道出一更深沉的忧虑：眼见“棋局已残”，孤掌难鸣也。这里，泪水又掉了一次；可是，在泪已成冰后，他才知曾怆然落泪。他还戏用陈词（“冰珠子”）去描写那些溅在地上的泪滴哩！他这自嘲不单写活了个“冷”字，且挽回了流于感伤之弊，而感伤性适足以掩盖这千古共感的悲恸。这类哭泣，眼泪的宣泄是不济事的。

何以故？尽管他的旅程暂以快事作结，促使老残夜行时落泪的疑问，在小说的主要部分中，并没有获得解答。他虽然侠骨柔肠，却不是孔武骁勇的剑客，惩戒恶人，彰显公义，使人读之而震慑，而称快。即使老残一见不平便起而纠之，但他明知自己所未闻的多少恶事，正日日发生；此外，对于国家大势，他是有心无力的。他谙治水之道，这套学问对他前途可大派用场；然而，就此小说本身之内而言，我们甚至可以质问道：对于反抗专横势力，解救黎民疾苦，老残究竟做了什么？他纳翠环为妾，又把翠花配作黄人瑞的妾侍。他上书巡抚张曜（别本或作庄曜），使张宫保免去刚弼主审凶案的专差，贾魏氏及其老父因而得直。可是，前此致宫保述玉贤失职的信却徒劳无果。第十九回说他会晤宫保：

> 宫保说：“前日捧读大札，不料玉守残酷如此，实是兄弟之罪，将来总当设法。但目下不敢出尔反尔，似非对君父之道。”老残说：“救民即所以报君，似乎无所谓不可。”宫保默然。又谈半点钟功夫，端茶告退。

老残识见不群，独来独往，在山东可以有所作为，主要因为衙门中人知道宫保十分尊敬他，又欲聘用他。如果没有宫保撑腰，一个无官衔的走方郎中，是不能对刚弼面斥廷询的。然而，可笑的是，虽然口碑皆谓宫保贤良，他却误信玉贤和刚弼，引以为左右辅佐。即使相信了玉贤的残酷时，由于官僚气习已成，乃不欲罢之，免使因他荐举非人而致龙颜不悦。更不可恕的是他曾采纳一书生之见治河，卒使黄河两岸泛滥成灾，杀害了几十万百姓。身受其害的翠花，说张抚台勉强接受了那不合人道的治河法时的情景：“张抚台没法，点点头，叹了一口气，听说还落了几点眼泪。”也许这也是“有力类”的怜恤之泪吧！可是，在这紧要关头，他良知不安，与乎后来他对老残的咎责不置复，似乎在说明：像他这样的重要官员，实施或赞助不智的决定，是免不了的。《老残游记》一片侠气、满腔热血，却是本基于政治现实的小说。主人翁成功地把几个困顿的生灵救出水火，这不过表现出众多受虐吏劣政所残害的百姓，其处境益加艰窘而已。

二

《老残游记》是本政治小说，不论行文立意，对义和团事件备加关注。如所周知，刘鹗的颠沛际遇，与一九〇〇年的事件牵连一起。那年秋天，他由上海抵北京，通过俄国友人，经过一番斡旋，终于购得储于太仓而为俄军所据的大批米粮，以贱价粜诸城中饥民。可是，此慈善心肠却惹来仇人袁世凯之谗，谓他私售仓粟罪君。一九〇八年刘鹗被流放新疆，部分原因在此，翌年在迪化去世，享年五十三岁。在他正要为《绣像小说》写稿时，关于义和团的小说正大行其道；他一定也想把北京失陷时的目睹耳闻现诸笔墨。（刘鹗为接济友人连梦青，始作小说。那时，连梦青正被官府追迫，匿于上海。《老残游记》刊出前数期，《绣像小说》正开始连载连梦青的《邻女语》。此小说所述主角的经历，与刘鹗北上被攻陷的京城的经历极为仿佛。）不过，虽然刘鹗向早期生活寻觅灵感，大概由于庚子之乱太难处理所致；他仍然别具心裁，把对义和团事件的关怀设法搬入小说中去。

考察刘鹗一生行迹，他的小说一定大大借重于他一八九〇年的回忆。他那年在山东入官，为张曜治水咨议。张抚台于一八九一年去世，小说把他们的相遇安排于秋冬之际，所以这事可说只能在一八九〇年发生。那时刘鹗三十四岁，与老残的年龄相仿（“不过三十多岁”）。当时满人毓贤为曹州知府（相应于书中的玉贤），虽然他的官衔一直至一八九一年才正式确立。

可是，若要以刚弼影射满人刚毅，则我们不能一视同仁，将他看作作者的山东同僚。刘鹗之子刘大绅，于一九四〇年提出此说法，后来学者向无异议。刘鹗要把二人等量齐观，不仅因他俩名字中一个字相同（“刚”），一个字同韵（“弼”—“毅”），更因刚毅的劣迹，当时的小说家和通俗史家都有所记载，其“刚愎”自用，人皆知之。可是，一八八八至一八九二年，他出仕江苏巡抚，就不可能做山东张曜的佐臣了。刚毅尽管可能在其治区内诬民害民，一如小说中所讽喻的；然而，就目前我们所知的而论，说刘鹗随己之所好把审官的角色加诸刚毅身上，是较为妥当的，因贾魏二家的凶案乃出于虚构。无论怎样，刚毅曾指控刘鹗叛国；小说作者把他写成坏人，个人因素在其中的作用，似乎远大于作者之于毓贤的。

刘鹗挑选毓、刚二人以为暴虐政权的主要象征，论者强调说这乃为了算旧账或指斥其早期的暴政。可是，大体而论，刘鹗之所以如此，倒不如说因他要对他俩煽动愚民，造成国家危乱而兴师问罪。一八九九年，毓贤正任山东巡抚，以此高官承认义和团合法地位。身任军机大臣、协办大学士的刚毅，在受宠于慈禧太后的重臣中，赞助义和团最不遗余力的，大概要算得上他了。那时，一般人都相信慈禧太后打开城门，迎义和团入京，以致满城震慑、一片恐怖，主要由于受到他的怂恿。刚毅于随宫去西安途上得病死去。（若通俗史家所载不误，则他见义和团一败涂地，遂羞愧愤怒而病倒。）可是，为了讨好八国联军，死后他原有的官衔被褫夺去了。毓贤则被流放新疆，途次兰州时，因慈禧太后徇联军之请，处以斩首极刑。不过，他倒也凛然就法，令人感动。

一九〇一年回宫后不久，通俗文人便开始（以小说或弹词形式）写出大量实录和故事，记咏这次国难，又对义和团事件的本末予以针砭。不论他们对列强的态度怎样，这批作者对义和团悉力贬斥。慈禧太后仍然大权在握，他们不能抨而击之，乃转而痛诋她当时的主要谋臣。无论死去了的、被贬了的，他们所受到的攻击，比义和团更猛烈。在诸如李宝嘉的《庚子国变弹词》中，端王、刚毅与毓贤特别恶名昭彰。刘鹗本人并没有同声直接指斥他们，但却揭露了义和团事件前毓贤和刚毅的样子。可是，他对义和团的谴责，特别预言部分的大张挞伐，当代读者无不看出了。不过，到了二十世纪二十年代，那些反义和团文学率多已被淡忘。即使当时最有声望的学者如胡适，也把历史背景撇开，光读这小说，看重它对清官的批判，对其他则不加措意，最多也把它当作与主题无关的附加品而已。然而，即使在主要叙述中，刘鹗已隐隐然道出官吏的暴虐与国家危难的重大关联。例如老残这段对毓贤的预言性评论：

> 只为过于要做官，且急于做大官，所以伤天害理的做到这样。而且政声又如此其好，怕不数年之间，就要方面兼圻的吗？官愈大，害愈甚：守一府则一府伤；抚一省则一省残；宰天下则天下死！

毓贤的官阶未尝超逾过巡抚，但刚毅与端王的权位足以左右帝国命运，并促其衰亡。虽然宰相一职久废，有些通俗作家仍间或称刚毅为刚相国，以见其高居要位。

中国正值存亡之秋的主题，已证诸序言，又于第一回的寓言梦中被戏剧化起来；而小说中酷吏的行为，亦证实了它。不过，作者心中又不甘愿接受这个主题，遂有那哲学性和预言性的插曲。刘鹗在工商界曾做过一番事业，这代表他对西方的大大仰慕（老残在梦中呈献西方的罗盘和纪限仪器，以挽救中国之舟），可是，他作为晚清那代的读书人，与后起否定中国传统的知识分子鲁迅、陈独秀等，并不相侔。前者受中国传统的熏陶更深，不可能否定它。刘鹗为中国而哭，可谓既因热烈眷恋着小说中所描述的安分守己的百姓和秀丽可爱的河山，亦因他对文化传承的系连，牢不可破。他弱冠时曾拜于李平山（号龙川）门下。李平山为太谷教一派之主，倡儒、释、道合一之说。刘鹗极重所学，与同门友谊至死不渝，黄归群即为其中之一。刘大绅持黄龙子影射黄归群之说，因皆以黄为姓。但除了六首玄言诗外，我们对黄龙子的生平一无所知。同时，刘大绅又谓这六首七绝，乃述刘鹗受业于李平山之学境。我们由此可谓黄龙子其人实为作者的理想的化身，他对中国文化怀着信心，与作者的另一化身——冲动的哭者老残——的消沉沮丧相颉颃。

虽然同样借鉴于作者的生平行谊，这两个角色自是各有不同，对政府极感失望的老残，曾雄心勃勃，结纳朋友，讲舆地、阵图、制造、武功等实学，相约报国。然而黄龙子的述怀诗表现出他在淡泊中讲学论道而自得其乐。老残不做隐逸山林的高士，不受一官半爵，而做个走方郎中，扶危济颠。黄龙子清楚地预见时凶世乱，却一直做个隐士，因他揆诸国史、证诸天地、洞悉吉凶兴衰之道。如前所述，若要使老残的游历连贯不断，作者大可撇弃申子平这角色，而让主人翁到桃花山去。他之不能这样做，乃因不欲使这针锋相对的自我的两面对垒起来。没有老残那样的阅历、比较单纯的人，对黄龙子和玙姑所论是尽会接受的。

玙姑剖论国势，兼有老残的消沉和黄龙子的达观；她仿佛是作者思想的代言人。玙姑向申子平阐释的是太谷学派教义，谓儒、释、道三教的同处在“诱人为善，引人处于大公”。然而，她的说法本乎孔孟之道，又把千年来中国的积弱，归咎于一种褊狭的道德观，而以韩愈无理由的辟佛老为代表，宋儒的存理去欲、压抑本性亦为中国积弱之由。我们因此可说酷吏的残虐直接源于这传统：没有通变的礼教和过分关注、压抑人欲所导引的“罪恶”。玙姑以为大公即无私，为善即顺乎自然，即礼行孔子真正的仁道。她自己便是这种善的代表，这善直与孔子的“礼”自然相应。续篇中，刘鹗借尼姑逸云写出佛家慈悲更精纯的一面，即从欲念中自然超升（与宋儒的压抑完全不相同），便得人类的自由。

中国读者少有会与玙姑的道德哲学争辩的；它远远瞻及胡适、周作人、林语堂等具影响力的现代思想家的反道学思想。黄龙子的学理玄妙，对南方的革命的虚言妄见使许多中国读者感到无聊，或毫无同情可言。南方的革命军终于推翻清朝，建立民国。在这科学时代，没有人会根据印度神学和《易经》而建构一套宇宙哲学，或引用一个卦象来证明革命的危险。不过，即使自认比黄龙子开明的读者，至少也应欣赏刘鹗的道德想象力，它驱使他塑造了先知一角，非仅为了说明中国面临大乱的缘由，更为了矢言中国文化的命脉源远而流长。据黄龙子所言，革命党人闯下的纷扰，至甲寅（一九一四）年告终：

> 甲寅以后为文明华敷之世。虽灿烂可观，尚不足与他国齐趋并驾。直至甲子（一九二四），为文明结实之世，可以自立矣。然后由欧洲新文明进而复我三皇五帝旧文明，骎骎进于大同之世矣。然此事尚远，非三五十年事也。

西方许多《圣经》“启示录”式的思想家的预言，为历史所推翻，乃势所必然。不过，预言是表露心声的一种，对某些关心政治和文明存亡大问题的作者，自有其必要。诗人之不得不构筑一套私人的神话或哲学体系，以扩大其视界，从心所欲地预言世事。英国文学中，布莱克和叶芝是佼佼者。克林斯·布鲁克斯教授曾把叶芝《幻象》一书的诗功能扼要地道出：“细言之，这体系使叶芝得以一场大戏剧视世界；许多大事是可预测的（如此则诗人不致在纷乱杂沓中迷然失所），可是，这场大戏的规模容许复杂综错的经验，以及分明是矛盾冲突的经验（如此则诗人不致流于过分简单化）。”黄龙子体系亦正如此。事实上，他这体系与传统中国思想一脉相承，远过于叶芝的体系之于传统西方思想。黄龙子演绎泽火革卦，以为是个凶卦，犹如二女嫁一夫而同居，其志不相得。这说法叶芝当会闻之色喜吧！刘鹗申斥义和团和革命党人，却不能因此而视他对清朝效忠，虽国祚危颠，仍一腔热情依附之。他反对非理性和无政府主义，实表示他维护文明，且非仅中国文明而已。他认定义和团的某些作法起于野蛮的排外主义，其根源则为对神灵鬼怪的迷信。此说少有不以为然者。他视南方的革命党人为无神论者，要亵渎对祖先的敬拜，要破坏家庭制度，这看法也多少有事实的根据。但孙中山先生对儒家文化的尊崇，不下于刘鹗，但刘鹗不明此点。

姑勿论我们对黄龙子的见解反应如何，刘鹗已为桃花山的居民，提供了一个自由而和平的宁谧环境，与小说中其他部分所弥漫的不平和苦难，形成强烈对比。（在本书的续篇里，即使泰山的尼庵也免不了有官府做后台的土豪劣绅的欺凌。）玙姑、黄龙子及其亲朋戚友全然说不上已逃过了人世的烦扰，也避不开山林隐居的不便：玙姑的外甥受儿童所难免的疾病折磨，而他们点灯所用的生油，也不能与洋油相比。不过，他们至少超越了宋儒人欲罪恶感的困扰，互诉心曲，慧语如珠；又抚弦弄曲，以寓其悦生之情。黄龙子与玙姑，一琴一瑟，各乐其乐，而其律协音谐，有胜于中国传统众乐工齐鸣一音调的奏法。此段同随后与桑家姊妹的和奏，刻画灵妙，使人心醉。诚然，第二回白妞王小玉的说书，下笔更为传神，更令人击节赞赏。然而，这里所写，天趣盎然，世间独步；王小玉无论怎样不同凡响，毕竟是伶人之艺，供人取乐而已。

桃花山中，也有虎啸狼嗥。对玙姑与黄龙子而言，这些野兽享有“言论自由”，一如他们所应有。虎啸一声，陌生人会闻之丧胆，像申子平那样。可是，这也是自然而悦耳之声，与后来他们娱宾的“海水天风之曲”并无二致。不过，倘谓在道家逍遥的精妙世界中，老虎是布莱克的精力的堂皇象征，那么，在人间世中，它却是传统中国所谓的“苛政”。老残感愤于玉贤的专暴，在街上访问本府政绩：

> 竟是一口同声说好，不过都带有惨淡颜色。不觉暗暗点头，深服古人“苛政猛于虎”真是不错。

即使在山居中，他们对老虎的逍遥自在，自表同情；可是一触及政治时，山中居民仍以之作为凶恶的象征。因而，黄龙子一面惋惜那离开山林、在人世丧失了自由的老虎，一面却能把它戏比作在朝廷里做官的人，受了气，只是回家来“对着老婆孩子发发飙”。申子平在玙姑家中念了一首诗，所以诗中，老虎以一强有力的象征出现，是顺理成章的。这首诗题为《银鼠谚》，云：

东山乳虎，迎门当户；
明年食麕，悲生齐鲁。　一解
残骸狼藉，乳虎乏食；
飞腾上天，立豕当国。　二解
乳虎斑斑，雄据西山；
亚当子孙，横被摧残。　三解
四邻震怒，天眷西顾；
毙豕殪虎，黎民安堵。　四解

此谚中乳虎（即母虎，为了捍护雏虎，更为凶残）劲遒地透显出叶芝式的预言的愤慨。不过，当我们知道乳虎代表毓贤，立豕代表刚毅时，这首诗与整本小说的互相契应，就彰彰明甚了。这班兽类早期为非作恶，老残身与其间；本诗则概括其以后事迹，并预告其死亡。所以，这首诗的预言部分把主人翁对苦难不平的关怀，放在一个更大的历史和政治透视上：毓贤和刚毅的残害无辜，加强了他们日后挑起国难的罪证。作者百感交集：从国运不振因而一片沮丧，以至文化复兴因而满怀热望。《老残游记》这既抒情又具政治意味的小说，之所以扣人心弦，而又结构独特，大有赖于这万千的感慨。

（黄维梁　译）

文人小说家与中国文化

——《镜花缘》新论

笔者拟于本文中讨论《镜花缘》，把它当作文人小说的成熟范例；同时在了解《镜花缘》的思想和结构的基础上，“探究文人小说”一词的意蕴。《镜花缘》最以机智、幽默、渊博和庞杂见称。不过，更根本地看，它是个寓言性的传奇故事，彻底支持儒家道德和道家智慧。“五四”时期的现代学者盛称《镜花缘》是部关于中国传统社会中妇女地位的讽刺作品；假若真的如此，更不含糊的是，《镜花缘》乃站在严格的传统道德立场褒扬女性的德行和才华。作者一方面体察到改变的需要，一方面却赞成所有传统对妇女的规范，而不予以批判性的抗议。李汝珍既殚精竭虑以娱人，却又以为反复述说传统道德和宗教情操，与其娱乐性不可分割。以结构来说，李汝珍手中的小说，顿然成为文学体裁中最兼收并蓄的，任他表达所有种种趣味的事物。可是，为了补救过于放任之弊，他深感利用寓言性架构以支撑全局的需要。《镜花缘》

不能从其语言性枷锁挣脱；李汝珍虽然富于才情和机趣，但对传统文化全盘接受，自鸣得意，实在呆滞不堪。《镜花缘》之不能再完全取悦于我们，这两个因素的重要性不相伯仲。西方惯于把着重理智的或博学的小说，与批判的、讽刺的才智相提并论；《镜花缘》大有讽刺之名，却未尽讽刺之责。这部小说还未到一半的时候，李汝珍早就放弃讽刺家的任务，而大力铺张褒扬中国文化的理想和乐趣了。

一

鲁迅是第一个注意到清代小说在才学或文体上卓然而异的学者。在其《中国小说史略》第二十五章中，他讨论了《镜花缘》和三本这类的小说：夏敬渠的《野叟曝言》、屠绅的《蟫史》和陈球的《燕山外史》。不过，四者中，只有《野叟曝言》和《镜花缘》充分汲取其作者的学问，同时显出对中国文化的依恋之情。其余两者只能于风格上见其才学：《燕山外史》是个恋爱故事，文用骈体，辞笔流丽；《蟫史》则为战争传奇小说，其文字佶屈聱牙，根本不应值得鲁迅和黄摩西一顾。如果悉照鲁迅所说，我们便只有两个才学小说的例子了，而二者用意厘然有别、形式迥然不同。夏敬渠基本上以当今的韩愈自诩，力主正统儒家学说，排斥佛家和道家。具备共通点的典型作品既然没有，我们标准亦是无依，就没法论述才学小说了。

不过，若谓中国传统中罕见才学小说，《镜花缘》的作者，在文人小说家的行列中，显然是个收梢顶尖人物。这些文人小说家于退休后从事写作，用以娱己，亦以娱友。那些职业小说家，虽然可能和文人小说家一样饱读诗书，却以卖文为生，取悦于广大读者群众，是与文人小说家大有分别的。前于李汝珍的文人小说家中，我们可举出吴承恩（倘若他确是《西游记》的作者）、董说、夏敬渠、吴敬梓和曹雪芹。他们虽然可能在其他诗文或学术方面著述甚丰，每人却都只写了一本小说，而其小说又往往来不及在世时出版。他们各具风格，但是一与职业小说家诸如罗贯中、熊大木、冯梦龙和天花藏主人比较起来，其共通处就显而易见了。文人小说家确实对其技巧更刻意钻研。他们不以平铺直叙为足，每每加插些自创的寓言和神话。吴承恩是文人小说家中最早的，仍然不得不采用一些流布已久的传说。后来者则照例自编故事，以便把他们的理想和信念说得更好。他们的主要目的既在自娱，乃常于描述中加入可观的幽默成分。他们缀笔行文，确实有点玩世不恭，却正因如此，他们便更富创新性和实验性，因为他们不必迎合广大读者。他们率多较为散漫，以包罗各种慎思明辨、文采风流的事物。李汝珍是这批文人小说家中最后一位，即刻意求工地利用上述种种条件。

我们既然认清了文人小说家和职业或商业小说家的特征，小说素为文人卑视这看法就再也站不住了。虽然大多数正在追求功名或已得高官厚禄的读书人道貌岸然地反对读小说和写小说，但事实上，喜读小说的文人为数相当可观，亲自命笔成篇的亦大有人在。值得注意的是，不仅《儒林外史》，连《西游补》《野叟曝言》《红楼梦》和《镜花缘》都嘲讽那些呆呆板滞、心胸窄狭、功名是尚的读书人。这些小说作者把这群伪善的读书人嘲之讽之，自己则写作小说以为消遣；这其间似有重大关联。此等作者中，有的宦途失意，笔下乃免不了冷嘲热讽一番。不过，无疑这些文人小说家和职业小说家很不相同，他们更能以社会的批评者自任。但是，这些文人小说家虽有针砭之意，却不是我们今日所说的“知识分子”。现代的西方小说家，如果十分严肃，就是知识分子；若他不采取批评的态度，就无足观了。像莱昂内尔·特里林所描述的，人类文明种种因循的智慧和规范，知识分子对之并无好感，甚至敌视之；而这是中国文人小说家所永远不会的。夏敬渠、吴敬梓、曹雪芹和李汝珍对若干传统中国社会的恶习，都予以针砭，可是，他们基本上非儒即道，或者又儒又道。例如，鲁迅在其短篇小说中对中国传统文化大张挞伐，这是夏敬渠和吴敬梓诸人怎样也办不到的。也许，道家的虚无主义——和禅宗——早已和中国文化结了不解缘，即使某某作者采纳了庄子那种荒唐的立场，在这个传统中，还是充分受到尊重的。此外，纵使我们说《红楼梦》和《镜花缘》中彰彰明甚的道家人生观对知识分子而言，是非常严肃了，无奈这种人生观却又肯定种种文采风流的赏心乐事，更或明或暗地拥护儒家的道德观。西方的知识分子自觉地以为优于群众，中国的文人小说家则到底在外在道德方面和普通老百姓少有分别，虽然在宗教信念上容有不同。不管文人小说家如何饱读诗书，以现代的眼光看来，他是算不上知识分子的。他往往显得自我陶醉，自得其乐，另一方面又道貌岸然，一本正经，难免有点儿俗气。当然，诗人和古文家吟风弄月，显得高雅，而文人小说家，必须描写人生的种种平凡和粗鄙之处，非得借用世俗的智慧和道德观念不可。大诗人大学者如袁枚和纪昀，以笔记小说刻画人生时，比文人小说家显得更迷信、更富教诲意味。撇开文才不论，如果我们觉得曹雪芹和吴敬梓比诸其他清代文人小说家较有亲切感，这是因为我们觉得他们与理想的知识分子庶几近之。他们笔下对中国人生活的若干愚昧之处，的确更爱冷嘲热讽和感觉痛心疾首。而另一方面，不管李汝珍的讽刺能力怎样，他显得浸淫在他的文化中，怡然自得、风趣自赏。他的小说，自然也就反映出对这种文化的酷爱了。

二

李汝珍做过八年官，写了本《音鉴》，是声韵学上的名著。退休后写成了《镜花缘》。那时天下升平，文字考据的学风大盛。揆诸《镜花缘》，李汝珍大抵是那时代较突出的文人：博闻强记、倜傥风流。他大可把各种意见和心得写成本随笔札记之类的书而终于把各方面的才学归纳成一小说，必然由于他对小说别有偏嗜。一般以为这小说写了十年才完成，不过，张心沧所说的李汝珍“大概把它不断修饰删益”以迄一八二八年正式出版，较为可信，因为，《镜花缘》是中国传统中最用心经营的小说之一。笔者发现故事发展中没有矛盾，没有粗心大意，而这些缺憾损害了几乎所有旧小说。同时，它差不多没有无心的时代错误；这小说既以武则天为背景，能这样，诚然非常可贵。

李汝珍其生也“早”，看不到后来的鸦片战争。战后，中国读书人褒扬中国文化的形形色色所必需的那种泰然自若和昂然自信便荡然不存了。经此一变，终其十九世纪余下数十年间，文人小说之具备《镜花缘》的规模和魄力的，一本也没写出来。清代最后十年间，讽刺小说盛行。此时，传统文人摇身一变而为新闻记者，探寻主要城市和省份内各种国运衰败的征象。新的讽刺家仍然首肯基本的儒家价值观念，但再也不相信李汝珍那种超凡入仙的道家思想，对文人雅士那习以为雅的诗酒风流也不再予以好评了。

《镜花缘》中所宣扬的生活，既已时乎不再，近人评论这本小说，乃得从仍能诉诸我们批评慧觉的地方（主要是首四十回的喜剧和讽刺情节）入手，因而忽视其余。在当代大师胡适和林语堂眼中，给拦腰一截的《镜花缘》变成了中国的《格列佛游记》，庄谐并茂，特别针对中国素来抑制女权这一点。某些批评家倾向于这个看法，不过他们以为本书的艺术性既不令人满意，思想亦不健康。据笔者所知，唯一完全挣脱对《镜花缘》半捧半訾的近代论点的是台湾大学专治中国小说的乐蘅军教授。在《现代文学》四十九期的一篇文章中，她以为《镜花缘》与时代完全不关痛痒，因而唾弃之：

> 我相信在《红楼梦》的读者都日渐式微中，一般读者现在恐怕绝不读《镜花缘》这部书了……这种命运似乎显示着：它不再能效劳于人类所关切的问题了。它属于一个完全逝去的时代。

对有现代文学修养的海内外中国青年来说，传统中国小说已失去吸引力。乐女士感慨系之，我亦于心戚戚。不过，在我看来，无论她对《镜花缘》的赘冗之处，评骘得怎样允当，但她以为道家的思想和人生观已过时失效，因而把它一笔抹杀，是有欠公允的。乐女士看来是个与传统文化比较隔阂的现代中国人，而她所评论的作品，却全心全力拥护那个文化。然而，她至少对这本小说的整个结构和世界观作了一个直率的讨论，比早期的批评家更有见地。

为求更恰当地描述《镜花缘》的世界，我们首先应当指出这小说的主要情节，乃扎根于对忠、孝、仙三种主要理想的歌颂上。现且不提武则天好恶相克的性格，我们看到上一代纯良的读书人，都是力辟武后、拥护唐室的贞忠之士。他们的后裔，借着妻子和朋友之助，终于复兴了唐朝，辨明了忠贞之战。武后篡位后不久，有人欲举兵讨伐，流产了。唐敖是个读书人，愤愤不平，与此事稍有瓜葛。曾有神仙托梦，预言他日后会得道升仙。他遂与其妻舅林之洋和老舵工多九公相偕出洋。旅途中，他吃了些灵芝仙草，又邂逅了十二个女郎，其中很多是困厄中经他救出的。他福至心灵、善举频频，毫无疑问地证明他是个给上天挑上了的善人。他抵达小蓬莱岛后，乃弃家人戚友不顾，一心准备位列仙班。

他的女儿唐小山，沮丧失望之余，踏上征途，要把父亲寻劝回来。她既是“百花仙子”，又是这部百种花卉仙子下凡的小说的女主人翁，她至少扮演了三个角色：孝女、才女和准仙女。在失去父亲的伤痛中，在坚决要把他寻回来这事上，她的孝心大矣至矣。她第一次抵达小蓬莱时，已经知道会名登仙箓，但她没有立即弃绝尘世，而要在返回长安参加女科以光宗耀祖、大显文才后才这样做。二者都是可贵的儒家人生目标。她在众才女中，文采冠于诸人。儒家重文质彬彬，外文与内美，是相辅相成的。她考试时用的名字是唐闺臣（唐朝的女臣子；其原名唐小山则显然影射小蓬莱），表示即使武后当政，她仍然忠于唐室。儒家忠孝之道尽了，她便返回小蓬莱，修道成仙。除了儿女之情外（李汝珍对恋爱事情一无兴趣，可谓怪哉），唐小山看来享尽了仙、凡二界的至美至善。

唐敖和唐小山注定了成仙。准此而论，使人最后超越尘世的仙道，是胜于儒家文章道德理想的。不过，整体来说，这部小说却给人一个清晰的印象：道家之道和儒家之道同样值得仰羡。《红楼梦》中，儒、道二者壁垒分明，这里则无此对立，因为二者都需要德性的修炼。本书的一些带寓言意味的章回中，作者极力模仿《红楼梦》，把人间写成充满辛酸泪的尘世。可是，他意趣隽永，并不令人感到一旦超凡得道，即觉悟到现世的种种痛苦。人间世是个生活的好地方，而名登仙箓则是光彩的，也可说是三生有幸的。倘若你没被挑上，任何虔诚的修炼都无济于事。倘若你真的没被挑上，那么，凭借你的道德文章，好好过日子，也挺写意。比起《西游记》中取经的主要人物来，《镜花缘》上半部那三个出洋远游的，并没有每人分别代表人性的一面。他们三人，出身容有不同，其慷慨仁厚、妙趣盎然处，与作者本人较之，殆无二致。林之洋大有资格超凡登仙（此点以后会予以说明），然而他照旧从商，快快活活做买卖过日子。老舵工多九公环游四海不知有多少回，德高望重，人生智慧特富。他仿若羲皇上人，效庄子和列子的逍遥游，泠然善也。他分尝了可藉以登仙的灵芝草，却招来严重腹泻，换言之，他是没有位列仙班的资格的。唐敖是书中女主角的父亲，特准成仙，乃为了替女儿引路。然而，我们不能因此便说他的德行比他海上友伴的高。

被挑上离世而登仙，给他们的亲朋戚友带来生离死别之痛。这痛苦是会随时间而减轻、消逝的。这痛苦也应提醒他们，天下无不散的筵席。李汝珍除了觉得人生无常外，对这个尘世并无不满意之感。颜紫绡是个侠客心肠、浑身是胆的女郎。她要和唐闺臣一起最后一次出洋时，唐闺臣向她预告，倘若她父亲已决定弃绝尘世，她可能也不会返回人间了。紫绡的答话勾勒出作者的道家慧见：

> 若以人情事务而论，贤妹自应把伯伯寻来，夫妻父子团圆，天伦乐聚，方了人生一件正事。但据咱想来，团圆之后，又将如何？乐聚之后，又将如何？再过几十年，无非终归于尽，临期谁又逃过那座荒丘？咱此番同你前去，却另有痴想，惟愿伯伯不肯回来，不独贤妹可脱红尘，连咱也可逃出苦海了。

死亡是最后的分别。要避过这一关，最好是及早离开世界而成仙。可是，这一百个女子中，只有两个走上了道家之道：如果我们尽了责任，这世界就是乐土。唐闺臣给弟弟小峰的最后教训中，即道出此意：

> 你年纪今已不小，一切也不消再嘱。总之在家须要孝亲，为官必须忠君。凡有各事，只要俯仰无愧，时常把天地、君亲放在心上，这就是你一生之事了。

虽然她选择了要成仙，她对儒家的修齐治平之道，是洞识到的。儒道两种生活都堪景慕。对生活于现世中的人而言，乐趣更多，只要俯仰之间，无愧于天地。本书通过唐、林、多三人首次出洋游历和那百个女子名题金榜后的庆祝宴会，充分地说明了这个意思。

作者由始至终，再三强调忠孝的重要。比较起来，中国小说中褒扬的节、义这其他两项儒家德目，就很少提到过。也许“义”富丈夫气概，严格来说，女儿家身上是用不到的。前面说过，颜紫绡伴随唐闺臣到小蓬莱去。最聪慧的女子中，枝兰音、卢紫萱（亭亭）和黎红薇（红红）三人，在女儿国王位继承人阴若花要回家登极时，自愿为女君辅弼。这四个女子一面谊雅情隆，一面则谋求自我的解放和发展，友谊中蕴含的自我牺牲的义气，在这里是寻不到的。

所有的女子都德操可嘉，直至全书最末数回时止，大部分都依然是黄花闺女。所以，贞节在这里并不是问题。可是，在这些章回中，作者竟然觉得颇有赞成极端的妇道——寡妇以身相殉——的必要，读来究竟有点令人不安。讨武则天的最后一役里，武后的亲信武氏四兄弟布下四个迷魂阵，使不少年轻的英雄好汉殉难，有六个寡妇立即自杀。不过，作者声明自杀的寡妇中，既没有已经怀孕的，也没有已身为人母的。讨武之役开始前，“惟恐事有不测，与其去受武氏兄弟荼毒，莫若合家就在军前殉难，完名全节”。这说法很有道理，因为好汉们一旦造反，家属是不能撇下不顾的。然而，在实际战役里，即使丈夫们不幸阵亡，那六个年轻寡妇并没有给武氏兄弟捉去的危险，因为叛兵连战皆捷，破阵如破竹。除非作者特别要藉此显彰贞节之德，她们的自杀大可不必。诚然，李汝珍再三暗示，早逝是那百个女子的命运。那后来自杀的六个寡妇，其中四个命薄；睿智的师兰言亦曾预言其必早亡。相继丧生的女子共有十个——另外四个阵亡于沙场——作者于是至少局部地应验了他的预言。可是，大部分幸存下来的女子的命运，作者无从提示。我们不禁要问：他究竟为什么要纳入这六桩自杀，以破坏这传奇故事的愉快气氛？她们死了，我们却无动于衷，因为她们都没有什么特别的故事可言。对贞节如此礼赞，读了，心烦而已。

三

《镜花缘》的教诲意味，远比大部分批评家所说的浓厚。不过，倘若本书没有包罗一切琴棋书画等吸引传统文人的知识，作者就不会享有渊博的令誉了。除非我们仔细地就学问论学问，这部分真不容易讨论。我们只消说，李汝珍远比他之前的文人小说家更爱掉书袋就够了：他经常离开本题，描述经、传、文字、音韵、诗、乐、天文、医术、算法、书、画、园、琴、棋等各种风雅之事和游戏。小说中载有大量治病的药方。所有开列的药物，坊间都很容易买到。中国式的大夫误人者居多，国手级的名医，又只把衣钵传给门人。所以，李汝珍的处方，大抵是有济世济民之意的。

然而，若谓作者充分利用小说形式的散漫以包揽各种离题事物，他同时亦乐于向壁虚构一部寓言性和幻想性的小说，以满足其学者兼道德家的需要。我们可以说，那些长篇而散漫的中国小说，正因其情节是非常繁琐的，作者乃感需要以一寓言性或宗教性架构，把那些零碎的情节系在一起。李汝珍这文人小说家造诣非凡，可以把堆积式的结构松而弛之，使几乎所有与寓言性设计无关的情节，都显得顺理成章起来：书中人物妙语如珠，评论域外风俗，或谈笑风生，讲学论道时，他们自己既不受苦，亦不行动。假若《镜花缘》没被设计成关于那百位花卉仙子的传奇故事，则它大可走斯威夫特式或皮库克式小说的路线。然而李汝珍是小说行家，不禁大事铺陈，寓言写物，与《水浒传》《西游记》和《红楼梦》等作者分庭抗礼；即使弄到人物杂沓、尾大不掉，以及加插感伤的宗教性场面，有损其诙谐轻松的旨趣，也在所不计。

我们发现很多中国小说虚有寓言之体式，事繁人多，却不一定达到寓言的实效。《水浒传》中，洪太尉误放了一百零八个魔君，小说家遂不得不把这批数目的好汉的经历，复述一遍，直至他们聚义为止。如果群英之会，仅有三十六名好汉，《水浒传》就不成其《水浒传》了。不过，这样倒会使它更可观和更具娱乐性。李汝珍选了武后诏令百花于残冬中盛放这则有趣的故事以为发端，介绍了这一百个投胎人间的仙子，可说有点鲁莽。梁山泊一百零八好汉性格悬殊、出身迥异、智勇不同，但那百个女子全属绮年玉貌、蕙质兰心，要分辨她们，更戛戛其难。为了帮助读者记忆，所有孟家女子，作者都在其名字上着一“芝”字；而所有嫁给章家的，则着一“春”字。有些名字则提示我们，某某女子擅长绘画、音乐或书法，或某些又长于什么。否则，就没有什么容易的办法去辨认那百个女子中较不重要的了。

还有，一若唐闺臣在第四十八回中所发现的，小蓬莱白玉碑上所铸的一百女子的名姓，乃依品第而列。每个女郎都给安上绰号，并专司一特别花木。上品的女子为名花，下品的则为凡种。不仅如此，榜首和榜尾的女子都有寓言性的名字，以暗示这百个女子的才与德，亦以见出道家眼中的凡间生活的悲哀。唐闺臣绰号“梦中梦”，即寓有此意。把这批名字作系统的研究，是白费心机，因为大部分名字，都没甚意思。然而，对作者来说，根据一套只有他才懂的体系，创制这些名字和品第，一定是蛮有趣味的了。

李汝珍生性风趣，却在《红楼梦》那种忧郁的调子中去沉思那百个女子的命运，特别显得不智。蓬莱岛上，百花仙子通常的居处是薄命岩的红颜洞。以红颜薄命描写神仙，于理自然非常不当。小蓬莱上，那块白玉碑放在镜花岭水月村的泣红亭内。“镜花水月”——传统上虚幻缥缈的意象——正道出这小说的道家题目和寓意。然而，如果一切莫非虚幻，何必要悲薄命、悼红颜呢？本小说的主要部分写的是庆祝会的喜气洋洋。由此观之，那被逐的百种花卉仙子，实在在人间欢度节庆。可是，作者却要认为她们人间的日子悲不可言。道家不容这种意气消沉的态度，这传奇的神仙故事的特质也不许，所以，这点是不能令人置信的。玉碑上刻有泣红亭主人的一段总论，自谓对红颜薄命，感到“辛酸满腹”。总论后有四句谜样的文字，其中二句曰“茫茫大荒，事涉荒唐”。我们记得《红楼梦》第一章中述及曹雪芹遁居悼红轩中，披阅增删其所著小说，而以四行诗归结其义。诗的开首两行是：“满纸荒唐言，一把辛酸泪。”用字如此近似，可推知李汝珍必曾把百个女子的故事看作另一个《红楼梦》。不过，他落笔后，便发现自己对人生的觐察，更能收诙谐滑稽之效，如此一来，即使他仍然大大受到《红楼梦》的影响，但发展出来的，却是小说“华堂喜剧”的一面，而没有进入悲剧的境界。可是，唐闺臣的故事，说来异常庄严肃穆、道貌岸然，以致小说后半，寓言性的意图表露无遗后，那种轻快情调就无从再得了。

与这百个女子的中心寓言相关的是一辅助性寓言，即人需破酒、色、财、气四关。此寓言构成了本小说的高潮。进攻长安之前，年轻的、忠心耿耿的好汉们必须冲破四关。而每关布下了迷魂阵，每阵即代表一种诱惑。这些软弱的好汉，不知不觉间自陷于酉水关、才贝关和无火关中。李汝珍此处写来，精彩异常。但巴刀关一节，则敷衍了事。张心沧的《斯宾塞的讽喻与礼节》一书，论析这辅助性寓言，精彩透辟，并附有整段插曲的信实译文，笔者大力推荐之。

这段插曲的寓言化，看来好像是作者写小说时，临时添出来的：征伐武后，既势在必行，何不用寓言手法，以丰富这段描述？况且，若非这样，那些名不见经传的年轻好汉的壮举，更会索然无味了。不过，林之洋在女儿国那一节，已冲破了这四种诱惑（第三十二至三十八回）。这节是第一次出洋最长的同时又是高潮性的插曲。作者之所以选取了两段关键性段落来描写这寓言，很难说是意外凑巧的。一个看破红尘的道家能完全不受诱惑，看来，儒家的君子亦不应浸淫于酒色财气之中。李汝珍亦儒亦道，或会觉得需要承认两家的共通德目。即使在小说的楔子里面，仙子们的吵架表现了动气的恶果，而武后愤而敕令百花齐放，亦说明了酗酒之弊。

论者异口同声称赞林之洋在女儿国的患难，说是作者关注双重标准的实例，以致我们可能不易同意作者的观点，把这段视作一诱惑。然而，撇开其明显的女权主义讽刺不提，这段插曲表现了一个人受尽凌辱后安然出来，除了双足暂时受到损伤外，一切无恙。林之洋逃出宫殿后，和诸友谈论这场考验，特别请唐敖举出历史事迹，以与他的行为比对。那女儿国“国王”虽然花容月貌，林之洋却拒绝和她成亲。唐敖以为这光景有若柳下惠坐怀不乱。林之洋本来嗜酒如命，却怕醉酒误事，于是不论见到什么美酒，他总不吃（进宫那晚，只喝了两杯便装起醉来）。唐敖以为这有如大禹当日疏仪狄而绝旨酒。林之洋又不为金钱珠宝打动。唐敖谓此举像古时王衍一生从不言钱，甚至嫌起阿堵物的铜臭来。林之洋受尽苦楚凌辱，忍耐到底，唐敖认为堪与娄师德唾面自干媲美。多九公说道：

“林兄把这些都能看破，只怕还要成仙哩！”

唐敖笑道：“九公说的虽是，就只神仙从未见有缠足的。

当日有个赤脚大仙，将来只好把林兄叫作缠足大仙了。”

处理这类戏谑场面，作者最为得心应手。不过，他清楚暗示，林之洋如果给挑上，便会成仙。这小说最后一节里，大禹、柳下惠、娄师德、王衍四个历史上的典型，每人各护一军，以确保迅速攻破迷魂四阵。像李汝珍这样小心翼翼安排这种寓言性象征的中国小说家，为数不多。

这小说中的四恶寓意重大，把我们引回本文引论部分所考虑的问题。笔者说李汝珍是文人小说家，而在道德认识方面，他和那些商业性的小说家的分别为何？酒色财气四戒在《三言》《二拍》中是司空见惯的，所以，《镜花缘》中所述，无论怎样详尽细腻，冲破这四关其实谈不上对传统的智慧有何增益。韩南教授已清清楚楚证明《三言》写作过程中文人手笔之重要。因此，如果这些故事在道德意义上看来平庸，甚至不太通，要诟病的是文人自己。李汝珍这文人小说家，在机智才学上，贡献良多，作为道德家，却与冯梦龙和凌濛初并无二致：大家都从不究诘，称述世俗智慧。

不过，好像其他许多作者一样，尽管难脱教诲意味，他却是个很不错的小说家。女儿国那一大段插曲，既包括了林之洋的考验，亦有阴若花和治水等故事，十分精彩，值得我们把它抽取出来，研究作者的叙事技巧和它取法《西游记》的地方。这段插曲收尾处，作者揭露了它的寓言意义。在读者面前，他几乎沾沾自喜起来。其实，他强调新义，不免有些牵强。我们知道，林之洋并不是个假道学；他在商言商，有利可图即图。危急之际，他无心吃酒，对“国王”的馈赠也没有兴致。他与妻子一同出洋，夫妇恩爱；而那“国王”对他横加虐待，他不可能乐于与她狎游一番。李汝珍自己必定把林之洋的故事写成个具有鲜明社会讽刺含义的喜剧性受难记，虽然，他同时觉得，来个寓言性的解释，正合于他的传奇精神。

四

本小说的中心寓言，虽然暗示人生悲苦短暂，其目的无非在于褒扬中国女性的美貌、淑德和颖才。我们不能真的接受近代的论点，把它当作一部女权主义的讽刺小说。那原为狐狸精（心月狐）被贬下凡扰乱唐室的武后，颁布十二法令以改善妇女的厄运，看来是个极端的女权主义者，是妇女福利和教育的代言人。不过，通篇小说中，她是个令人又爱又恨的角色。她虽然不是淫妇，却在历史上留下污点。像上一代的好汉一样，所有年轻的英雄英雌们誓讨武后，把她推翻。她专横任性，虽然这点除了开首那桩强令百花齐放事件外，没有再加说明。如果我们把这本小说视作一部传奇，那么，她是个反面角色。她树立了新秩序，而新兴一代则要恢复旧秩序。她是个篡位者，也许李汝珍本于历史，无可奈何。不过，倘若他真的偏袒武后，他并没有以她的失败退位来结束全书的必要。

无论如何，种种改革无非为了减轻贫苦不幸的妇女的窘境。这些改革跟那百个女子无关。虽然有数人较为迟钝，因其识见浅窄而受到揶揄，但她们都是德才双绝的。黑齿国的亭亭和红红，咄咄迫人，以声韵和经典问题诘难、挖苦多九公。即便如此，她们仍是传统的贤淑女子，而非萧伯纳式的女英杰，一心追寻道德和知识的真诚。二女博闻多识，多九公自惭形秽，羞愧无地，落荒逃出书斋。忙乱中无意顺手拿了一把扇子。这扇子一面写着班昭的七篇《女诫》，一面写着苏蕙（若兰）的织锦回文《璇玑图》。一为红红所录，一为亭亭所书。二才女日后来到中土，这把扇子也就璧还了。她们虽然才智超迈，但这把扇子象征了她们的性格和才华。李汝珍选了这两篇东西以喻女性懿范，也是毫无疑义的。

班昭，又称曹大家，是中国古代第一才女。她的《女诫》七篇，居教导女性的芸芸规范中的首位。《女诫》最为人称道的地方是四行之说：妇德、妇言、妇容、妇功。班昭虽然认为幼女须受训育，却以为女子无才便是德，更以炫耀才华为戒。她采纳传统之说，以为女子该完全遵从丈夫，丈夫死后，无权再嫁。

《镜花缘》以女权主义小说著称，但开宗明义即捧出《女诫》，大赞一番：

> 昔曹大家《女诫》云："女有四行：一曰妇德，二曰妇言，三曰妇容，四曰妇功。"此四者女人之大节，而不可无者

也。今开卷为何以班昭《女诫》作引？盖此书所载，虽闺阁琐事，儿女闲情，然如大家所谓四行者历历有人，不惟金玉为质，亦且冰雪为心。非素日恪遵《女诫》，敬守良箴，何能至此。岂可因事涉杳渺，人有妍媸，一并使之泯灭？故于灯前月夕，长夏余冬，濡毫戏墨，汇为一编。

准此小说而论，李汝珍之喜爱女子慧巧，是远过于班昭所容许的。不过，他是个小心翼翼的作家。他并没有在开首时宣扬某种道德意图，而后来的故事发展却与此异趣。他所有的女子都是贤淑的、谨守妇道的，或言或行，很多都再次肯定了班昭的箴训。于此，师兰言的例子尤其有趣，后面会予以讨论。

李汝珍十分景慕女子的才情，所以把苏蕙的《璇玑图》与《女诫》并列齐观，二者同为女性争光。这超古迈今、表征女子才情之妙的织锦图，方形，凡八百四十一字，每行廿九字。“纵横反覆，皆为文章。”又如《镜花缘》英译者林太乙所说的，“以方形、螺旋形、对角形及另外十数种其他组合法”读之，亦可。我们一共可按图读出二百余首诗。小说引了武后为此图所写序文。序文谓前秦（公元四世纪）刺史窦滔纳了宠姬，使妻子苏蕙嫉妒起来。苏氏对宠姬苦加棰辱，窦滔深以为憾。后窦滔镇襄阳，偕宠姬同往。苏氏悔恨自伤，因织锦为回文。后窦滔读之，感其妙绝，遂归于恩好。事实上，这织锦诗一若《女诫》，说明了妇女自甘降服于男性的驾驭。

小说中，武后颁布了十二法令以改善妇女生活后，无意间发现此《璇玑图》，且深喜之。为了讨得武后欢心，宫中两个才女寻其脉络、疏其神髓，又绎出诗句，竟可盈千。武后深感苏蕙之高才、二女之慧巧，于是颁下御旨，令天下十六岁以下才女俱赴廷试，以文才定其等第。结果，那百个女子乃得于长安聚首。

李汝珍像武后一样，亟称苏蕙贤慧，堪为女中懿范。他惊慑于这种才智。可是，这种才智不管如何妙绝古今，其实只是小聪明而已。这隐伏于织锦图的百以千计的诗，浮夸而无聊，索然无味。第四十一回节录了从这织锦图寻绎出来的诗篇，不堪卒读。不过，李汝珍一定曾经惊为杰作，否则，他是不会抄录下来以飨读者的。这小说对《女诫》和《璇玑图》同样赞赏，与此特性相符的是：作者颇有一头严肃、一头轻佻的各走极端的倾向——那些女子，一会儿引经据典，处处支持传统道德；一会儿同一口中，却斗嘴顽笑，戏言无忌。西方文学中，在许多主要女角身上，我们可看到谨严的道德敏感和诚挚的才智的浑融一体；这种关系作品中心要旨的道德才智，直指个人生活，要使其变得更严肃、更丰富、更有意义。这种精神在这班女子中，是付诸阙如的。读《红楼梦》时，我们也会艳羡诸女角的淑德和文才。然而，她们追寻福乐，她们有各种人生的烦恼，她们是活生生的人。我们不会从一本寓言性的传奇故事中希冀什么性格复杂的人物。可是，《镜花缘》里的众女子若非板起面孔，就是嬉皮笑脸。她们内心世界的空洞无物，令我们惊讶不已。她们好像什么烦恼也没有。唐闺臣长途跋涉，万里寻亲，然后应女科、题金榜，最后撇弃红尘，以登仙箓；即使如此，她并没有一份个人的性格——这寓言分派了她这角色，她照演如仪，如此而已。李汝珍把他所有的才情智慧通通借给众女子，使她们显得文质俱具，光芒熠熠；可是，她们实在了无生气。

中国传统中，男性高高在上，优于一切，从这点看来，那种对出色才女的仰慕，倒有几分像是个游戏或笑话。女子里有个比较迟钝的，辩说行酒令时，非要满腹学问不可，使人穷于应付：

> 不瞒姐姐说，妹子腹中，除了十几部经书并《史记》《汉书》及几部眼面前子书，还有几部文集。共总凑起来，不满三十种。你要一百部，岂非苦人所难么？

作者因而要我们对这个女子调笑一番。然而，对一个年仅十六岁的少女而言，读过这么多书，已非常了不起了；何况根据中国旧式教育，她最少还得背诵那十来部经书！我们真要对此提出抗议。在别的小说里，这个少女才学早熟，已是鹤立鸡群的人物。同样道理，我们甚至不能认真地以为武后的特别女科乃鼓励女子接受教育。当然，不让十六岁以上的少女和所有成熟女子参加考试，就似乎不是赞成妇女的解放了。这种女科，其实与美国式的选美差不多；不同者，遴选的标准是辞章文采，而非面貌身段而已。武后藉此娱乐一番，作者想来亦必如此。这些中选的女子，纷纷请假回籍，连一官半职都不要。虽然中选后御赐等第，光彩非常（黑齿国即经常开女科，名题金榜的奖赏有嘉）。不过，这种荣誉在典型的儒家体制中，是父母分享的，所谓光宗耀祖是也；已婚的中选才女，则与夫家同分美誉。那一百个女子中，仅有枝兰音、亭亭、红红三人伴着阴若花离开中土，到女儿国去，临朝当政，一展抱负。

中选名单公布后，那百个女子便举行庆祝大会，畅叙欢谈，佳肴旨酒之外，还有各种游戏。从六十七回到九十四回，除了偶尔给些仙界人物打断，以完成整个寓言设计外，几乎全部叙事强调欢愉喜乐：阴若花离开所促成的伤感气氛是仅见的例外。技巧上，这漫长的部分尤其不同凡响。因为，这样大篇幅让给这么多对话，而这些对话对小说情节结构又无关宏旨，中国小说家中，这样做的，可谓前无古人。第八十一至九十三回，共占了密麻麻的小字六十页以上，特别与众不同：这里作者精工细琢，描述一次宴会上行酒令的情形。行酒令时，那百个女子要引证一百部经典。然而，酒令进行中，众女子常常加插了笑话、故事、讽刺诗文、诗词和各种斗嘴玩笑。可是，这详尽细致的宴会场面，论者对此从来没有好感。连清代一位酷好小说的读者（杨懋建，《梦华琐簿》）也忍不住对它的沉闷冗赘提出抗议：

嘉庆间新出《镜花缘》一书，《韵鹤轩笔谈》亟称之，推许过当，余独窃不谓然。作者自命为博物君子，不惜獭祭填写，是何不径作类书而必为小说耶？即如放榜谒师之日，百人群饮，行令纠酒，乃至累三四卷不能毕一日之事。阅者昏昏欲睡矣，作者犹津津有味，何其不惮烦也。

庆祝宴会上，这百个女子乃中土文化的最佳展览品，亦是那文化的护卫人。作者谨慎地做到人人兼顾。不过，明显可见的是他从百人中选了三个出来，作为那文化的杰出代表：唐闺臣表征文才，师兰言表征道德和智慧，而孟紫芝表征机智和幽默。唐闺臣的事，我们别处已说过。这里只道华筵那场的高潮：正是唐闺臣睥睨众才女最为光彩的时候，她的仙界宿仇嫦娥和风姨下临凡界，把她羞辱了一番。而她则以牙还牙，写了一篇赋，里面充满了对月姊和风姨的奚落揶揄。师兰言（老师的兰花般美好的话）代表了《女诫》那种谨慎、节制和虔敬，时常讲述完全合于儒家的金石良言。一次，她劝说同伴，要多行善事，勿忧未来，全心信服善恶报应的公正无私。有个名叫卞锦云的女子不服其说，与她辩论起来，语多讥讽，并引王充以自重。师兰言诚恳地这样作答：

我讲的是正理，王充扯的是邪理。所谓邪不能侵正。就让王充觌面，我也讲得他过。况那《论衡》书上，甚至闹到问孔刺孟，无所忌惮，其余又何必谈他！还有一说，若谓

《阴骘文》“善恶报应”是迂腐之论，那《左传》说的“吉凶由人”，又道“人弃常则妖兴”这几句不是“善恶昭彰”明证么？即如《易经》说的“积善之家，必有余庆；积不善之家，必有余殃”，《书经》说的“作善降之百祥，作不善降之百殃”，这些话难道不是圣人说的么？近世所传圣经，那《坟》《典》诸书，久经澌灭无存，惟这《易经》《书经》最古。要说这个也是迂话，那就难了。

所有在场众女子都对这番话拍手称快。可是，师兰言这个回答其实一点要与王充辩论的样子也没有。她只把王充的说法抑为邪理，然后引经据典，支撑起善书《阴骘文》不太服人的权威。几乎所有职业的说书人和小说家都一致采纳善恶报应之说，李汝珍也同样没有保留地赞成它。他的道德代言人师兰言谆谆劝诫，也和传统如出一辙。

第三个女子孟紫芝是宴会的活宝，玩世不恭。她到处周旋，说笑捉狭，发噱解颐。有时，她唱些诙谐的歌曲，又讲述故事，俨若职业的说书人。无疑，作者创造了这角色，要使这小说的宴会场面有生气起来。此外，前半部唐、林、多三人畅游海外，引发了许多笑料，孟紫芝正好在此取代了这三人的位置。唐、林、多三人的诙谑嬉笑，往往直指人性，又常与中土的时势相关。可是，孟紫芝的机智却避重就轻，一点也搔不着痒处，而且令人万分厌烦。孟紫芝曾模仿《庄子·逍遥游》而成《飞屦》一短章，这里可说是她最灵光的时候了：

其名为屦，屦之大不知其几千里也，怒而飞，其翼若垂天之云。是屦也，海运则将徙于南冥。南冥者，天池也。谐之言曰：屦之徙于南冥也，水击三千里，抟扶摇而上者九万里，去以六月堕者也。

第八十七回所录模仿古典文学的另外几段诗文读来亦颇可笑。下面有个以粪便为题的笑话，取笑秋千上的同伴，就没那样称心如意了：

老蛆在净桶缺食甚饥。忽然瞌睡，因命小蛆道："如有送食来的，即来唤我。"不多时，有位姐姐出恭。因肠火结燥，蹲之许久，粪虽出，下半段尚未坠落。小蛆远远看见，即将老蛆叫醒。老蛆仰头一望，果见空中悬着一块黄食，无奈总不坠下。老蛆喉急，因命小蛆沿桶而上，看是何故。小蛆去不多时，回来告诉老蛆道："我看那食在那里顽哩。"老蛆道："做什么顽？"小蛆道："他摇摇摆摆，悬在空中，想是打秋千哩！"

诸如此类的笑话，纵使或许合于传统中国口味，使人捧腹，却失于对人生世道搔不着痒处，令人生厌。孟紫芝就像那漫长的筵席本身，聪明是聪明的，但无的放矢，滥用文化遗产来助酒兴。小说中这部分，李汝珍过分经营，挥霍无度，结果不止冗长乏味，且几至颓废。因为他表彰芸芸女子中那三个才女的才学时，显示出对传统文化不加批判的爱好和洋洋自得的乐趣。今日中国读者觉得小说的这部分难以接受，不一定因为对经书陌生，以致不能欣赏那大堆征引的材料，亦非对古人的文采风流韵事懵然无知。其所以如此，乃由于他不能分享作者那种对中国文化的倾心迷恋。

五

论者咸以为唐敖和林之洋第一次出洋那部分（第八至四十回）是最生动的地方，它使《镜花缘》得称为说部中的二流名著。细览全书，此论甚是。第二次出洋有一出名的插曲，讲述一惧内的大盗和他那泼妇的故事（第五十一至五十二回）。这直可与第一次出洋的最佳惹笑插曲媲美。不过，这次出洋弥漫着唐闺臣的孝心和肃穆气氛，喜剧精神大打折扣。第五十二至五十三回中，唐闺臣与亭亭和阴若花一本正经，谈论礼制、史传和《春秋》。第一次航程中，亭亭与多九公讲学论道，结果多九公大受折磨。两相比照，即见出前后二节，大异其趣。首节中，多九公给抢白挖苦一番，作者以之为乐，乃要指出亭亭的渊博，无人可以企及。第二节中，几个女子都才学过人，彼此仰慕，那种恶作剧的挑剔，就遁诸无形了。

作者一定始终以为他那几个主要女角，都是超古迈今的才女。

对唐、林、多三人则不作如是想，而随便开玩笑作弄他们。这样，第一次出洋的喜剧就更有趣了。除了第一次出洋那节外，读《镜花缘》，常叫人与《红楼梦》比较，却又处处不如。第一次出洋部分则显然步武《西游记》，因为同行者三人，经历的则为奇风异俗的域外。不过，《镜花缘》写来闲适多了。只有女儿国那节是例外，其余的，作者大力用墨描述那几个中土观光客亲睹奇人奇兽，引为快事。作者并没有怎样用力去写唐僧取经这样的冒险喜剧。诚然，唐敖必须遇到那十二个女子，方算尽了那寓言性的任务。不过，每次他碰上一个或两个，而各人处境殊异，因而带来各种趣事。三人每到一处，都会逗留一番，使林之洋有足够时间与土人做买卖。而每次观察风土人情，三人几乎都遭遇窘境，弄得尴尬不已。

出洋部分中，李汝珍表现自己的博学多闻，一如小说其他部分。然而，李汝珍此处更能好好利用他的学问，以达成喜剧讽刺的目的。虽然经书和声韵学的讨论，见于重要段落中；他最用心的是把《山海经》《拾遗记》和《博物志》诸地理典籍中的骇异邦域和人物野兽等“复活”。我们不必先读过这些典籍，才能欣赏作者的记叙；不过，倘若我们读过了，就会更觉津津有味。那些典籍的描述简略，经作者妙笔生花，小心刻画，把已有的加以增益，就写出种种怪诞荒唐的人物来。原有的描写，怪是怪了，却没有什么人性或神话意义。我们若说直至李汝珍才把那些奇邦异域赋予意义，并使这些国家的名字得挂于中国读者口上，这说法并不为过。

那些古代典籍上记载的国家，自然并非都适于融入小说。因此，小说中那些风俗异于中土的邦国，或者通过讽刺性的夸张而使中土风俗获得彰显的其他国家，唐、林诸人便多事逗留，否则便迅速掠过。不过，后者的有关描写仍不乏趣味；对人类某些弱点的针砭，尤富哲理。多九公漂洋已久，乐得讲述这些异国风情，以飨其友。李汝珍通过了多九公，以口语形式道出具备六朝风味的志怪小说，同时又保存了那种与《庄子》和《列子》相仿的机趣。有一节讲到伯虑国的，论者鲜有征引，却精彩极了：

> 当日杞人怕天落下，把他压死，所以日夜忧天。此人所共知的。这伯虑国虽不忧天，一生最怕睡觉。他恐睡去不醒，送了性命，因此日夜愁眠。此地向无衾枕，虽有床帐，系为歇息而设，从无睡觉之说。终年昏昏迷迷，勉强支持。往往有人熬到数年，精神疲惫，支撑不住，一觉睡去，百般呼唤，竟不能醒。其家聚哭，以为命不可保，及至睡醒，业已数月。亲友闻他醒时，都来庆贺，以为死里逃生，举家莫不欣喜。此地惟恐睡觉，偏偏作怪，每每有人睡去，竟会一睡不醒。因睡而死的不计其数。因此更把睡觉一事，视为畏途。

伯虑国在《山海经》只是个名字，甚至连郭璞的标准注本也未提到。李汝珍训“伯”为“百”，伯虑国即有百种忧虑的国家。

他创造了这个小小寓言，道出人生在世莫可名状的忧虑，震慑人心，与卡夫卡和博尔赫斯的作品有异曲同工之妙。与此相映成趣的是无脊国，道家对生死泰然处之的人生观就在此表达出来。《海外北经》郭璞传：无脊国“其人穴居、食土，无男女，死即埋之，其心不朽，百廿岁乃复更生”。李汝珍局部引伸如下：

> 彼国虽不生育，那知死后其尸不朽，过了一百二十年仍旧活转。古人所谓百年还化为人就是指此而言。所以彼国之人活了又死，死了又活，从不见少。他们虽知死后还能重生，素于名利心肠，倒是雪淡。他因人生在世终有一死，纵使争名夺利，富贵极顶，及至无常一到，如同一梦，全化乌有。虽说死后还能复生，但经百余年之久，时迁世变，物改人非，今昔情形又迥不同。一经活转，另是一番世界，少不得又要在那名利场中努力一番。及至略略有点意思，不知不觉却又年已古稀，冥官又来相邀。细细想去，仍是一场春梦。因此他们国中，凡有人死了，叫作睡觉；那活在世上的叫作做梦。他把生死看得透彻，名利之心也就淡了。至于强求妄为，更是未有之事。

本小说的主要寓言，对人生的短暂感慨系之，其伤感处，实可不必。这则故事即与此相反，所以特别耐人寻味。李汝珍生活在世，是否真能对道家智慧身体力行，我们很难说。确实可言的则是《山海经》诸书怪邦异域的记载，甚至只是那些名字本身，都能为他唤起种种海市蜃楼。能把这些幻象参酌用之，不啻显出一种真正的哲学气质和谐趣的才智。可是，这小说并非处处如此，真可惜。

有时李汝珍的改编是绝顶丑怪的讽刺之作。《山海经》载称无肠国国人消化食物，而无肠胃。李汝珍抓住这点，把吝啬鬼挖苦一番：

> （多九公道：）“此地人食量最大，又易饥饿。每日饮食费用过重，那想发财人家，你道他们如何打算？说来倒也好笑：他因所吃之物，到了腹中随即通过，名虽是粪，但入腹内并不停留，尚未腐臭，所以仍将此粪好好收存，以备仆婢下顿之用。日日如此，再将各事极力刻薄，如何不富？”
>
> 林之洋道：“他可自吃！”
>
> 多久公道：“这样好东西，又不花钱，安肯不吃！”
>
> 唐敖道：“如此腌臜，他能忍耐受享，也不必管他。第以秽物仍令仆婢吃，未免太过。”
>
> 多九公道：“他以腐臭之物，如教仆婢尽量饱餐也罢了，不但忍饥不能吃饱，并且三次、四次之粪，还令吃而再吃，必至闹到出而哇之，饭粪莫辨，方肯另起炉灶。”

出洋那部分里，酸秀才是时刻给取笑的对象。酸秀才把学问生吞活剥，未经消化，以致连饿得发慌的野兽也没有胃口吃他。李汝珍喜欢挖苦其他人物，常回头对那些酸儒迂士诸多揶揄了；虽然他也同情他们的无知小气，以为他们是科举制度的可怜牺牲品。林之洋经商为生，免受应制之苦，因此常常点出那些一生潦倒、仕途多舛的文人的可笑复可怜之处。白民国的儒士，妄自尊大，其实目不识丁；淑士国之民，则酸风四播，龌龊可怜。唐、林等人碰上他们，惹出的笑料令人叫绝。淑士国的斯文酒保，咬文嚼字，之乎者也讲个不停，使人浑身发麻，暗笑不已。这节妙到毫颠，实是全书中讽刺文人最成功之处。上面说过，唐、林等人，不谙声韵之学，被讥讽抢白了一番。作者对其自制音系，常引以为傲，乃有唐、林诸子在漫长的航程里，四处寻访拼音字母之事。这直可与《西游记》的朝圣取经比较。

吝啬鬼、酸秀才，凡此种种人物久已有之。不过，作者除了揭发这些荒谬行径外，就鲜有作为了。江山易改，人性难移，但是儆恶惩奸，破除陋俗，却是多少可以办到的。因此，在君子国一节中，作者倾力抨击社会时弊，希望可藉此改变国民生活。作者自谓无意攻讦朝政，但藉着他的代言人吴氏兄弟对唐、林诸人的质难，却对社会陋习结结实实地数落一番，计有：选风水、厚殡葬、婚礼铺张、筵席奢侈、屠宰耕牛、妄兴争讼、妇女缠足、三姑六婆、为人父母送子女入空门、后母虐待前妻儿女等。吴氏兄弟尊中国为天朝，乃天下文明荟萃之地。但称述时语多尖刻。不过，他们谆谆箴劝，寄望无知小民除陋去恶，得享仁爱太平的日子。讲来一片赤诚，与书中处处可见的开处药方以济世的热忱，殆无二致。

不过，我们必须强调的是：斥责缠足之说，言人所未言，自为卓识，作者在现代批评家中，时有好评。可是所有其他的抨击，则全无新意，在李汝珍以前的小说和善书中，都可找到。《三言》之类的故事作者，每有机会，便痛斥凶残的后母、争讼、风水先生和三姑六婆。李汝珍显然心仪道家超凡入圣的理想，却又与夏敬渠一样，冀望释道二教，终有息灭之日。这点看来是相当有趣的。不过，即使那表面上支持佛家说法的《金瓶梅》，也为人们把儿女送入空门而惋惜，更卑视那群孜孜为利的和尚与道士。我们细察吴氏兄弟对中土文化的批评，便又一次惊慑于文人小说家如李汝珍，一串上社会代言人的角色，就和那些流行故事作家和小说家差不多了。他们一致相信中土文明大抵上是完好的。他们对种种陋俗，或攻击，或叹息，视之为中土文化理想形态的越轨现象。

这样说来，除了凶残后母可能例外，只要人们明达一点，吴氏兄弟痛陈的各项都可矫正过来：这些都源于人类的愚昧无知，而非人类罪恶本性的表现。试就这方面将吴氏兄弟的批评，和格列佛在诧异莫名的通人性的马面前表面上不动感情地对英国和欧洲的描写进行对比。格列佛咎责领主、卿相、律师、医师和兵士，斥其生性贪婪残酷。他这样斥责，把整个从领袖以至庶民都染上人形兽的恶性的文化都牵连了。吴氏兄弟虽然诸多讽刺，实际上却是儒家通达、节俭、仁爱那一套。他们希望见到各种习俗矫正后，社会便恢复从前那样，伦常道德完好无缺。

作者在各种风俗中，抓住缠足一项，在女儿国那段，大加鞭挞讥讽。不过，在好些地方，他也取笑华筵盛宴上选用价高而味寡的上料燕窝。林之洋的折磨自然是上好的讽刺，而整段故事也不愧是整本小说中最出色之处。不过，第一次出洋既然是喜剧性的，林之洋不会受到严重伤害是自然不过的事。我们可以放心笑他，正同我们笑那步步进迫、爱火如炽的"国王"和那些壮大健硕、满面于思的女子一样。后来，林之洋回忆那创痛，一再把那刚给缠起来的脚比诸双足松动自由却要一次又一次为考试所束缚的读书人。林之洋所受人为的折磨，就这样拿来与秀才那一流的读书人经常所受的苦楚相提并论。这段喜剧插曲的讽刺力度虽大，但主要建立于对那颠鸾倒凤世界的描写。我们平日习见男性驾驭一切，女性唯命是从。这一颠倒，遂叫我们忍俊不住。这样子的讽刺，是嵌于一个不动火气、态度宽厚的喜剧中的。

无疑，李汝珍想要借着林之洋缠足遇难事，令男性读者大吃一惊，不再洋洋自得。可是，第一次出洋的故事结束后，书归那百个女子的正传，他就把缠足一事束诸高阁了。李汝珍是个渊博文人，深知唐代妇女并不缠足。可是，作为清代中叶的小说家，要描写绮年玉貌的美女，而不道及其小足，是办不到的。所以，他那百个女子，人人姗姗莲步。

起先，阴若花因为享有男子特权，所以双足天然。她抵达中土后不久，便伴随唐闺臣出洋寻父。眼看快要攀登小蓬莱山了，唐闺臣这样谈及其友：“若花姐姐近日虽然缠足，她自幼男装走惯，尚不费力。”所以，一个外国“太子”，为了接受中土文化，非先缠足不可。她必定要忍受林之洋所受过的那种折磨。不过，这一切都于无言中过去。如果喜剧上宜于来个男子缠足受苦，那么，提醒读者诸君，说那百个花卉仙子下凡的女子，人人都得先受缠足之苦，然后才堪成为良家淑女，那就有损于传奇的精神了。作者描写慧巧伶俐的孟紫芝，说她“走路灵便”。第七十三回中，同伴卞宝云诉苦说双足疼痛，孟紫芝对她说：“我劝姐姐，就是四寸也将就看得过了，何必定要三寸，以致缠的走不动，这才罢了！”仿佛这个可怜的女子，幼年时可以对她父母发号施令，要双足合于什么尺寸似的。吴氏兄弟的砰然猛击，到这里，就在这不大中用的劝告的微音中，戛然而止。

六

通常，文人小说家比诸他们职业性的兄弟，对小说这表达媒介的态度，既更严肃，亦更儿戏。他们要怎样板起面孔教训就怎样板起面孔教训人。然而，他们也最爱故弄玄虚，编造最荒唐不稽的谎话。李汝珍从曹雪芹处得到暗示，对自我吹嘘特别兴致勃勃，娓娓道出他特准讲述的与众不同的故事，又说膺选讲述这故事的人选，荣幸何如！因他深深喜爱正在用力撰写的小说，他才不得不自己加插这类作者的笑话，以飨读者。从塞万提斯到纳博科夫，西方有一种刻意"捉弄读者"的小说家。从这点说来，李汝珍可说是与这些西方大师脉息相通，虽然在他之前的文人小说家并非全都如此。

很多中国小说，命中注定要聚义的好汉志士们，终于群英大会，以共策壮举。《水浒传》如此，《儒林外史》亦然。《儒林外史》中，所有良善有德的文人最后汇集南京，共祭泰伯祠。李汝珍千辛万苦地把那百个女子安排在长安聚首，觉得这么多女子相叙，可说是稗官野史上空前的新奇大事。第七十一回里，阴若花傲然说道：“异姓姐妹相聚百人之多，是古今有一无二的佳话。”常闹恶作剧的孟紫芝听了，不大信服。掌红珠说：“若花姐姐这话并非无稽之谈，妹妹不妨去查，无论古今正史、野史，以及说部之类，如能指出姐妹百人相聚的，愚妹情愿就在对面戏台罚戏三本。”蒋春辉继续争辩说，《西游记》女儿国中，必定常有“成千论万”的女子聚在一起。无论如何，中国小说史上，安排百个女子聚首一堂大排筵席的，《镜花缘》作者是得人之先了。第九十三回里，宴会快要终结时，蒋春辉自己也强调这盛事的古今无二：“我们所行之令，并非我要自负，实系前无古人，后无来者，竟可算得千古独步。”

百个女子的宴会是古今盛事，而李汝珍觉得身为此盛事的记录人，更难能可贵。他好像在告诉读者：这故事数百年来，一直在访求贤者把它记录下来；如今清代中叶读者，终于有机会一读，幸何如之！因此，像《红楼梦》的情形一样，我们可从这小说本身，把它的原始、传述和作者问题，理出个端绪来。作者在第一回告诉我们，小蓬莱有一白玉碑，上具人文，常发光芒；百种花卉的仙子被贬下凡前，便已存在。第四十九回谓唐闺臣忙着把碑上文字抄录在蕉叶上。后来，到了船上，她把碑文用纸再誊一次，并向只猴子说，要它找个文人，把所抄录的写成本小说。返家后，唐闺臣向猴子再提此事。那猴子把她的誊本抢走了，逸去无踪。

直到小说的末了，作者才告诉我们，原来那猴是仙猿，来自百花仙子的山洞，偷偷跟随女主人下凡。那仙猿数百年来访寻文人墨士去做稗官野史，却处处碰壁。《旧唐书》和《新唐书》的修纂人都婉言拒绝此事。直至数百年后才访到“老子的后裔，略略有点文名”；此人“以文为戏，年复一年，编出这《镜花缘》一百回，而仅得其事之半”。

塞万提斯在《堂吉诃德》的第二部中，说该小说乃由翻译一阿拉伯文的堂吉诃德故事而来。这里，《镜花缘》则被当作是本已经写成的书，而书名不同。即使作者这样说时，小说尚在发展中。第二十三回说到在淑士国里，林之洋对着一班酸士腐儒装腔作势，做出很有才学的样子。他提到老子、庄子时，口中忽然跑出个“少子”来。他们听来奇怪，追问到底，要知“少子”究竟是什么书，林之洋只得捏造这番话：

> 这部《少子》乃圣朝太平之世出的，是俺天朝读书人做的，这人就是老子后裔。老子做的是《道德经》，讲的都是元虚奥妙。他这《少子》虽以游戏为事，却暗寓劝善之意，不外风人之旨。上面载着诸子百家、人物花鸟，书画琴棋、医卜星相、音韵算法，无一不备。还有各样灯谜，诸般酒令，以及双陆马吊、射鹄蹴毬、斗草投壶，各种百戏之类，件件都可解得睡魔，也可令人喷饭。这书俺们带着许多，如不嫌污目，俺就回去取来。

他们听了个个欢喜，都催林之洋上船取书。读者这时自然还不知所谓《少子》指的就是这本小说。姓李的人，都可说是老子的后裔。不过，到第二十七回那部分为止，这本小说只是部游记，它那类书式的特点还未彰显出来。读者到了全书的最后一页，看到“老子的后裔”几字，回想起林之洋那段描述的话，就会发出一阵会心的微笑！原来如此！

作者还用另一手法把小说撮述一遍。第八十八回里，唐闺臣与月姊、风姨对垒过后，女魁星下临，把月姊、风姨责备一番。后来，手爪似鸟的麻姑下来排解，众仙遂回上界。诸才女向麻姑问这问那，于是，她便念了一首长诗给她们听，综述那百个女子的各种故事和经历，又预言若干人会于破四关时殉难，最后对月姊、风姨下访事稍微提点作结，一共用了两回的篇幅。作者显然十分自我陶醉于他的寓言，所以用韵文把故事复述一次，让那些心有所感的女子品评一下，亦让读者赞叹一番。这是首五古千言长诗，一韵到底。除了古体诗常有的叠字外，没有一字重复。这种写法是万分困难的，我们觉得他虽然比不上苏蕙那样精心排比，巧妙异常，却似乎有与她互争雄长之势。

诚然，作者苦心孤诣，把他的渊博、聪明和教诲通通写进去，无非为了博得读者的仰慕。作者因而使我们觉得，他对自己在文人小说上的成就，一定欣然自喜，一若对小说所褒颂的中土文化扬眉称善。本书写于最后一个太平盛世。此后，中国门户洞开，固有文化的优劣乃成问题。也许李汝珍对自己的小说心满意足，是蛮有道理的。他细心经营，想尽办法把有趣的和有益的东西，只要小说能容载的，都装进去。我们对中国和小说的理解，和李汝珍那时代的，可说截然不同。前人读《镜花缘》，觉得津津有味。我们现在读来，与前人的领受不复相同了。时移世易，这应该不是作者之过吧！

（黄维梁　译）

端木蕻良的《科尔沁旗草原》

端木蕻良（原名曹京平，又名曹之林，一九一二年生），东北出身的作家，一九三六年成名，是年他开始在上海的主要文学杂志上发表早期的短篇小说。一九四〇年，二十八岁时，他已完成了四部长篇小说——《科尔沁旗草原》《大地的海》《大江》《新都花絮》——至少其中三部已经出版，同时另有三本短篇小说集：《憎恨》《风陵渡》、以及《江南风景》。一九四一年到一九四九年，他的作品较多样化，除了散文集和短篇小说集之外，包括两本长篇小说体裁的未完成作品：《大时代》、以及《科尔沁旗草原第二部》；《科尔沁前史》以及其他回忆之作；根据《红楼梦》《安娜·卡列尼娜》改编的话剧；一些古希腊田园诗的改编作品与《圣经》上《雅歌》的翻译；还有一本关于《山海经》的神话内容的研究，题为《最古的宝典》。然而，由于阅读或购买的机会不易，这一大堆作品在二十世纪七十年代中期之前，并没有受到学术界的注意。当然，端木蕻良在战后，由于他的一些早期短篇小说被译成英文和俄文，确实也得到了国际性的承认，可是在一九四九年以后的四分之一世纪，除了在一般现代文学史上对他的生平的一些简短的论述外，他并没有得到任何批评家的注意。

最近这位作家再度引起大家的兴趣。开始于一九七四年八月，在马萨诸塞州举行的中国现代文学研讨会上，我宣读了一篇论端木蕻良的长文；翌年夏天，施本华所写的一篇更长的文章，在香港《明报月刊》上连载。施女士所讨论的，跟我一样，由于作者的其他作品无法获得，只限于最初的三部长篇小说与《憎恨》里的短篇小说。这一事实驱使我从事收集他的一些未结集的作品，以至于今。这一收集工作的合作者是香港的小说家与新闻工作者刘以鬯，一九七七年他出版了一本论端木蕻良的小书。对端木的这种新的兴趣，使得他的一些作品在香港应时重印。

同时，我们这位作家，一九六三年患高血压偏瘫之后，虽然身体一直欠佳，但据报道，他正在从事关于《红楼梦》作者的传记小说的写作，书名叫《曹雪芹》，第一卷预定一九八〇年出版[1]。

由于端木主要令人联想到他在三十年代所写的小说，任何对他生平的评述，必须首先将注意力集中在这些优秀的作品上，尤其是他的第一部长篇小说《科尔沁旗草原》。这部小说仍然是他最

1　作者按：《曹雪芹》上卷，凡二十八章三九二页，确于该年由北京出版社出版；端木与其夫人钟耀群合著的《曹雪芹》中卷亦已于一九八五年出版，该卷到六十回为止，页三九三——〇〇一。

重要的创作，而且为他得了名小说家的荣衔。因此，虽然我另一方面也准备写端木的评传，研究他的生平和所有作品，目前这篇论文却只能致力于这部小说。除非生平资料有助于说明这部小说，且提供必要的研究观点以获得更充分的了解时，我才引述作者的其他作品。

一

端木蕻良，通常与萧军和萧红相提并论，是出身中国东北的三个最重要的小说家之一。虽然这种批评上的一致见解似无修正的必要，可是我们不要忘记，从来没有一个学者试图对二十世纪三十年代早期逃离伪满洲国的所有青年作家的生平加以研究。这三位作家被公认为代表反对日本帝国主义侵略的爱国精神以及他们出身于东北的乡土意识，可是我们也不要忘记，正像这一群的其他作家，他们在长期的流放期间吸取新经验的过程中，终于表现出种种不同的题材。不用说，作家的才气、个性和家庭背景，因人而异，而对整个东北这群作家而言，由于东北的面积辽阔（大于日本与朝鲜并在一起），我们很难说他们具有共同的地理背景。端木蕻良生在叫作鸶鹭树的村子，可是他的童年和少年大部分是在附近的城市昌图度过的，昌图是辽宁西部肥沃平原的行政与商业中心，在历史上这一地区是属于满族科尔沁旗的。端木没有到过黑龙江的省会哈尔滨，而大多数的东北作家——萧军、萧红、罗烽、白朗等——在他们分散到其他都市像青岛或上海之前，都聚集在那儿。可是在另一方面，端木在天津上中学，这又是他的东北作家同侪所没有的特殊境遇。

更具体地比较起来，端木与萧红的故乡，虽然同样免不了封建社会的陋俗，可是在其他方面却大不相同。萧红的回忆之作《呼兰河传》所详细描写的呼兰县（在黑龙江省），有如鲁迅小说中的绍兴那样萧条落后，而那儿的人民比起绍兴村庄的居民来，更为懦弱、残忍与愚蠢。相反地，在古榆——端木意指昌图——及其周围的平原，大地主们经常雇用许多炮手保卫城寨，以免流窜的土匪侵扰。一如端木所一再强调的，他的故乡倒有点像开拓时期的美国西部，全盛时期的地主，正如《科尔沁旗草原》中所描述的，的确令人想起好莱坞西部片中的牧场富豪，他们对土地贪求无厌，对小自耕农处心积虑加以去除，对土匪（又称“胡子”“红胡子”）的警戒却无一时松懈。然而，在这些地主的深院大宅中，所有妇女就像《红楼梦》中的女人一样，受到种种封建思想的束缚，活着并不快乐，而且同样受到身体虚弱的缠扰。《科尔沁旗草原》的读者马上得到的一种印象是，作者故意在原始的、怡神养性的草原，与闭居家中的女人的悲惨、停滞的生命之间，极力做出广泛的对比。这有如荣国府被移植到荒野，不时遭受土匪以及其他病痛与滋扰所侵害一样。

然而，这些土匪引起我们的小说家同情的注意，因为他们被看成是铤而走险的农民和猎民，是可以征召来抵抗日本的侵略的。一九三二年在热河、察哈尔地区的孙殿英将军的部队里当志愿兵时，端木的工作便是说服土匪帮加入正规军打日本。虽然他对他们的懦弱行为具有较实际的认识，端木跟萧军一样的浪漫，这些我们可以在《科尔沁旗草原》《大江》，以及一些短篇小说中看出来。事实上，东北作家的抗日小说与较早的现代小说不同的地方，即在他们有时将土匪称为英雄。

尽管他对土匪具有浪漫的感情，端木本来就是地主贵族的后裔，是在昌图地区拥有最大土地曹家的第四个也是最小的儿子，而这家在全盛时，拥有约二千天的土地（一“天”相当于一英亩），从中分给佃农大小不等的地皮耕种再收租。端木的曾祖父是这一大家庭的族长，而且，多少藉着与官僚世家的婚姻关系，曹家的权势财富维持到以下两代，虽然有些子孙变成浪荡子，无可避免地荒废家产。端木的父亲年轻时是个武功迷，壮年时耽于肉欲，而晚年是个古董和善本书的收藏家。生了第三个儿子之后，他抛妻弃子到上海、苏州和扬州浪游数年。

可是，不肖子孙与土匪，对像曹家这种大家族的经济富裕所构成的威胁，远不如帝国主义的两大强权在东北争夺霸权。在一九〇〇年义和团运动失败之后，沙皇政府派兵到东北，表面上是保护铁路和其他投资，而在当地居民间引进了一个恐怖的时代。《科尔沁旗草原》虽然没有写到这个最初的掠夺时期，却描写了一九〇五年同样抢劫的军队——在大部分以东北为战场的日俄战争中不意被日本打败之后。这些七零八落的残军一定大肆破坏了曹家的家产，假如我们以对小说中相应的丁家的蹂躏来判断。尽管大地主们企图重振家业，但他们以过剩的资金所能助成的旧式金融和工业，无疑地，在以后数年遭遇到来自日本的日益不利的竞争，因日本人已取代俄国人而成为东北的剥削者。《科尔沁旗草原》的作者对这一地区的经济史抱着极大的兴趣，对家史的这一方面更是寄与关切。在二十世纪三十年代小说家中，端木应与茅盾相提并论，以不相伯仲的能力描写中国在外国帝国主义控制下，日益衰败的经济。

然而，尽管东北的形势日益恶化，端木从出生到“九·一八”事变之间，度过了少爷的生活，颇受父母溺爱与周围女人的爱恋。虽然在他少年时也倾心于户外运动，年轻的端木与曹雪芹一样，对文学和爱好具有同一类型的倾向。天才儿童的他，六岁时已读了许多他父亲书房里的禁书，大抵是小说。而数年之后，当他无意中发现《红楼梦》，他对作者也姓曹感到非常得意。在他童年时，他对这部小说一读再读，因为不像大多数不够资格的读者，他可以真正自比为贾宝玉，早熟的诗才且不说，在脂粉堆中找伴儿的情形更相像。九岁或十岁时在私塾学会了作诗，端木深受李商隐的影响，作了一大堆情诗。端木当然没有四个侍女侍奉他，可是他却有一个叫湘灵的侍女——原是侍奉他母亲的。她在《科尔沁旗草原》中就以这个名字出现（虽然通常称为灵子）；端木跟她曾有云雨关系似无可疑，正如小说中他的相对人物丁宁一样。

前面一节有关生平的资料，大多取自端木在一九四二年所写的关于他早期性觉醒的两篇回忆文章《初吻》和《早春》。这两篇作品引人入胜，不只是由于跟作者的少年生活有关，而且对短篇小说体裁的遵循颇有可取。其中，端木画了一幅极为率直的画像，描绘出他的任性和激动。他对追求美情不自禁，常喜新厌旧。十一岁时的初吻是跟一个少女，他称呼为兰姨的；几年之后，他愕然获悉，这个少女曾是他父亲的多年相好，而且即将被遗弃。大约在同一年纪，他被邻居一个平常人家的女孩，名叫金枝的所吸引，可是相遇不久，他到姑母家度假一个月时，就把她完全忘了。回来之后，获悉这女孩子全家已搬到柳条边外的荒区，他感到不胜懊悔。

从同一资料来源，我们也知道，因怕被拐骗，年轻的端木是不许独自离开守卫森严的家的。可是在严冬过后大地回春时，尤其是夏天，他时常溜出家门，去和年纪稍大的女孩一起玩；她们对他有兴趣，理由很明显，因为他比他的哥哥们年轻多了，邻近同年龄的男孩子中，他是没有对手的。在他的二哥娶亲前，端木对那些由焦急的母亲陪来相亲的拘谨的小姐品头论足，自得其乐。几年之后，当端木本人到了结婚年龄时，昌图的豪门大户莫不认为他是最理想的乘龙快婿。

尽管他后来信奉现代思想，我们不能不为端木强调的是，他视贵族特权为当然的童年到少年初期这段快乐的时期，而且作为小说家，他所享有这种娇生惯养的生活所给与他的好处，也值得我们一再强调。正像实际上所有二十世纪三十年代的中国作家，端木毕竟自认是学生兼知识分子，且对被剥削的农民深表同情。可是由于他那确信无疑的亲身经历，他无法以一般标准的讽刺措辞来描绘地主。其他任何一个东北作家的家庭背景都不能和他相比。我们甚至可以说，虽然有些现代中国作家出身于更大的富贵或显宦家庭，可是很少能像端木那样得天独厚，在童年时了解大地主传统生活方式的奢华和颓唐。

端木也跟其他东北作家不一样，早年就接触西方文化，而且英文的训练不错。他最初上汇文中学（美国美以美教会创办的学校），上了一年（一九二三年到一九二四年）。然后，在一段自学与在当地学校走读之后，自一九二八年到一九三二年，他在天津另一名校南开中学住读。因此，在中学这五年之间，虽然夏天留在家里，但是他接受的是西方的教育，而且是在国际气氛只逊于上海的一个海滨都市。由于个性早熟，他在天津时开始热爱西方的电影和音乐——在他的小说中，这两种艺术时常提及，而且英文大有进步之后，可以直接阅读以这种语言写的西方小说，而不是阅读较不可靠的中文译本。

端木在中学时代政治倾向如何，是很难说的，因为他显然是更被西方文化的形式所吸引。不过正像所有他那时代的文学青年一样，他崇拜鲁迅，而到了一九二九年鲁迅加入左翼文艺运动时，我们可以认定，他也跟着。在一九五五年版的《憎恨》的《后记》

中，端木承认他早期受共产主义思想的领导：

> 我因为生在东北，对东北人民反抗日本帝国主义的生活知道得比较真切，所以便想表现它，但这决不是说我可以凭着自发的热情就可以认识此时此地的现实。假如不是一九二七年以后的革命的道理教育了我，假如不是一九三二年我在北京参加了左翼作家联盟，我就无法来分析它表现它。

尽管他后来这样描述，但其他的证据似乎显示“一九二七年以后的革命的道理”，并没有根本改变他的求知口味。虽然在三十年代中期以前，他已经看了绥拉菲莫维奇的《铁流》和富尔曼诺夫的《夏伯阳》等名著，较可靠的看法是，早期在阅读上使他入迷的作家主要是被苏联批评家在“批判现实主义”这一名义下批准的西方文学的那些大师。到了三十年代中期，他宣称巴尔扎克是他所热爱的最卓越的文学英雄，可是，他写作《科尔沁旗草原》那段时期，他不太可能已经读过巴尔扎克。托尔斯泰却是他较早的发现：端木一定得到一种印象，觉得他的背景类似贵族托翁，享有他的阶级特权，而对在他土地上的农奴的受苦颇为同情。事实上，《复活》对于《科尔沁旗草原》中大部分的个人事件，具有直接提供灵感的作用，这点以下将论及。尼采是另一个很大的影响。甚至于在南开当学生时，端木组织一个“新人社”，创办两份杂志，《人间》和《新人》，而且写了一篇宣言，叫《力的文学》。

所有这些活动似乎都显示出尼采的影响。在《科尔沁旗草原》中，主角丁宁回忆在“新人社”的讨论，而他的尼采式的雄心是成为超人。

虽然端木在天津时可能受到各种新的影响，在他年轻时代尚无思想可言的日子里，使他反抗身为地主的儿子这种身份的，却是他母亲的遭遇，而他对他母亲颇为孝顺。端木父亲的元配夫人王氏，出身官宦家庭，可是没有子女，而早死之后，年轻的地主又爱上世代为曹家佃农的黄家女儿的美色。尽管她父亲和大哥反对，但他决意娶她。通常，将女儿嫁给地主是佃农求之不得的事，可是黄家无意卑屈奉承，且为她将来的幸福着想，不愿沾上卖女求荣的坏名声。事实上她几乎是被劫到曹家，婚后最初几年，不被允许回娘家，甚至她母亲死前都不能探病，死后才准回去。《科尔沁前史》读后给人的印象是，虽然他母亲与封建家庭里看公婆颜色的每一个年轻媳妇的命运并无二致，她却因出身卑微而受到更多的处罚，甚至她得一大早起来，在侍奉公婆用早餐之前，抹擦所有摆饰（这种工作大可叫用人去做），而且晚上得给他们奉上鸦片之后才能就寝。冬天时，她时常几乎冻麻了，因为不许她穿皮衣，虽然皮衣在曹家是很平常的。

然而，到了端木十二岁时，她的公婆早已去世，而她也获得了较大的自主。她是个倔强好胜的女人，一再阻止她丈夫纳妾。如此，就像《初吻》与《早春》中的中年女人，她似乎同一般富家主妇一样，在封建大宅中优闲过日，至多为丈夫的冷漠和不忠实而烦恼。可是在内心深处，她早期受虐的回忆隐隐作痛。甚至当端木只有八九岁的时候，她时常向他诉苦：

> 因为我年纪小，在她的身边的时候多，所以她对我讲的也特别详细。而且我母亲也总对我寄托着一种愿望，就是把她的身世写出来，母亲说："让别人知道知道，古来说书讲古的人，未见得受我这多苦。"母亲又说："不要让曹家那样得意呢！"看样子母亲认为写出来，是会使曹家受了打击的。

又，在《前史》较前的部分：

> 我母亲在我十三四岁的时候，对我讲她的身世的时候，便说："妈妈的话都要记着，将来你长大了，要念好书，把妈妈的苦都记下来。"

他母亲一再给他的这些指令，确实激发了端木，使他在第一部小说中加入了黄宁的故事。她也是佃农的女儿，大地主丁家少爷看中了她，不管她家人激烈反对，抢亲讨她回家。虽然端木进一步将她写成俄军暴行的牺牲品，而大大缩短了她的生命，而且在描写她的家庭时，以别的种种方法发挥他作为作者的自由，可是他的小说却是在故意暴露他父亲家族的罪恶，同时表扬他母亲家庭的美德。

实际情形却不太一样：端木的外祖父富裕到足以成为土匪勒索和拷打的牺牲品，乃至健康受损。然而，失去了曹家的恩惠，他的儿子没有一个有所成就；尤其是第三个儿子，终于成为染上毒瘾的小偷。可是，日居月诸，由于家庭关系有所改善，大祥，端木大舅的儿子，终于寄居曹家，准备当厨子。他比端木的大哥大一两岁，十六七岁的时候，赢得了表弟们对他的赞赏，因他善于放风筝、捕鸟和其他各种玩意儿。在独自前往北大荒谋生一段时期之后，他回到曹家，甚至“九·一八”事变之后还在那里当用人。端木很喜欢他，一来他是黄家的人，二来他曾是教他怎样用枪的童年玩伴。他在小说中把他改名为大山，把他写成介于丁宁的朋友和敌人之间、组织佃农反抗丁家的主要人物。

一九三一年九月十八日，日军侵占沈阳，小说以这个大事件结束。这个耻辱的日子对曹家的命运有多大影响很难说，但它确已显示曹家的衰落和离散，尽管端木父亲的死是在这事件之前。早就感到佃农的不稳以及土地作为收入来源的不可靠，他开始做许多投机生意，包括一家经纪行，结果失败了。后来他依赖高利贷，却遭受到更大的损失。甚至在叙事相当据实的《前史》中，对于他父亲的死因，端木认为并不适宜告诉我们。（在小说中，丁宁父亲的突然死亡，也是一样讳莫如深。）可以确定的是，在他死的时候，曹家已经衰落。他们有许多现款，但只剩下二百英亩的土地——他们从前拥有的十分之一。之后，端木的大哥办钱庄，也因高利贷而蚀本，连存款也没有多少了。

曹家在“九·一八”事变之后是否曾遭受日人的直接侮辱，或者参与某种方式的抵抗，只能推测。假如将《大地的海》的《后记》与《憎恨》中一些抗日小说并读的话，我们可能会相信日本的侵略使端木失去了一个哥哥和妹妹，而他母方的家人则在“九·一八”事变之后，起来抗敌。可是以他后来的自传性作品，尤其是《科尔沁前史》来判断，我相信在三十年代，端木似乎夸大了他家的苦难，以及他表兄弟的英勇，一部分是宣泄他的爱国情绪，一部分是标榜他流亡作家的角色。他的妹妹的确死于“九·一八”事变之前，可能在一九三一年初春，正如小说中丁宁的妹妹的情形一样。可是她是因病而死。若以《憎恨》中带有自传意味的两篇动人的小说《乡愁》和《爷爷为什么不吃高粱米粥？》来推论，可能的情形是，端木在沈阳的兄弟，不是在日军入侵那天死去，就是前往抗日，可是我们在他的自传性作品中，找不到任何这两个可能性的确实证据。

至于端木本人，一九三一年秋天，他在南开中学读高三。在“九·一八”事变之前，他一定已经到了天津，因此他不能亲自感到这个事件对他故乡的冲击。此后不久，他的母亲搬到沈阳，在南满医院治病。虽然笃信佛教，为了表达对另一医院里的一位英国医生的感谢，她变成了基督徒，因为在这位医生的照顾下，她的健康大有起色。一九三二年春，她已经搬到北平，在协和医院接受手术。由于医疗费非常昂贵，而且她没有医药保险，那时她不可能太穷，不像《乡愁》里那位大学生的母亲。她在那儿定居下来，而端木或跟她住在一起，或在天津和他的兄嫂住在一起，一直到一九三六年初，他独自前往上海展开他的文学前途。

二

不论对他家人有多大影响，“九·一八”事变使端木毫无选择的余地，只好开始文人生涯，做一个抗日作家和政治活动家。一九三一年秋，他是个很活跃的学生领袖，且在一九三二年加入左翼作家联盟华北或北平支部，很可能就在左联于二月在上海成立之后不久。那年春天，他为《清华周刊》写了一篇题为《母亲》的小说，后来成为《科尔沁旗草原》的第三章。写于同一时期的一些描写乡愁的零星作品，后来编入《大地的海》。可是不满足于只为发泄爱国的愤慨而写作，他自愿服役于孙殿英的部队中，这很可能是在春季学期结束之前，因为他所写的关于军队生活的唯一小说——《遥远的风砂》，故事发生于旧历三月底。高中生具有如此强烈的爱国热情，是少见的，可是同时我们不能除去这样的一个很大的可能性：注意到年轻托尔斯泰的例子，端木已经着手获取军队的经验，以为他的文学生涯作准备。要是国家的前途决定于日益扩大的抗日斗争的结果，他一定考虑过，要成为重要的小说家，怎能不参与这场斗争？虽然他并没有在军队待很久，具有他那种地主背景的年轻人，去体验目不识丁的士兵过的那种生活，一定需要莫大的毅力吧。

在那之后，端木于夏天某日回到北平。孙殿英即将被调到西部就任新职，而端木留在没有实际和日军打仗的军队里，似乎也没有意义。秋天，他是清华大学的大一学生，主修历史，且是政治活动的活跃分子，负责华北左翼作家联盟所经济支持的一些杂志。一九三五年十二月北平学生要求政府全面抗战时，他仍旧是学生领袖，虽然那时他与北平的任何大学都没有关系。除了办刊物搞政治活动，关于一九三二到一九三三这一学年的传记资料很少。接着是一段沮丧的时期，正如端木在《我的创作经验》中告诉我们的：

> 在一九三三年的下半年，我在北平办的《四万万报》《科学新闻》等被封闭之后，朋友死的死了，散的散了，失踪的失踪了，没有信的没有信了，跑到天津哥哥家里，自己住在一个屋子里一天到晚不出去，颓丧和苦痛从四面兜上来。我的哥哥要我去到佟楼去划船，或者到海河公园去散步，对我那是一桩苦恼。我那时到了“无欲望”状态。我一个人死了似的躺在床上，是最舒服。我变得乖戾、反常、阴郁和突兀。我不晓得怎样生活下去，精神的每个角落里都充满了烦躁和

厌恶。忽然有一天，我收到了鲁迅先生的信，信封上写着“曹之林小姐收”。开首写“之林小姐”，我就觉得有意思，次说到“上海虽已秋，但天气还热，毛背心已经晒过，请释锦注耳”，其次说到茅盾被捕的消息是造谣言，请在北平的刊物上代为更正。这一封信，使我突然的像看见多少年失去了音讯的情人一样。我好像记起了什么我所遗忘的了。

那一天，我找到了稿子和笔，我开始写下了《科尔沁旗草原》的第一页——但是那一页却不是现在印铅字的本子的第一页。在现在出版的《科尔沁旗草原》的第一页之前还有一章，是写山东大水的，大概有两万字长，写了大水之后才写的是逃荒，逃荒之后，还有一章写洪荒时代的关东草原的鸟瞰图，但是这些在后来都给删去了。

我那时不能控制自己的写着，饭也懒得吃，觉得睡不着，夜里睡觉也是穿起衣服来睡的，醒了来就趴在桌子上写。桌子上四十烛光的绞丝牌的乳白灯泡，差不多彻夜点着，我不抽烟，不吃咖啡，也不喝酒，夜里也没有吃点心的习惯，写起文章来倒是满孤寂的，写文章时不愿看书，也不愿闻到花香，胃口不好，喜欢稍稍喝一点水，吃饭散步，无论干什么都失了平日的节奏。

这一大段，在论及《科尔沁旗草原》时未曾有人引述，告诉了我们在我看来完全可信的事情，虽然我已说过，端木的自传性作品并非经常可靠。而且这一段引文至今仍是现代中国作家所写的这一类记录中最吸引人之一节。端木在他所有杂志失败之后感到沮丧，是可以预料的；可能看起来不寻常的是，鲁迅回端木的信竟能具有这样大的触媒作用，将他那极度沮丧的心情化成持续不断的创造力。然而在三十年代，当然，鲁迅被无数年轻作家和在政治上左倾的读者视为崇拜的偶像。像端木一样，有许多人以种种借口写信给他，而通常都收到立即的、即使是简短的回信。比大多数人更幸运的是萧军和萧红，他们在与鲁迅经常通信之后，终于成为他的年轻朋友中最受信赖的。端木在这一方面没有那么幸运，而且当他一九三六年到了上海时，他甚至认为不应该去拜访这位抱病的大师。可是，当他收到鲁迅并无特别鼓励的那第一封信时，他昂然得意地认为自己是这些有福的孩子们中的一位，永远感谢这位知识界的巨人，为他们抬起“黑暗的闸门”：

> 像一线阳光似的，鲁迅的声音呼叫着我，我从黑暗的闸门钻了出来，潮水一样，我不能控制了自己，一发而不可止的写出了那本《科尔沁旗草原》。奠下了我的文学生活的开始。

以后几年，端木在各种不同的场合，爱谈《科尔沁旗草原》，而且不无自豪，因为他不可能再写出那么复杂和巨幅的作品（虽然尚未完成的《曹雪芹》可能是这一级的作品）。甚至在加入军队之前，他已想着要写关于他父亲家族和母亲家族的两本不同的小说。《科尔沁旗草原》是关于他父亲家族的，可是也包含许多关于他母亲家族的情形。在《我的创作经验》中，端木回忆到当他将自己的家世写成第一部小说时，他所陷入的心境：

> 科尔沁旗写的是我父亲那一族的家事，所以写来如在眼前。倘若死了再活转来，能背诵得出的。但是当时的情绪却只有那个时候才能有，离开那个时候，再也不会有了。那样凄惨而艳丽的心情现在自己想来也像作梦一样了。情感不会回转来的，这是人类的损失。我有时怕看那时的感情，有时却又偷偷的想着。

一九三三年时，端木才二十一岁。没有任何其他中国现代小说家在二十一岁时完成像《科尔沁旗草原》这样复杂、这样长的小说（小字五百十页）。唯一雄心不相上下的前辈小说家茅盾，开始他的三部曲《蚀》时是二十九岁，当时早已是老资格的编辑和文学批评家。可是端木不能很幸运地在一九三九年之前将小说出版，因此《科尔沁旗草原》向来被认为是抗战时的产品加以讨论，而不是一九二八年到一九三七年间左翼文学蓬勃发展的抗战前十年的主要作品。假如出版商真能看出它的价值，《科尔沁旗草原》可能在一九三四年出版，而与早一年出版的主要小说——茅盾的《子夜》，老舍的《猫城记》，以及巴金的《家》——直接争取批评家和一般读者的赏识。有眼光的批评家可能为之喝彩，认为这是比那三本更好的作品，理由是它具有引人入胜的故事、形式和技巧的革新，以及民族衰颓和更新的双重视境。诚然，除了作者年轻和写作狂热所造成的文体上的粗糙以外，我们很容易认定《科尔沁旗草原》，跟抗战前十年所创作的更受赞扬、更为精致的那些小说比起来，是一部具有更宏伟的想象力的作品。根据《大地的海》和《大江》中的文字来判断，端木就在几年之内，已经成为具有杰出文体的作家，能够从事大块文章的描写。要是他能够在一九三九年付梓之前，将原稿加以修改，使之具有更澄澈的文体和故事性，《科尔沁旗草原》可能终会被公认为三十年代最伟大的中国小说。

我们在第一节中已指出，端木对他家世和家乡的沉思默察，具有丰富的题材可资引用，而《科尔沁旗草原》确实是深具自传意义的记录。像茅盾、老舍和巴金一样，他被围绕在他四周、他家里以及他家乡的颓败现象所吓倒了。反观那三位小说家，只能透过在《子夜》《猫城记》和《家》中的代言人，告示我们为了更新中国所该采取的各种途径，而端木却切骨感到，他所继承的土地，尽管其中有颓败的地主和封建思想的女人，却是如此原始而丰饶，如此富于健康，因此它本身便是中国生生不息永具活力的明证。我们从《大地的海》的《后记》中知道，激发端木孩时想象力的是："那万里的广漠，无比的荒凉，那红胡子粗犷的大脸，哥萨克式的顽健的雇农，蒙古狗的深夜的惨阴的吠号，胡三仙姑的荒诞的传说。”而对于一个小说家，这种童年时期的印象是无法磨灭的，尽管他在家族中的颓废气氛和阶级斗争的革命思想中教育长大。正像沈从文，仍然是那么不可动摇地深信中国的善良，因为那种信心的养育来自他对湘西的回忆，比起沿海大都市来，那也是一个原始的地区；因此，端木蕻良在《科尔沁旗草原》和他早期的作家生涯中，深信中国人民天生英勇。

端木既深爱中国的土地以及那土地所滋养的人民，我们因之不必感到惊讶，他竟能在《科尔沁旗草原》中，提示一个相反的视境：中国在日军入侵的前夕觉醒。当日军占领沈阳时，我们从小说最后一章中地质与地理的隐喻所得的印象是，沈阳以西的地区正发生地壳激变，以便将入侵的敌人一举歼灭。这个视境所具有的幻觉张力犹为突出，我们试想想，东北被日本占领竟一时导致老舍（他是实事求是的写实主义者）完全采取消极的视境，假托猫城暗示中国人种族灭亡。因此，以时间而论，《科尔沁旗草原》是第一部中国现代小说，为中国前途明示英勇的视境（至今，这一荣衔归萧军一九三五年出版的《八月的乡村》）；它不仅为后来赞扬全民抗战的英勇小说定下步调，且为许多回忆、记录近代中国史实的巨型长篇立下榜样。

端木也是第一个现代小说家，自觉地与中国小说的传统一脉相承，并且强调他的一些小说人物与古典小说中著名的人物有原型上的类似性。早期的现代小说家急于摆脱传统小说的影响，输入了西式的英雄作为小说人物的模式，因此否定传统小说，承认受益于传统的例子并不多见。反之，在《草原》的《后记》中，端木特地引了《红楼梦》，且举了《水浒传》《金瓶梅》和《儒林外史》中的人物，作为他那地区地主的原型。我们在第三节中再讨论小说的这一面。

然而，正如我前面说过的，《科尔沁旗草原》仍然是当时最具实验性的中国小说。正如乔伊斯不得不从事文体与技巧的革新，以准确地在他的小说中表现与《奥德赛》并行的事件，端木将他的创作与中国过去伟大的小说联结在一起，这种可与乔伊斯并比的雄心，可能也同样使他不得不给他的小说采用新的形式。他有理由相信：对于一个中国现代而又属于中国文学传统的小说家，虽然他的工作是重新捕获凭文字记录下来的经验中所具有的万古常新的中国特质，但他不能满足于过去的叙述技巧，而必须以某种方式表现这种经验，同时不致否认他在意识形态和技巧上对现代文化的融会贯通。或许，由年龄上看来，对端木而言，一如他所做的，在处理充满个人和民族意义的颇为复杂的小说时，只采用他同时代年长作家那种较因袭的文体，而不进一步竭力从事技巧的实验，可能较为明智。小说可能马上被出版而博得好评，而端木自己的身价也可一下子大为抬高。然而，在艺术的世界里，试验而失败远胜于毫不试验；未完成的《大时代》是例外（它本有可能给中国小说带来一种新的节奏——预定将显然的轻浮与隐含的来自作者更成熟之视境的严肃融于一炉的中国小说），端木后期的长篇，不管有多少精彩的描写文字和沉思场面，比起《草原》

来，其结构和写作技巧不免显得平庸些。而此缺憾也表示端木再也找不到一则故事可以充分利用自己的回忆和智力，以求在艺术成就上超越自己。

由于作者并未提示线索，要确切指出可能作为他的技巧试验之模型的西方作品，并不容易。我们在《科尔沁旗草原》中，发现特别提到托尔斯泰、屠格涅夫，以及苏德曼的《忧愁夫人》的地方，可是这些小说家，在文体和叙述结构方面，对端木的确没有影响。因此，为了说明这部小说的试验性的形式，我们必须相信作者在《后记》所告诉我们的，关于他在选择了丁家作为主要题材之后怎样处理：

所以我选择了他。

而且因为我亲眼看见过这一幕大家族史的演换，而且我整整的在其中生活过，所以我写的也特别的熟习。

我写的是他的多面的姿态，这是一个很繁难的处理，因为经过太庞大复杂，所以这种表现的形式就很是一个问题了。

我写上的很多，我采用了电影底片的剪接的方法，我改削了很多，终于成了现在的模样。上半是大草原的直截面，下半是它的横切面。上半可以表现在他不同年轮的历史，下半可以看出他的各方面的姿态，我觉得这样才能看得更真切些。我描写的是很审密的，我剪接的是很粗鲁的，我觉得这是我应该作的。因为《红楼梦》的烦琐是由于他的时代的。

我们将在介绍情节的时候，讨论这部小说的双重结构。目前，我们可以指出端木显然被电影在艺术方面对小说所具有的意义所吸引，而且确实是第一个公开承认受过这种艺术媒体的恩惠的中国小说家。利用《新都花絮》中的一个人物作为发言人，端木表示了他对德国制片家派伯斯特的早期电影的喜爱，而且在天津当学生的时候，他可能也看过苏联导演爱森斯坦和普多夫金的无声影片。对于一个很少接触当代最佳外国文学，而且无法阅读原文的中国青年，默片时代的欧美名片，可说是他所能充分欣赏的现代人表现情节的最佳代表。端木显然被电影易于更换或并置场面而无须多余的文字说明所感动。受到电影艺术的激发，端木对其原稿的“粗略”剪辑，其企图不外乎对可能将各章各场面连贯起来的任何摘要的叙述，任何说明和解释故意加以压缩。因此，在整部小说里，我们看到的是构成一个事件或一天所发生的事情的一连串小场面，或是一些戏剧性的大场面。除了十三到十四这两章构成一个连续的戏剧场面之外，十九章小说中的每一章，不是由某一天的一些场面，就是由数天的一串不连续的场面所构成——写草原“直截面”的首三章便是透过此类场面而交代地区的主要史实。的确，有几章中的焦点人物，透过电影式倒叙而享有回忆过去事件的特殊待遇。有好几处，尤其是第三章最后一节，我们倒看到了涉及数天和数月的一些叙述部分。然而，这些脱离部分反而证明作者的固执，亦即对戏剧场面作为叙述之主干的执着。

然而遗憾的是，这种表现场面的方法暗示舞台的成分多于较富流动性的银幕。在 talkie 时代的最初几年，诚然许多话剧改编的电影对白繁重，的确称得上是“有声电影”，可是，喜欢看电影的端木，对默片艺术用最经济的对话推进动作这点，应该有更深的印象。然而，他并没有将摄影机所能摄取的一切举动和表情完全转换成文字表现，反之，他相当依赖对话推展故事。虽然丁宁与他的年长亲戚间的有些对谈非常吸引人，可是过分使用由简短对答所构成的对话而未加剪裁，有时确实恼人。读者听到了在舞台上展开的对话，而那对话中何者重要何者无关痛痒不得要领，且时常无法把握所讨论的事情的整个含意。读者确实可能在第一次阅读时抓不住重点，因为决定性的事件往往仅在两人对谈中隐约提到，或者数语带过。这些事件的发生可说是在银幕外尚未被明察秋毫的摄影机所摄录。读者不像小说人物在对话时或生气或发愁，只是感到格格不入和不胜懊恼而已。

近年来试验性的现代小说已被学者置于叙述文学这个更广泛的关系中，我们因之也更容易欣赏作者以说明、摘要叙述甚至夹议夹叙这类传统的方法将我们一再引入他的小说世界的好处。不管叙事多么刻板，读者总不至于茫然不知如何解释一段情节或一个人物。可是端木放弃这种叙说故事的方法时，却显出不但对旧有的文学老套感到不耐烦，而且对摧残科尔沁旗草原居民之生命的文化传统也难以忍受。他似乎相信曹雪芹欣然描写他小说中的每一件小事，是因为他对他所描绘的世界十分安适自在。到了一九三三年，就像他的主要人物丁宁，端木因他的家乡尤其是父亲方面的家族，感到十分局促不安，而较急促的叙述节奏可能看来更适宜于表达他对他家里人的厌恶，因此与曹雪芹被荣华隆盛的大观园里的人物所迷住，大不相同。端木一定考虑到，他的读者只要看见情景的展现而不必牵动感情就够了。小说里的情节无必要细细交代，只要让读者深深感觉到那些人物的愚昧和可悲就够了。

以另一个观点来看，可能认为譬喻中国的衰落与再生的视境，如此驱使小说家的史诗般的雄心，使他觉得对丁家过分探索等于摧毁那个大的计划。然而，尽管具有史诗与譬喻的规模，《科尔沁旗草原》在本质上是关于丁家与青年主角丁宁的小说。不过有许多章节，其戏剧性的不完全虽吊人胃口，却丰富地唤起草原上的生命，因此我们不能不相信，这部小说要是经过适当的剪辑和修改，删去不必要的暧昧，将摄影机外的一些事件准确地置于焦点，可能会充实有力得多。端木在一九五六年推出一部较短的修订本，剪去累赘的措辞，为读者提供较扎实的指引，因此也增加了首三章的可读性。可是他对丁宁无可奈何，只能缩短他的场面，删去他的独白。因此，在这修订本中，这部小说成为对丹麦王子没有同情的《哈姆雷特》。

三

根据端木本人的介绍，《科尔沁旗草原》由两部构成，一部是丁家家世的纵切面，而另一部是同一家族在一九三一年的横切面，是年丁宁和大山离家数年之后，重返故乡。第一部包含最初三章，因此是以下十六章的主要故事的序曲。可是，不管作者对其结构的看法如何，全书第二章到第十八章是专写丁家及其用人和佃农的小说，第一章和第十九章则以大幅的场面描写而显得突出，分别标示丁家在两百年之间，从人类的汪洋大海中浮现而又被吞没。因此，这部小说以关外的传说开始，以中国转变的预言光景结束。第十九章的标题，“一个结局的结局；另一个开始的开始”将这部小说直截地置于维吉尔《埃涅阿斯纪》和弥尔顿《失乐园》的史诗传统中。

由于《科尔沁旗草原》实际上仍然未被研究中国文学的西洋学生所研读，在我们能够详细讨论这部小说之前，至少将开头几章重述一遍是必要的。根据历史，科尔沁是一个蒙古族的部落，他们在清军入关之前与满族结盟。满人将军僧格林沁（死于一八六五年）是科尔沁旗的一个蒙古王爵，实际控制整个科尔沁草原。在他死后，端木在《前史》中如此告诉我们，那地区的一些王侯，虽是地主却住在北京，于是开始失去对这块土地的支配力，而使得汉人能够从山东和河北移居到那儿。端木将他的家世追溯到他的曾祖父。在小说中，丁家的实际历史也开始于丁宁的曾祖父。然而，在第一章中，作者创造了一个族长，在一七三〇年前后从山东迁移到东北的一群饥饿的难民中，作为领袖出现。这个族长叫丁老先生或丁半仙，娶了一个狐仙，且选了一块藏龙卧虎的地方作为葬身之地，这两件事确保了他的子孙繁荣不绝。根据《前史》，端木的父亲仍然相信仙姑的偏护以及祖坟的风水很好，甚至年轻的端木本人，一如我们所看到的，对家人所说的胡三仙姑的事情也心怀敬畏。可是端木长大了以后，不信这一套，认为丁宁的祖先利用这两个神话来建立他们的威望，让当地老百姓相信他们自己是注定穷的，而丁家是注定要兴旺的。

第二章，在描述丁家势力由于丁四太爷无情地并吞对手的土地而继续扩张之后，藉着对丁宁的祖父与三爷在某一收获日子的生活方式之对比的巧妙描写，端木进而揭示丁家终将衰落的一些前期的征兆。小说中对那一天的描述（尤其是在修订本中），比其他任何部分都更能证明端木叙述手法的成功。当三爷调戏田里的姑娘，践踏她们的人性时，心地较好的大爷到各村去向佃户察粮，开始感觉到他们的不满在他心中激起的畏惧，弟弟的不负责任以及其他预兆让他感到一切努力都是枉然。在这一章中，作者一方面暴露他们的无情和荒淫，另一方面保留了对他的主要人物的祖先的敬畏感，而将我们吸引住。

第三章大部分描述丁宁的父亲在一九〇五年俄军被日军击溃之后，大灾难的一天。虽然仍有年轻时的旺盛精力，他父亲在目击那天的悲剧事件之后，变成一个被击垮了的人；父母被乱冲的沙皇士兵的枪弹射死，怀孕的妻子几乎被三个沙皇士兵强暴（他持马刀冲上砍死了他们），可是在早产生下一个儿子之后仍在恐惧中死去。那天上午，妻子黄宁在床上满心不高兴，回忆她被逼婚以至被劫走的日子，基本上是根据端木的母亲较早时对他说的事情。

在哀伤中，父亲得到舅母的帮助抚养婴儿，可是她若不亲自授乳怎能做到，这点不得而知。她本人在那大难之日也遭到强暴，她感到羞耻企图上吊，父亲救了她一命。（她曾和父亲幽会。）九个月之后，她终于生下黄大山就死了。最初人们担心她可能生个半俄国人的杂种，可是他并没有白人的特征，因此被认为是纯粹的黄家骨肉。父亲可能是他的生父（这一疑问并没有完全澄清）。终于父亲回到他自己的家里，成为一个耽溺在哀愁和梦幻中的世纪末的感伤主义者。

第四章移到一九三一年，以长大成人的大山为主要人物。他离家到北大荒寻求发迹已有两年，有一天晚上正在熟睡时，突然被一个神秘的舅父吵醒（这个舅父后来再次出现，成为强大的土匪头老北风）。舅父叫他回家，因为他父亲快要去世了。在回家路上，大山显出他的英雄气概，与整车的路警打起来，然后跳出车厢避免被捕。他终于回到了家，发现继母病危，而弟弟们在挨饿，于是他到一家盛气凌人的当铺，威吓他们给他那折断的金簪子四十块钱。大山的长相与他的勇武相称，尤其显眼的是一个鹰钩鼻和一头有如狮鬃的长发。更重要的是他确是个觉醒了的无产阶级英雄。在北大荒的时候，他遇到的俄国大鼻子可能给他启蒙了阶级斗争的重要性。端木对这件事只简短提及，以便逃过当时的政府检查，可是这样做，对读者不算公平。

第五章属于丁宁（他在第四章即出现过），他邀请大山一起到一个叫小金汤的原始之地打猎，他们小时候曾在那儿玩过。读者可能认为丁宁是黄宁的遗腹子，因为照理说，尽管背景显然不同，这两个出生时母亲都已去世且具有血缘关系的男孩，长大以后应该成为小说中互相补足的主要人物。然而不是，那遗腹子的名字叫大宁，现在是东北某地方的军官，把他郁郁不乐的妻子留在家里，而他本人在小说中一次也没出现过。而离家到南方差不多三年，现在刚回来的丁宁，十八岁，是他同父异母的弟弟。我们可以猜测，端木的确实现了他母亲的嘱托，把她的悲惨身世写出来，可是他宁可让她在生产时死去，免得受到丁家精神的污染。因此，他下笔时将他父亲两次婚姻的次序颠倒。他的第二个妻子王氏是官宦之家的女儿。她的独生女在丁宁回来之前病死了，而作者确实凭借着他自己的母亲失去了唯一女儿的事实，创造了小说中的事件。可是，暂且不论她的悲伤，丁宁的母亲信赖神佛，待人接物显示超然的冷淡，以及反复无常的残酷。这种个性似乎更适合于端木父亲的第一个妻子，假如她没有死去。诚然，她并不像《前史》中作者所描画的母亲的理想形象。可是，即使丁宁只是上等家庭出身的女人的儿子，且与黄家毫无血统关系，他在小说中的行为却有如他是黄宁的遗腹子。一则他跟她同名，而且特别为大山所吸引，尽管大山自他父亲那儿继承了对丁家难解的憎恨。在第五章中，丁宁特别担心春兄——黄宁姊姊的女儿，她在丁府刚住了一段日子，陪伴、服侍他母亲。由于她自己的母亲刚去世，春兄被她凶狠的父亲叫回家，而丁宁为她在那儿的安全操心。

在约略地叙述了丁宁和大山重现于科尔沁旗草原之前的丁家故事之后，我们现在可以讨论这部小说而不必太注意其情节发展的先后次序。从上面的摘要可以清楚看出：我们若称《科尔沁旗草原》是一部自传性小说，那只是就作者基于“九·一八”事变前即已开始的在知性上与政治上的觉醒，随意重新叙述和解释他家族的事情而言。在清华大一那年，负责那么多杂志的编辑工作，端木一定有着异于寻常的热忱，使他成为完全为左翼作家联盟献身的会员。可是那年秋天在他的精神变得疲惫之后，虽然他仍然，但正像所有东北的逃亡作家一样，他并没有严格根据左联的指定写小说，他摆脱了政治的束缚。《科尔沁旗草原》显然是那个时代的作品，具有那个时代的意识形态和政治导向，可是作者的思想具有太浓烈的个人色彩，而他对中国的视境太宏大堂皇，无法把这小说适当地当作左翼或马克思主义所激发的作品来看待。到了四十年代初期，端木已经变得政治性更少，而能写出对他父亲的家族较表同情的回忆录来，虽然《科尔沁前史》到底太短了，只能算是篇供应自传资料的回忆录，而萧红的《呼兰河传》则是一部具有真实抒情的回忆录，真切地描写她的童年环境，因为作者没有违背她对童年的记忆。我相信萧红的书将成为此后世世代代都有人阅读的经典之作。《科尔沁旗草原》尽管是一部更复杂和更具规模的作品，值得列入三十年代最伟大的小说中，却是一部盖有时代戳记的作品。若以《呼兰河传》的精神构想《科尔沁旗草原》，则或为一部规模较小的小说，却又是那地区更真实的记录。

《科尔沁旗草原》不能成为一部真实记录的原因是：丁宁与大山不合时宜地出现在居民未能具有革命思想方式的地区。这两个人在他们之间一直是陌生人。就大山在他所不满的佃农中是一个成功的领袖这点而言，他只是一个象征性的人物。奇特的是，任何他可能牵涉在内以激起的农民运动或有组织活动，在这部小说中都没有表现出来——作者太明白了，这种活动在“九·一八”事变之前几个月不可能发生在他的家乡。作为接触过西方思想和文学的学生知识分子，丁宁当然是有理由被认为是“不同的”。他属于这地区而又不属于这地区：虽然对贫穷和受压迫的人，以及他同类中软弱无助的人感到同情，由于他们的愚昧情况，他对他们同时感到愤怒和鄙视。对于不能共享他革命思想的读者，丁宁当然显得乳臭未干、自满自大，以及冷酷无情，虽然我猜想，端木可能把他当作他那时代的理想英雄。他唯一的限制是他不是生为无产阶级而且不能真正和穷人打成一片。丁宁的这种隔离，由于他的心理活动笼罩小说的大部分，给予这部作品一种特殊的感情色彩，而且说明了它是基本上令人不满意的地方。假如主要人物不摆知识分子的架子，这部小说可能获得感情的深度或者了解共鸣的幅度，且更能有出于同情的行动。或者，假如他仍是那样的人，他应该就像屠格涅夫《父与子》中的巴扎洛夫，最后被了解和救赎。可是丁宁既不被了解也没得救赎。一个较老练的作家，像写出杰作时的屠格涅夫，才能洞察丁宁实际表现的那种乳臭未干的傲慢。

作为一个即将没落的富贵家庭的骄纵子弟，丁宁的处境很像贾宝玉，是被家族里所有妇人所爱，被他的侍女灵子和所有表姊妹所仰慕的一个英俊青年。可是，自觉命运比人优越，他跟这些女孩并不容易混在一起，他也没有宝玉那种气质，能不时对女孩们表示无私的、近乎痴的爱。假如说宝玉为他所认识的才女终要结婚而担忧，那么丁宁更是为那些完全得不到由科尔沁旗草原大地健康滋养的女人的愚昧无助而困扰，她们若非饱食无事，就得屈膝事人。因此，他经常写信给小林，大概是住在上海的一个有知识的女友，也是他所创办的“新人社”的一个会员。在他那地区的所有女孩子中，他最关怀他的表姊春兄，因为她是黄家最无自卫能力的一位。住在丁家的穷亲戚经常怀着对她父亲的恐惧，而她父亲最后竟成为谋杀她的帮凶，为了一点钱财而忍心让土匪去糟蹋她。丁宁曾经告诉她，使她恢复原有高贵的品质，发展她的潜能，将是他一生的工作，而且想要把她送到南方去求学。深为她被谋杀的消息所震惊，他在三个礼拜之后的一个早晨，怃然回忆着她。

丁宁喜欢的另一个女孩是水水，水上淌来而被渔夫抱大的姑娘，跟她年老的养父住在一起，完全与世隔绝，而老人的祖辈原是强大的地主，几代以前被四太爷所毁。对丁宁来说，水水是乐园的夏娃，天真烂漫，毫无世俗观念，因为仍然未为文明的病害所污染。最后水水为土匪所凌辱，遭到和春兄一样残酷的命运；丁宁企图救她，可是太迟了。

丁宁是个任性自负的人，毫无宝玉的女人气，而与水水和灵子的云雨关系，每人一次，都出于一时的冲动。他在父亲面前毫无畏惧。他父亲在第六章中，被他所深爱的一个戏子的死讯唤起回忆，表明他自己的风流过去，吐露他心灵深处的心思和梦想。为了减轻哀伤和重温旧梦，父亲决定那天离家到大连投机经商，不久神秘地死在那里。

他父亲不在时，尤其是获知他父亲死去的消息之后，丁宁主要的角色变成家产的管理人，而与《儒林外史》的突出人物，慷慨挥霍荡尽遗产的杜少卿可供并比。不管对这项工作在思想上如何反感，丁宁在这危机时刻不得不照顾家庭，而在一连串逐渐紧张的叙述中（第十章到十四章），他表现为一个能干的、尽管有点莫名其妙的人物，应付佃农罢工的威胁，以及其他困难。他最初态度太傲慢了，无法跟他们妥协，而宁可让他的土地闲着。可是，在下一瞬间，也许表示他对于身为地主的鄙视，甚于对佃农苦境的同情，他宣布准备免除一年的田租而使他们大吃一惊。一位忠诚的老管家把这命令解释为宽大减轻田租，免于财政破产，而丁宁不无讽刺地招来一个精明而难以对付的地主的名声，其作风一如他的祖先。可是骨子里他并不真正在乎土地会变得怎样，也管不了他家族的每个人会怎样，因为他对他们那种注定灭亡的生存方式感到厌恶。

虽然贾宝玉和杜少卿这两个人物可以看作他的原型，丁宁在作者心目中当然更是一个被所有西方浪漫和革命理想所吸引的现代中国知识分子。他想要完成他祖先所未曾梦想到的事迹。因此他蔑视家产的负担，不愿为那地区专心致志，也不愿对他周围所有不幸的人给予积极帮助。甚至他对人性的伊甸园式的看法——我们稍等会讨论到这个主题——也反映出他对中国封建文明的全然厌恶。然而，作为一个现代青年却被牵向相反的方向，丁宁大部分的处境仍是自我辩论，因为他未曾有机会以行动证明自己。虽然与佃农的对抗对他的灵魂是一种试炼，但这只加强了一个青年人的自傲和自我绝望的态度，自承无能为力帮助他的同胞。在某一意义上，他的父母亲，他的年长女亲戚，以及春兄、水水、灵子，都求助于他，而他一一让他们失望，因为他过于包裹在自我之中，无法及时付出他的爱或同情，只有与他正相反的人物，大山，一个毫无知识分子气息的革命实践者，丁宁才对他表示厚爱和赞美。然而，我们即将看到，甚至那份友情也禁不起具有真正精神感染力的戏剧考验，而让丁宁或大山变成真正代表现代中国的英雄人物。

然而，端木本人确信丁宁有其代表性的性格，而将第十五章的一部分用来讨论他的个性。对于被人称为一个强硬的、破坏罢工的地主，黯然沉思的丁宁回忆起“新人社”的一次集会上各个朋友对他性格的分析。他感到不得不写信给小林，认为自己回到家乡以后一事无成，只不过是哈姆雷特和堂吉诃德并于一身而已。这一评价确实有趣，表明作者对俄国文艺批评的熟悉，以及他企图表现这两种原型于他的小说人物中的莫大雄心。可是读者却觉得丁宁并没使人联想到他们，尽管他不时独白，把自己检讨一番，也偶尔高兴表现一下骑士的侠义精神。在那次集会时，丁宁进一步回忆，有一个叫墨索里尼的，提出一个公式说明他的性格：虚无主义 + 个人主义 + 感伤主义 + 布尔什维克主义 = 丁宁主义。墨索里尼提出这个公式带些开玩笑的性质（尽管它被几乎所有《科尔沁旗草原》的评者引用过），他进而指责丁宁为纯粹的个人主义者，想要像成吉思汗和罗马暴君尼禄一样，满足所有他自己的欲望。可是那个时代所产生的所有浪漫革命小说的主要人物，都以不同的组合展示出丁宁主义的这四个特性，因此，端木作为二十一岁刚开始创作的小说家，居然能够将这些特性分离，创造出他那时代的代表性的人物，他的批评眼光的精明应该得到赞赏。然而，关于他自己的英雄人物，他的布尔什维克主义，除了包括在这公式中这点以外，并不太明显：他是一个人道主义者，充满解放所有被压迫者的革命冲动，可是并没有继之以任何具体的政治行动。他的感伤主义，在我看来是表示他的人道主义以及他的爱心和同情心，虽然那份心愿时常因他的个人主义而无所表现。他的虚无主义，就他想成为尼采的超人，能够摧毁旧秩序建立新秩序这点而言，也可以看成他的个人主义合理的延伸。可是，由于这个年轻人尚未开始完成任何伟大的事迹，他一再感到激动不安，这种不安暗示着他对排除万难的雄心与实际的无能之间极大悬殊的尖锐自觉。如此，在春兄遭到残暴的谋杀之后，丁宁思索他身边许多不幸者的死亡，以及他对这情况毫无作为的失败：

> 丁宁想，我是要做一番轰轰烈烈的事的，我是亚力山大的坯子，我一点都不否认，在这个时代里，我是要用我的脊椎骨来支撑时代的天幕的，我不但要用，而且我期其必行。但是如今事实却用了铁的咒语把我所规律的全个系统彻头彻尾的碾碎了。我要攫住了时代，而时代却用了不谅解和不理解来排挤我。我要贡献出我的力量，而我的力量却被市面流通的不良的钞票所驱逐，这是多么无理的谬误呵，这是多么可怕的安排呀！这是我的错误吗？这是我的罪恶吗？
>
> 凡是我所否认的，我都要摧毁呀！凡是不适于我的估计

的，也必须要投到地狱里去呀！我是 Procrustes[1] 的刀子，我敢负有这种自负，因为我受过新时代的任命和委托，把我所不愿见的不承认的习惯、道德、制度，都投到一切否定的虚无里去吧，这是必须如此的，这是我对时代的清除！我没有宽恕，我没有原宥，在我的字汇里，我只有暴乱和争强，没有和平，顺受……

一种噬人的暴怒攫住了丁宁的全身。他想立刻把宇宙摧毁，人类摧毁，自己摧毁，然后一片片的落下去，让一切与灭亡同在！他几乎要跳起来，先拿着这个园舍作毁灭的全般的对象。

但是过了一晌，一种稀有的疲倦便蔓延了他的全身了。从来没有过的倦怠呀，不能用自己的神经去感觉的一种精神的倦怠，不能用尺约量，不能用人的厌恶去洗涤的倦怠呀。布满了他的每个细胞，他每个细胞核涨满了倦怠的因子，都澎湃着的倦怠泉源。他试探着像要抖落一身花瓣似的想把它抖落，但是毫无效力。他无力的悲悒的长叹了一口气，便坐在丁香树下，一动不动。

与在狂奋与悲悒之间的这种优柔寡断形成全然对比的，是大山钢铁般的性格。他是丁宁的朋友，但一直坚决反对他，因为丁

1 普罗克汝斯忒斯，希腊神话中雅典附近的人盗，他开设黑店，将旅人绑在铁床上，若旅人个子比床长，则砍去腿脚，若短，则将人活活拉长。

宁同时也代表了他的家庭和阶级。假如丁宁令人联想到贾宝玉和杜少卿，那么大山便是故意安排的一个现代版的梁山泊好汉。有一次丁宁跟大山讨论《水浒传》，而两人都宣称他们喜爱鲁智深：

> “呵，你拿给我的书，我都看得不老懂，《水浒》还行，呵，我最爱看《水浒》，呵，鲁智深醉打山门那一段太好了。”大山两只粗大的手搓在一起，似乎旁边就是一柄吃力的铁禅杖。“我最爱吃狗肉，狗肉吃不着，昨天我也一个人吃五斤牛肉。”……
>
> “好的，我也顶喜欢花和尚，”丁宁同意说。“是正义感的最纯粹的代表，是真正的中国草莽英雄的典型。”

在前一段的对话中，作者至少暗示大山与鲁智深在精神上具有类似性，而且都对吃狗肉的胃口奇大。在小说另一处，端木给他一个绰号就叫“鸑鹭湖的李逵”。可是除了在第四章中给人印象深刻的表现以外，大山很少令人联想到这两位水浒英雄。在理论上，他补足丁宁，作为一对主要人物的另一半，可是实际上，他大部分只是隐约出现于背景，作为复仇的阴暗象征。只是在第九章中，有一场冲突，将这两个主要人物互相补足的性格加以戏剧化。因丁家间接造成一个佃农的死亡（事实上那天晚上他是在要跨过火车道的时候被日本人杀死的）大山大为愤怒，将丁宁绑在树干上，列举他家族几代以来的罪恶，威胁要杀死他。丁宁虽然不加抵抗，但提出自辩：

> “好东西，你想一想吧，我绝不吝啬我一条命，假设因我一死，我就可以使你们得救，我是不辞一死的，我自己也会杀我自己的，但是，我死了，你能得着什么呢，大地主依然是大地主，庄稼人依然是庄稼人……你要是人，你有人的脑筋，你就仔细的想想罢！”

大山射了两枪，却不瞄准，然后把他解了。现在是丁宁要问了：

> “你为什么不打死我！”霹雳火的问声。
>
> 大山小孩似的把脸埋在手里，呜呜的哭了。

照理，这部小说应该以丁家的灭亡结束。虽然丁宁作为知识分子希望自己的家庭毁灭，可是他的自尊心使他无法默许大山无情的阴谋。因此，为了不让读者失望，在这两人之间，正因为他们那大不相同的背景与精神上的类似，应该有更戏剧性或悲剧性的对抗才对。可是这种对抗并没有实现，因为到了这小说结束的时候，在作者脑中演出的是举国抗日的戏剧，而丁家已不再显得重要了。丁宁在这之前已离开场面，并没有预料到，日军占据沈阳翌晨，人民的潮流会涌向沈阳。然而，大山在最后一页出现，作为这运动的一部分，他的狮鬃颤动在古铜色的头上。作为爱国者这一更重大的角色，他无心关切他个人对注定没落的丁家的报复了。

全民觉醒的这幕预言戏剧增加了这部小说迷人的地方，正像首三章以山东农民迁移关外，丁家的兴起，以及俄国人在科尔沁旗草原的掠夺为焦点的叙事诗剧一样。在考虑那场剧情时，作者似乎被一种兴奋之情所攫住，这种兴奋曾使布莱克在他的一些预言诗篇中，狂热歌颂美国和法国革命。可是对于端木蕻良，他的故事不可能完整，除非过去为了粮食和土地移居到科尔沁旗草原来的人民，现在再一次在更严厉的生存考验中表现自己。那天晚上曾遭一群土匪抢劫的古榆城，因正在向沈阳进发的土匪志愿军的到来而兴奋若狂：

> 可是，街上的人，都并不因此而减少，街上的人更多了。衙门头人的海泛滥了，人的海溃决了，人的海翻转着神奇的波澜了……现在是涨早潮的时候了。黎明的第一线从晨鸡的喉管里传出来的时候，人的海在涨潮了，人的海在涨潮了。

这个人海的推动者，不是别人，正是老北风，他在第三章中出现过，乃大山的舅父。可是除了提供这一点消息之外，作者很聪明地避免描写这个神秘人物的来头和背景，因为这类巨人式的角色是无法加以说明的。在他之前先到城里来的是另一个土匪头子，天狗，一个破坏天使。在第十七章中，他的出现令人难忘，是四口村一个妓女的访客。作为一个凶手、诱拐者和强奸犯，他在那章中完全暴露出他的粗俗和残忍。然而，在九月十八日那天晚上，他似乎决心摧毁所有穷人的敌人，包括日本人以及丁家所代表的财阀，以便为老北风的到来铺路。然后，在日本人占领沈阳之后，冬眠的科尔沁旗草原，由于毁灭与再生这两种力量的爆发，被投入一场大动乱之中，而这两种力量都由土匪头子所代表。

在爆发出现之前，丁宁已离开，目的地并没特别说明。虽然在正常的情况下，他应该是在暑假过后回到学校，然而他可真的竟认为他可以离开家，既然他名副其实已是全家唯一管理家产的人？不管怎样，我们最后看见他时（第十八章，题为《大地》），他在晨曦中骑马奔驰而去，跟着两个不知是谁的人：

> 他这时全身都起着光明，他高举起了手臂，额间的发，迎风飞舞着，全身湿润。一颗血红的朝阳，恶魔的巨口似的舐着舌头，从地平线上飞起，光芒向人寰猛扑。
>
> 丁宁的血液向上一涌，他抡起了手臂，高呼着——
>
> VITA NOVA！[1]
>
> VITA NOVA！
>
> VITA NOVA！

1　vita nova，拉丁文“新生”之意。

这个拉丁句子，在简短描述部分之后，又重复了四次。作者本人确实不知道他的主人公走到哪儿，虽然他显然安排了这一戏剧性场面，让丁宁与东升旭日共享它那无垠的光华，它那镇压黑暗势力的狂怒，以及它对新的一日的允诺。他从他日常的自我，无法辨认地转变为光芒万丈的一个寓言形象。

为了进一步欣赏这一戏剧性场面，引用布莱克描写美国革命的一节诗句该是适宜的：

像人的血喷射出血管于圆顶天空的四周，
赤红的云朵起自大西洋形成巨大的血轮，
而在赤云中跃起的“异象”君临大西洋，
紧张赤裸的一具“人”火凶猛燃亮有如
壁炉里赤热的铁楔；他可怕的四肢是火，
具有巨万阴霾的恐怖，战旗黑暗而高楼
被包围着；热而不是光穿过阴郁的大气。

这儿，将“海怪”描写为“一个‘异象’君临大西洋”，是完全适合于《美利坚：一个预言》这种神话寓言的表现方式的，虽然这种雄浑的诗有待布莱克专家充分鉴赏。可是丁宁并非海怪，也不是“人火”：他的这种形象只是由于作者夸大其词所造成的。当然，这种狂热的夸饰，在小说中描写古榆城大动乱的最后几页，具有更强烈的效果，一如我们在前面引文中所看到的。如讲真情实境，在一夜的恐怖之后，幸而能够逃避掠夺和死亡的这些城里的居民，惊吓和疲惫之余，谁也不敢出去到街上欢迎新的土匪了。正像丁宁并没有变成人火之躯去迎接新的黎明一样，科尔沁旗草原在日本人占领沈阳之后，并没有实际经过一场山崩地裂式的精神革命。小说家的视境离开现实越远，他越觉得有必要诉诸夸张的修辞和暴力的隐喻以激起振奋。虽然这种赤裸的狂热的激烈，与小说中根植于自传经验的部分并不很调和，它却展示《科尔沁旗草原》的史诗的意图：为何它以饥饿的流亡群寻求富裕乐土的视境开始，而以东北的一个新的耶路撒冷的视境结束，正当东北即将为新的征服者占领之际。

假如读者受到适当的预先警告，而耐心和同情地阅读一次以上，《科尔沁旗草原》的确是一部值得注意的小说，尽管具有夸张的爱国精神和预言性。作者统治着科尔沁旗草原的神秘王国（其国土比约克纳帕塔法县[1]大得多，但同样以英雄主义、传统、颓废、污秽为特征），而其中活跃的人物，远超过一部小说所能适当容纳的人数。就这点而言，它是一部福克纳型的小说。我们获得的印象是，甚至最不重要的人物——一个管家、一个猎户，或一个佃农——都有他们争求诉说的故事。水水和她养父的故事，以目前的样子只令人觉得被逗惹得难受，必定是作者心中计划的较大故事的一部分。丁宁的父亲可能成为一部极具魅力小说的主角，

1 美国作家福克纳在其小说中虚构的地名，是其大部分作品故事的发生之地。

然而他那世纪末的感伤主义的生涯却被压缩成一章，而且他在大连的神秘死亡令人百思莫解。他的长子大宁的军人生涯只占了淡淡的几笔，他那被冷落的太太仍然跟她婆婆完全无法沟通：这两人的故事同样可以单独写成一部小说。春兄的故事，她那长年受苦的母亲，以及她那凶暴的父亲苏黑子，也可能扩大成为一部悲惨的家族史。在《家》及其续篇中，巴金似乎告诉我们他要我们知道关于高家的每一件事，一点也不需要想象力的帮忙，而《科尔沁旗草原》吸引人的地方，却是一部分来自这个事实：作者压住不写的有那么多，因此我们能够想象出一连串关于丁家、农民、土匪以及猎民的好多部有助故事发展的小说，足以使这个草原地区的“神话”更为完整。

从这部小说自传性的实质内容看来，在描写丁家的家庭光景这方面，《科尔沁旗草原》成功捕捉到真切人生的本质，而同作者的铺张修辞也离得最远。这点不足为奇。关于丁宁与佃农冲突的那几章表现得极为出色，可是，由于是一个刚出道的小说家，无可避免地，他对父母和近亲的回忆不招自来，而且带上个人的情感。除了张爱玲的《怨女》和她的一些短篇小说，以及茅盾的《霜叶红似二月花》以外，我还没碰到过一部现代中国小说，在唤起封建时代上流社会的生活方式这点，能够与《红楼梦》相比而能如此值得称赞。当然，端木吃了他叙事方法的亏，因他几乎完全使用对话和描写来表现情景。可是，即使他本人不想利用叙述文学的各种技巧，他有几章在表现气氛和激起情调，以及使读者的兴趣专注于作品中所揭示的任何情景方面，却处理得非常优越。举一些较不复杂的例子，第十章和第十六章中的仪式，分别涉及求雨者的行列以及为丁宁的父亲做佛事的一群善男信女，给我们的印象的确颇为深刻，而且我们觉得在每个例子中，作者一定仰赖他年轻时所亲眼看过的类似仪式的记忆。就像丁宁一样，端木对王灵仙这个主持两次仪式的法师，可能也只感到鄙视，可是由于小说家对仪式的魅惑以及确切的描写，这个宗教骗子并没有完全丧失掉老百姓对他的那种敬畏。

为了进一步详细证明作者表现封建生活方式的能力，我们可以引述第七章，其中描写丁宁到三奶家去拜访，向三十三婶借两万块，以便他父亲可以到大连去旅行（结果一去不返）。虽然就此而言，借到钱对情节的发展是很重要的，可是这次拜访事实上具有更重要的目的，亦即在我们面前展示岁月虚度、神经过敏的女人的哀愁和悲惨。就像《卡拉马佐夫兄弟》中的阿廖沙一样，丁宁时常演拜访者的角色，去探访别人，而在谈话中诱出他们的秘密和内心的冲突。他在这章中尤为成功。

十三叔——三奶同已去世的三太爷生下的儿子，有好几年没回家，夤缘钻营。挥霍了三万元买了一个无聊县长之职后，他又向母亲要了五万去买一个税捐局局长。虽然第一任太太已经死了好几年，他对患了肺病快死的第二房姨太太，或较活泼的三姨太太似乎不太关心，而这个三十三婶由于性生活的挫折，对丁宁抱怀着一份热情。在这大宅里还有丁宁一般年纪的一些堂姊妹和丫鬟。

丁宁由于人在南方，已有三年未曾登门拜访。由于那儿的颓废气氛以及三十三婶特别的关注，他总是不愿意去的。然而今天，他表现得非常礼貌，跟他的婶婶和堂姊妹们玩着类似麻将的小牌，愉快地闲聊。

场面一幕一幕过去，直到晚饭以及音乐节目之后，丁宁去看孤独无子的二十三婶。她有好几年想收他为自己的儿子。在他们相见的时候，前后有九页，我们透过丁宁的眼睛看见她——“一架肺病的残骸”躺在炕上抽鸦片，脸颊因烟在燃烧而显出不自然的“娇红”，而我们希望他真的是阿廖沙，面对这无尽的苦难具有全然的同情，而不是一个故意压制对垂死者的同情的人。然而，在二十三婶一再诉说她长久以来有意收养他而受挫折，以及希望能够离开所有人跟他一起住在北平之后，接下来是一段长久的不自然的沉默，其间丁宁尖锐地感到她需要爱与伴侣的可怜：

> 一阵过长的潜蛰的沉思和急苦，使得二十三婶的情绪，纷扰得太厉害了。脸蛋上烧得火一般的焦红，喉咙里，啕噜着，好像有什么东西要吐出来。但是她却用力忍着，她的身上不由的打了一个冷战，额角上涔涔的冒着黏汗。丁宁知道这个征兆，便会带来不祥——这是她的生命的渣滓的最后的泛起哟。丁宁长出了一口气，决定想给这个垂死的人一点观念上的满意，他不忍得看见这个被这个社会制度所捆缚的女

人就这样的孤独的死去。她是太孤独了，世界上一切的人都是和她陌生的，而她更幻想着用母爱来维系住一个住在不同世界上的一个青年，她该是多么可怜哪，丁宁想到自己方才想虚伪的给她一点安慰，便微微的有点抱歉了，他心里一难受，便把手很亲挚的抚在她的头上，用嘴唇感动的凑到她的耳朵边。“妈妈——”

一种悲痛的快乐通过了她的全身，似乎有一阵暴雨似的排山倒海的力量向她力扑，她吃力的把头歪到一旁——

“水！”她刚一张口，哇的一声，一口鲜血便吐出口来，她连忙用手巾揩了，塞在枕头底下怕丁宁看见。

丁宁也徇着她的意思，装着看不见，把水端来，侍候她漱口，又用手给她捶背。

会见之后，丁宁随即不安地躺在靠近二十三婶房间的床上。由于口渴，他想要喝些水，而三十三婶出来，早已准备了一些甜的药水，使他那夜成为她的俘虏。二十三婶不得不听到她那狂乱的做爱：

一点也没间隔，紧接着，就是一片谑浪的笑声，一种无耻的、淫荡的哎唷声，更狂浪的呻吟声，急促的动作声，只隔一道纸壁，雷震似的挑拨了二十三婶的耳朵。她歇斯底里的把全身的被子，都拼命的缠在脑袋上，紧紧的缠，像要死心上吊的那样的狠命的在头上缠。脖子都已经没法出气了，她还是不松一松。但是一口又腥又甜的滋味却泛溢在她的喉咙了，她很费力的从枕头底下取出了手帕，随便的在嘴角上一揩，便把脑袋歪在一旁，从枕头上掉落下去，任着金星和银星在她的眼前旋旋的转了。

这一段，充分表现出作者所爱好的修辞法，却也以明白有力的“显现”，结束了丁宁那天的访亲。在白天，款待他的女人们能够以欢笑的风度掩住内心的悲惨；在晚上，私下面对面时，二十三婶向曾有可能做她义子的丁宁吐露她悲剧的一生。然而，正像那胆大心细的三十三婶，这个垂死的女人的确也感到性的饥渴，而她对做爱的声音那种疯狂的反应，比起她情敌那份一样疯狂的喜悦来，读来更具恐惧之感。

在拜访三奶时，丁宁主要是悲剧的目击者，虽然最后他本人不知不觉地成为三十三婶的情欲的战利品。可是，作为一个享有贵族特权的年轻地主，他也可能不知不觉地造成他身边的人的悲剧，一如端木从个人的经验中应该知道的。虽然他极力反对中国的封建道德思想或基督教的道德思想，无疑地，托尔斯泰的《复活》在他写这部小说时一定盘踞在他心中。正因如此，在他扮演的其他角色之外，丁宁也可以看成一个中国的南赫留道夫（聂赫留朵夫），他勾引了一个丫鬟，然后抛弃她，任其生死。在第八章中，紧接着他与三十三婶极不愉快的经验之后，他沉思了好几页关于《复活》的意义，相信南赫留道夫和马司洛娃（玛丝洛娃）的所作所为是对的，而且是不公平的社会制度使她负上罪人和犯人的烙印。丁宁显然认为在他们交往的初期阶段，年轻的贵族即已深爱马司洛娃，相信他们很像堕落以前的亚当和夏娃，虽然南赫留道夫不久即为社会的虚伪价值所引诱：

> 这时，他们是亚当夏娃的本来的光辉，他们是无可批判的，宇宙将因为他们而歌唱，这是为人性的金律所喜悦的爱。
>
> 这时，他们的接吻，是人类最清洁的接吻。
>
> 他们连吻两次，仿佛想一想还需要不需要，又仿佛决定是需要似的，于是，又吻了一次，两人都笑了。
>
> 这时，他们是幸福的光辉的，他们只是皈依着自然律所昭示给他们的活动而活动着，他们还没有被社会的传统观念用金色的大笔来向他们加以考虑，加以圈点。
>
> 这时那黑眼的小女郎是幸福的，是光辉的，从她那温软的处女的胸脯，深深的叹了一口气，仿佛在快乐的劳动以后所发出来的叹气一般。
>
> 南赫留道夫也是这样的。
>
> 但是，只是通过了一个白雾弥漫的昏庸的夜晚哪，人类便会完全的改变了。

作者显然跟他的主要人物在这儿想象一种卢梭的境界：未堕

落以前的男女以不感羞耻的自由和光辉享受性的快乐。丁宁将这种乐园的光景与他童年在小金汤的快乐回忆联想在一起；小金汤即作者家附近一个完全未为人类所破坏的、与世隔绝的地方。端木小时候，曾从结冰的溪水里捉到一条小鱼，把它生吞下去而体味到“原始人类的喜悦”，而且在那儿有一天下午，他倚靠着树干几乎躺在溪水上的老树，阅读鲁迅的《呐喊》。

许多中国和西方的现代作家，赞美类似的荒野之地，有如他们童年的纯真的伊甸园地，可是端木既是地主的儿子，他享有性的特权，乐园也意味着经验世界中的纯真的延长。因此，不像托尔斯泰和曹雪芹，端木拒绝跟随布莱克去看在性爱的领域中人类意志的自私本质。作为中西传统的主要小说家的代表，托尔斯泰和曹雪芹似乎都同意，要好好做人必得接受受苦的代价，而且不论给予人类快乐与方便的社会政治境况如何，作为受欲望驱使的人类，天生的自私是无法根除的。一个人在经验世界里受到恶的污染以后，一如托尔斯泰和曹雪芹所看见的，他将进一步努力竭力达到更大的博爱和领悟，而不是认为一个人多少藉着祓除文明及一切法律和习俗的梦魇，就能自动地恢复到伊甸园的纯真境地。

因此，对于许多现代小说家，他们不能或拒绝迈进他们的伟大先驱者的崇高精神境界——因为他们对于人类处境不耐烦，蔑视传统道德，对心理上或政治上的革命将使人类回到乐园抱怀希望。如此，D. H. 劳伦斯一方面称赞托尔斯泰的小说具有“男性的辉煌壮丽”，一方面却感叹他在《安娜·卡列尼娜》中对社会的妥协，以及"《复活》的愚蠢的口是心非"，认为《复活》的主人公南赫留道夫只不过是"一个笨蛋，他的虔诚无人需要亦无人相信"。端木的主人公和代言人，虽然确实被阅读《复活》的经验所感动，却也揶揄托尔斯泰，因为他也无法接受他的"新基督教义"，其开宗明义在于肯定人类对善恶两者之挑选的人性二元论。像巴金以及三十年代其他许多年轻小说家一样，端木主张人性本善，而将恶的兴起和猖獗归于社会制度。假如我们沉思默察科尔沁旗草原，如同整个中国一般，到处都有病痛和苦难，形上哲学以及个人伦理学的问题可能变得无关紧要。然而，尽管端木蕻良无法超越他那时代哲学上和政治上的大前提，他本人对南赫留道夫主题的改写，在控告支配着中国封建社会的道德规范上，却是严酷有力的。在第十七章中，丁宁陷入全然沮丧的心境，主要是因为春兄悲剧性的死亡。他感到犯罪的冲动，想跟他的侍女，一个处女，做爱：

> 但是今天他的思想却非常的恶劣，无意识中都模糊的想以她为他狂乱的对象了。于是灵子一双温柔明慧的眸子又在他的眼前浮动了……
>
> 于是他用了全部的自己的力量在灵魂的深处，大声的呼号。让理智帮助我呀，自尊与纯洁给我以勇气呀，让我消除这些有害的幻想，让马司洛娃的脚印，停留在托尔斯泰那老头子所幻化出来的解决方案之内吧，让他陶醉在他的基督教

义的尾巴以内吧。勇气帮助我呀，我自己就要破碎了……

尽管他求助于理智和自尊，他终于还是引诱了灵子，虽然情景没有描写出来。此后不久，他离开家，到哪儿去并没有说明。

在这中间，怀了孕的灵子所遭受的命运，远劣于马司洛娃。接到丁宁的来信，她并不回信，生怕告诉他她的境况会将他置于愤怒或嘲弄的心境。到了九月人们能够看出她肚子大了，她躲在屋子里，假装生病，不工作（虽然她被引诱只是最近的事，她的情况不应该看得出来）。然后，九月十九日，丁宁的母亲把她叫到房间里来。丁太太新寡，更因陪伴她的春兄死去以及她的儿子离开（且不提她女儿更早的死亡）而备感孤寂，可是她命令灵子喝下一杯毒药，以惩罚她引诱她儿子的无耻罪行。她毫不顾念她身上怀的是丁宁的孩子，而且不在乎实际上她自己将是邸宅中的幽魂，因为她的媳妇一向是独居的。灵子央求道：

“太太呵……春兄也死了……太太……留着我伺候……”

她的每个声音还没出口呢，便都一个一个的破碎了……

“贱胚！我要你伺候什么？你们都死了我才解恨呢……哼，你……”

灵子浑身惊悸的一抖，眼睛瞪得圆圆的向前炕上看着，慢慢的有两颗极大极大的泪水，在她的眼仁里渗出来了。

“太太……”

母亲一声不响，毫无感情的甚而有点得意的躺着。

“你就喝了……你给我成全了这个脸，你死了，神不知，鬼不觉的，我厚厚的葬你……”

这一景（上面所引只是很短的一节）以及以下灵子逐渐陷入昏迷的描写，构成小说中的最佳情节之一。在她死去之前，枪声已经听得见，预报一个长夜的骚动和革命。透过这种蒙太奇的有力使用，枪声看起来好像是对强迫一个无辜女孩死去的残酷罪行的即刻反应。假如说丁家代表即将逝去的旧中国，那么，正因为这一随心所欲的谋杀行为，那个旧家庭已陷入了耻辱的最暗的深夜，所以迎接新中国的一个阳光四照的黎明是可以预料到的。在《红楼梦》中，宝玉的母亲并没有犯下故意谋害的残酷罪行作为可供比较的例子。在受到恶意伤害的丫鬟中，金钏感到太过羞耻，再也活不下去，而晴雯在病中被赶出宝玉的住处，可是，她并没有被迫喝毒药。假如王夫人强迫她喝毒药，宝玉能怎么办呢？在这种情况下，出家当和尚，或者像南赫留道夫那样，在西伯利亚寻求新的人生，都会显得一样无益和懦弱。出于对《红楼梦》和《复活》这种小说的喜爱，我们诚然希望作者加强残酷事件的道德性，让丁宁获悉这悲剧发生在他家里，而使他负起记忆的重荷，可是作为一个厌恶旧中国的现代知识分子，端木蕻良的确有充分的理由觉得，不值得将他的主人公的尊严卷入这个最丑恶的悲剧中。被谋杀灵子的记忆所创伤的丁宁，不可能再自信昂然地高嚷

“Vita Nova!”虽然这个叫声由于我们不知道丁宁要到哪儿去而终有点空洞的自夸，它倒确实表示他有意废除托尔斯泰和曹雪芹的道德观念，而偏好《水浒传》的粗暴正义，以根除基督教、佛教和道教的负面影响，再而结束所有家庭的悲剧、社会的不平，以及民族的悲屈。“Vita Nova!”的叫声，响彻科尔沁旗草原的声音，正是三十年代被社会愤慨和爱国热情所攫住的每一个中国小说家的叫声。

《科尔沁旗草原》完成之后，端木蕻良写了七年以抗日为主的短篇小说和长篇小说。之后，他的爱国热情减退了，而当他在一九四三年开始写我们这部小说的第二部时，他只能完成五章，因为较宏大的《科尔沁旗草原》的视境终于不再出现。由于一九四二年他写些全然自传性的短篇小说——像《初吻》和《早春》——而享有很大的成功，他的意图可能就是在《早春》中给予他的家史更真实的叙述。因此他的第一件事便是使被毒死的侍女复活。（我们可以这样猜测：真正的灵子在一九三一年九月十九日并没有死，即使她因端木而怀孕。）刚好有一个一向对丁家很忠实的老管事，给她某种药让她吐出毒物，然后将生姜配制的药汁灌进她喉咙，给她解了毒，到第二天她显然脱离了危险。就在那天早上，丁宁的哥哥丁兰（他已不再叫大宁）带着士兵回到古榆城来恢复秩序，防备土匪再来袭击。（看来土匪志愿军到底没有进入沈阳。）到了第五章，灵子颇像被赶出大观园的晴雯，暂时跟一个叫芸的女仆住在较简陋的地方，而且暗示她们两人之间可能发展出同性恋的关系。作者仍旧没提到丁宁的消息，显然觉得在将他带回科尔沁旗草原之前，关于他离家在外面的神秘活动不知道说什么好。

由于计划中的第二部显然失败，认为《科尔沁旗草原》这部作者最具野心的作品竟是作者在最实验性的、对自己的文体最没有信心的时候写作的，这种遗憾似乎是没有意义的。固然，假如作者多等几年，具有小说家更高超的技巧时才动笔，这部小说应该会完整得多。可是在二十一岁的年纪，他的爱国热情，他的革命浪漫主义，他对军队生活与政治刊物的新近参与，以及他对失去的家园和失去的土地的清新记忆，都投入一个史诗规模的视境的构成。随着岁月的流逝，这个视境变成片段而终于消失了。因此，我们应该感谢的是，端木蕻良在他的写作生涯一开始就有写一部长篇小说的创造魄力，而这部小说，尽管在文体上以及处理上不无缺点，至今仍是二十世纪三十年代一个作家对中国的肯定或否定的视境之最具野心的具体表现。

后记

在邮戳日期是一九八一年二月七日的一封信中，端木蕻良自北京告诉我他的母亲嫁到曹家为偏房时，他父亲的第一任太太王氏还在，生有一个女儿。然而王氏“不久”就死了（“不久”两个字的意思可能是“数月”，甚至“数年”），因此，偏房得以擢为正妻。这点可以说明为什么——根据《科尔沁前史》——端木的母亲不受公婆待见，以及为什么她家如此反对这件婚事。出于对母亲的孝心，端木从来不在出版的作品中提到她在曹家最初的地位。而我深觉荣幸，是海内外第一个学者，从他本人获得这项重要的资料的，这为我们了解《科尔沁旗草原》提供了一个新的看法。

根据同一封信。端木的父亲于一九二七年秋死于白喉和丹毒享年四十九岁。那年秋天，白喉也使端木病倒，也夺去了他妹妹的生命。

（杜国清　译）

论沈从文小说

一

在《凤子》的第十章里，那位“城里客人”看了当地的宗教仪式后，就很兴奋地对总爷说：

> 你前天和我说神在你们这里是不可少的，我不无惑疑，现在可明白了。我自以为是个新人，一个尊重理性反抗迷信的人，平时厌恶和尚，轻视庙宇，把这两件东西外加上一群到庙宇对偶像许愿的角色，总拢来以为简直是一出恶劣不堪的戏文。在哲学观念上，我认为“神”之一字在人生方面虽有它的意义，但它已成历史的，已给都市文明弄下流，不必需存在，不能存在了。在都市里它竟可说是虚伪的象征，保护人类的愚昧，遮饰人类的残忍，更从而增加人类的丑恶。但看看刚才的仪式，我才明白神之存在，依然如故。不过它的庄严和美丽，是需要某种条件的，这条件就是人生情感的

> 素朴，观念的单纯，以及环境的牧歌性。神仰赖这种条件方能产生，方能增加人生的美丽。缺少了这些条件，神就灭亡。我刚才看到的并不是什么敬神谢神，完全是一出好戏；一出不可形容不可描绘的好戏。是诗和戏剧音乐的源泉，也是它的本身。声音颜色光影的交错，织成一片云锦，神就存在于全体。在那光景中我俨然见到了你们那个神。我心想，这是一种如何的奇迹！我现在才明白你口中不离神的理由。你有理由。我现在才明白为什么两千年前中国会产生一个屈原，写出那么一些美丽神奇的诗歌，原来他不过是一个来到这地方的风景纪录人罢了。屈原虽死了两千年，《九歌》的本事还依然如故。若有人好事，我相信还可从这古井中，汲取新鲜透明的泉水！

这一段话，若拿来当一个现代中国作家的“宗教观”来看，虽嫌幼稚，但其中自有其智慧，与当时的功利唯物思想恰成一强烈的对照。在这里，沈从文并没有提出任何超自然的新秩序；他只肯定了神话的想象力的重要性，认为这是唯一能够使我们在现代的社会中保全生命完整的力量。在这方面，他创作的目标是与叶芝相仿的：他们都强调在唯物主义文化的笼罩下，人类得跟神和自然保持着一种协调和谐的关系。只有这样才可以使我们保全做人的原始血性和骄傲，不流于贪婪与奸诈。沈从文与他同期的大部分作家另外一个不同之点是，他虽然对资产阶级生活方式的无聊与堕落感到深恶痛绝，却拒绝接受乌托邦式的梦想。因为这种乌托邦一出现，神祇就要从人类社会隐没了。他对古旧中国之信仰，态度之虔诚，在他同期作家中，再也找不出第二个。这个古旧的中国，农村的“封建”经济，极少受到现代贸易方式的影响（更不用说其他的现代意识形态了），因此范围越缩越小了。可是沈从文对此信心不减，而且还能在这种落后的甚至怪诞的生活方式下，找出赋予我们生命力量的人类淳朴纯真的感情来。但沈从文并不是一个一切唯原始是尚的人，更不是一个感情用事、好迷恋过去、盲目拒绝新潮流的作家。他好多种题材、文体各别的小说，虽然有不少是可以称为“田园型”的，一方面却对当时政治、经济形势的认识非常深入透彻；另一方面更显露着一种坚强的信念，那就是，除非我们保持着一些对人生的虔诚态度和信念，否则中国人——或推而广之，全人类——都会逐渐地变得野蛮起来。因此，沈从文的“田园气息”，就道德意识来讲，其对现代人处境关注之情，是与华兹华斯、叶芝和福克纳等西方作家一样迫切的。

为了表示他与其他作家的不同，沈从文很喜欢强调自己的农村背景（以别于在大都市受教育出身的作家）。在《习题》里他这样写道：“我实在是一个乡下人，说乡下人我毫无骄傲，也不在自贬。乡下人照例有根深蒂固永远是乡巴佬的性情，爱憎和哀乐自有它独特的式样，与城市中人截然不同！他保守、顽固、爱土地，也不缺少机警，却不甚懂诡诈。他对一切事照例十分认真，似乎太认真了，这认真处某一时就不免成为‘傻头傻脑’。”像其他许多现代中国作家一样，沈从文出身虽然清寒，但总算是个书香门第，绝非乡巴佬。但他既自称“乡下人”，自有一番深意。一方面，这固然是要非难那班在思想上贪时髦，一下子就为新兴的主义理想冲昏了头脑，把自己的传统忘得一干二净的作家。另一方面，他自称为“乡下人”，无非是要我们注意一下他心智活动中一个永不枯朽的泉源。这就是他从小就与之为伍的农夫、士兵、船夫和在内地的小商人。他对这些身价卑微的人，一直忠心不贰。

直到他二十岁突然想到北京去读书，准备将来从事写作为止，沈从文的生活，可说与那个当时正受西方精神和物质影响的中国毫无关系。沈从文一九〇二年出生，湘西凤凰人，祖父沈洪富，“二十二岁左右时，便曾做过一度云南昭通镇守使。同治二年又做过贵州总督”。他的父亲和叔伯辈都做过军人，但却没有搞出什么名堂来。由于他父亲在他童年的大部分时间都驻守在北京，因此对他也疏于管教。他常常逃课，在家乡附近到处游山玩水，也因此看尽了人生和自然百态。有关这一段的生活，他在《从文自传》（这本自传实在是他一切小说的序曲）这样写道：“就为的是白日里太野，各处去看，各处去听，还各处去嗅闻：死蛇的气味，腐草的气味，屠户身上的气味，烧碗处土窑被雨淋以后放出的气味，要我说来虽当时无法用言语去形容，要我辨别却十分容易。蝙蝠的声音，一只黄牛当屠户把刀刺进它喉中时叹息的声音，藏在田塍土穴中大黄喉蛇的鸣声，黑暗中鱼在水面拨剌的微声，全因到耳边时分量不同，我也记得那么清清楚楚。”

十三岁那年，“将军后人”的沈从文征得母亲同意，进了在当地举办的预备兵技术班。他在班里学不到什么军事知识，却跟一个名叫藤师傅的老教头交上了朋友。这个藤师傅好像是一个从侠义小说跑出来的人物，真是十八般武艺，件件皆能，难怪十三岁的沈从文对他敬佩异常。约莫过了两年，沈从文得到当事人的许可，得用补充兵的名义，驻防辰州（沅陵），四个月后又移防到怀化。在这个小乡镇里待了只不过一年零四个月，他却看过七百个人被砍头。后来，他追随不同的部队散布到湖南、四川、贵州各地方去。除了军职以外，他还做过警察局的文书，管过税务，也做过报馆的校对。

在这一段混迹江湖的日子中（他是湘西沅水上下游船只的常客），沈从文结交了各式各样的人物，如军官、土匪、私娼和舟子。因此，他以小小的年纪就已接触过成人世界里情欲、堕落与英雄色彩的一面。在这许多他经历过的事件中，有些看来是非常邪恶的，但换了另一种眼光看，却是人类精神一种美的表现。这些事件都给他留下了深刻的印象。后来，在他的《从文自传》和不少短篇小说中，他就把那些最令他难忘的人物和事件记录下来。《三个男子和一个女人》就是这样的一个故事。一个年纪轻轻的豆腐店老板，在他私恋的女子死了以后，把她从坟墓里挖出来，背到山洞去睡了三天三夜。后来事发，被判了死刑，他一点也不后悔，连说：“美得很，美得很。”另外一个例子是《大王》，讲的是一个改过自新的土匪（生平曾亲手杀过两百多个人），在某一司令官处当弁目（保镖），忠心不渝，不料后来因一个女人的牵连，竟给司令官杀了。

这一段流浪的生活，对沈从文后来的写作生活非常重要，不但因为他可以从此获得不少见识和刺激性的经验，而且，最重要的是，使他增加了对事实的认识和历史感。就由于这种认识，他后来在面对各种压力时，能够不为所动。

在这一段流浪期间，沈从文碰到不少机缘，也交到了一些对他有帮助的朋友，对他后来从事文学创作的决心，产生过很大的影响力。这个时候，他读了林纾翻译的狄更斯的作品，为书中的人物情节着迷（他的构想力与这位英国小说家有若干相像的地方），废寝忘食地读上几个月。上海来的报纸令他大开眼界，因为里面所载的事，对他完全陌生，是一个“新中国”。

在报馆当校对时（这是他在一九二二年上北京前最后的一个差事），他认识了一个印刷工头，与他同住在一间房子里，并因他介绍，读到许多自五四以来所出版的新书，杂志。在此以前，沈从文临过帖、细心地读过《辞源》，当差时更读过古诗古文——可是跟中国的新思想与新文学接触，这是第一次。这可把他迷住了。他苦思了四日四夜后，才把要到北京去上学的决心告诉上司，上司非常鼓励他，还在经济上帮了他的忙。那时他已经二十岁，而中国现代文学中一个最杰出的、想象力最丰富的作家的生命，就在这时开始。

在北京苦写了两年后，沈从文崭露头角，开始受到英美派的作家如胡适、徐志摩、陈源等人的注意。一九二四年后，他的文章常在上述这班人的刊物上发表，即北京《晨报副刊》《现代评论》《新月》等。表面看来，这一批英美派教授和学者跟这个连一句英文都不会说的“乡下人”实在没有什么相同的地方。丁玲在一九五〇年就这么说过：“沈从文是一个常处于动摇的人，又反对统治者（沈从文在青年时代的确也有过一些这种情绪），又希望自己也能在上流社会有些地位……沈从文因为一贯与新月社、现代评论派有些友谊，所以他始终有些羡慕绅士阶级……他很想能当一位教授。”丁玲的话，当然大错特错了，沈从文能跟这些教授作家建立较深的友谊，因为他们在许多大问题的认识上，显然志同道合。左派在文坛上的势力，到了一九二四年时已渐占上风，胡适和他的朋友，只有招架之力。在他们的阵营中，论学问渊博的有胡适自己，论新诗才华的有徐志摩，可是在小说方面，除了凌叔华外，就再没有什么出色的作家堪与创造社的人物抗衡了。他们对沈从文感兴趣，不但因为他文笔流畅，最重要的还是他那种天生的保守性和对旧中国不移的信心。他相信要确定中国的前途，非先对中国的弱点和优点实实际际地弄个明白不可。胡适等人看中沈从文的，就是这种务实的保守性。他们对沈从文的信心没有白费，因为胡适后来致力于历史研究和政治活动，徐志摩于一九三一年撞机身亡，而陈源退隐文坛——只剩下了沈从文一人卓然而立。

沈从文是个写作非常用心、不断求进步的短篇小说家。一开始时，他大概还没有体会到写小说原来要顾虑到那么多技术性的东西。他常常在文体与主题上做着各种不同的试验，写了一连串的短篇小说，有好的，有坏的，更有写后连他自己也不知是什么东西的。左派批评家看到他这种怪异执拗的个性，对当前问题避而不谈的态度（慢慢地，他已摸索出一种个人的文体），不大把他放在眼里了，只觉得他只是个多产的但意识形态幼稚的作家而已。可是，过了几年，他在文坛上的地位越来越重要。到一九三四年接编《大公报》副刊时，他已成为左派作家心目中的右派中心。从那时开始，一直到战时战后，他一直是左派批判的对象。可是，滑稽的是，他在四十年代间，与政府的关系并不好。对这些莫须有的攻击，沈从文不屑一顾，而他后来的表现，也在证明他是一个真正的艺术家，对自己的作品极有信心。早在一九三六年，他就颇以自己的"落后"为荣了："两千年前的庄周，仿佛比当时多少人都落后了一点。那些人早死尽了。到如今，你和我爱读《秋水》《马蹄》时仿佛面前还站有那个落后的人。"

二

沈从文艺术的成长在最初的阶段缓慢得近乎痛苦。他开始写作时，全凭自己摸索，对西方的小说传统，可说全无认识。在一九二四年到一九二八年间，他为生活所迫，大量地生产小说，把自己丰富的想象力都滥用了。而这几年间，本应是他的学习阶段。他的故事也真像说个不完似的，有关他身边琐事的、学生的、集居沿海各城市中的小资产阶级和无产阶级生活的、湘西如诗如画的风土人情、苗区的俊男俏女——这一切一切都出现于他的小说中。虽然这些小说，大体说来，都能够反映出作者对各种错综复杂经验的敏感观察力，但在文体上和结构上，他在这一阶段写成的小说，难得有几篇没有毛病的。由于他对现代短篇小说结构没有什么认识，所以沈从文的叙述方法都是传统性的。这本来没有什么关系，可是，大概是由于缺少正统训练之故，他常出怪主意，在小说中往往不问情由地加插一大段散文式的按语和描述。他对西方小说本来不熟，可是看了《爱丽丝漫游奇境》后，就模仿了刘易斯·卡罗尔的笔法，写了一本名为《阿丽思中国游记》的讽刺性作品。而《月下小景》则是仿照《十日谈》所组成的佛家故事，“全部分出自《法苑珠林》所引诸经”（见《月下小景》题记）。其实，沈从文很早就写得一手好文章，简洁、流畅。可是，大概是为了要补偿不谙洋文的自卑心理，他偏要写出冗长的、欧化的句子来。苏雪林对他这一时期的小说，批评得至为中肯（《沈从文论》）：

> 次则用字造句，虽然力求短峭简练，描写却依然繁冗拖沓。有时累累数百言还不能达出“中心思想”。有似老妪谈家常，叨叨絮絮，说了半天，听者尚茫然不知其命意之所在；又好像用软绵绵的拳头去打胖子，打不到他的痛处。他用一千字写的一段文字，我们将它缩成百字，原意仍不失。因此他的文字不能像利剑一般刺进读者心灵，他的故事即写得如何悲惨可怕，也不能在读者脑筋里留下永久不能磨灭的印象。

上面的评语，用于沈从文的苗族故事上，最恰当不过了。虽然自一九三二年以来，沈从文很少再写这一类的小说了，但从他自己选了三个这一类的故事（《月下小景》《小白羊》和《龙朱》）翻译成英文（载于金隄和罗伯特·佩恩编的《中国土地》上），就可知他实在对这类题材有所偏爱了。照理说，他既常往来于湖南、贵州和四川之间，对苗人生活习俗的认识，应该是没问题的了。但这种认识是缺乏人类学研究根据的，不够深入，因此沈从文往往把这些少数民族的人美化了。举例来说，在描写苗族青年恋人的欢乐与死亡时，沈从文就让自己完全耽溺于理想主义的境界。结果是，写出来的东西与现实几乎毫无关系。我们即使从文字中也可看出他这种过于迷恋“牧歌境界”与对事实不负责的态度。且看他怎样介绍他心爱的人物龙朱：

> 郎家苗人中出美男子，仿佛是那地方的父母公曾参预过雕塑天王菩萨的工作，因此把美的模型留给儿子了。族长儿子龙朱年十七岁，是美男子中的美男子。这个人，美丽强壮像狮子，温和谦驯如小羊。是人中模型。是权威。是力。是光。种种比譬全只为了他的美。其他德行则与美一样，得天比平常人特别多。

这一段的头二句，简直不知所谓。“像狮”“像羊”这一类的形容词也是无聊得很。自然，像这一个“坏”的例子，在他的“坏”小说中，也真是个例外。不过由作者对这种小说和文体乐此不疲看来，我们可知沈从文成熟得多慢了。他卖文为活的生涯，一直到在学校教书时才见好转。一九二九年，他办的两个杂志(《人间》和《红与黑》)先后失败，他便受聘到当时胡适做校长的吴淞中国公学去教中文。一九三〇年他在国立武汉大学教了一个学期，次年即到青岛大学任中国文学系教授，一直到一九三四年为止。从一九三四年到战后，他历任北大和西南联大的中文系教授（战后返回北大）。在三十年间，他绰约多姿的文体已自成一家，不能不使人承认，这是他教学期间对中文各种文体变化苦心钻研的结果。这几年也是他私生活最快乐的时期，恋爱的成功与婚姻的幸福增加了他写作上的新感性。他常出门旅行，有几次回到家乡去待了颇长的时期，使他与当地老百姓的感情又重新培养起来。从一九三〇年到一九三七年间，他的写作收获极丰，短篇小说集计有《如蕤集》《八骏图》《新与旧》《主妇集》等，中篇小说有《边城》。此外还有两个出色的散文集子（《从文自传》和《湘行散记》）和比较次要的文评、传记文章等。

沈从文既写了这么多的小说，范围又这么广，因此，在我们单独讨论他的小说之前，最好先弄清楚他对人生一般的看法。首先，他认为人类若要追求更高的美德，非得保留如动物一样的原始纯良天性不可。他觉得，一个人即使没有高度的智慧与感受能力，照样可以求得天生的快乐和不自觉地得来的智慧。这种看法，当然是道家的和罗曼蒂克的看法。在《会明》这一个早期的小说中（其中有不少累赘啰嗦的片段），火夫会明在军队里消磨了三十多年，但一点没有气馁，非常心安理得地盼望目前境况之好转。他目前只有一个模模糊糊的希望，希望有一天能住在西部边境一个阔大的森林里。他这个梦想是都督蔡锷一次训话所造成的，蔡将军说要开发西北，在那里驻军队，一面垦辟荒地，一面生产粮食。别人常戏弄他的“呆处”，可是他不以为意，照样抽他的旱烟，梦想着树林。为了要打军阀和打“反革命”，会明随同军队移到前线去。他觉得，仗既然要打，最好就赶快动手，因为一到夏天，尸体就容易发臭。可是一连等了几天都无动静，他就到离驻防处不远的一个小村落去买点补给品，顺便就和村民聊起来。有一次，村里有个人送了一只母鸡给他，他带回帐篷来。自此以后，喂母鸡，等候母鸡生蛋给了他一种前所未有的快乐。没多久，二十只嫩黄乳白的小鸡孵出来了。就是这样每天忙着照料小鸡，他连要住在边陲森林中的梦也忘了。后来和议局势成熟，会明随军队撤回原防地：

> 在前线，会明是火夫，回到原防地会明也是火夫。不打仗，他仿佛觉到去那大树林涯还很远，插旗子到堡上，望到这一面旗被风吹得拨拨作响的日子，一时还无希望实现。但他喂鸡，他细心地料理它们，多余的草烟至少能对付四十天。一切说来他是很幸福的。六月来了，天气好热！这一连人没有一个腐烂，会明望到这些兄弟呆呆的微笑时，那微笑的意义，是没有一个人明白的。

在这一个短短的故事中，我们不难从会明对那些小鸡自然流露出来的关心与快乐，看出沈从文对道家纯朴德性生活的热心。会明不但是个华兹华斯诗中的人物，而且还是个永恒不变的“中国佬”，对土地长出来的智慧坚信不疑，又深懂知足常乐的道理，使自己的生活不流于卑俗。更能表达这种纯真与自然的力量的，是《萧萧》（一九二九年初稿，一九三五年修正）。在中国内地贫穷的区域里，常有童养媳这种风俗。萧萧是个孤儿，十二岁嫁到农家时，“小丈夫”才三岁，还在吃奶。依地方规矩，“过了门，她喊他弟弟。她每天应做的事是抱弟弟到村前柳树下去玩，到溪边去玩。饿了，喂东西吃；哭了，就哄他”。到十四岁时，萧萧已经发育成熟，帮工中有名叫花狗者，靠唱山歌和花言巧语骗了她的身子。没几个月后，萧萧肚皮渐大，花狗就弃她而去。萧萧急起来了，到庙里许愿，吃了一大把香灰，又常常到溪里去喝冷水。但这些方法都没有用，腹中的孩子还在慢慢长大，终被家人发觉了。于是她婆婆家的祖父就请了萧萧的伯父来，商量是否要依规矩沉潭淹死，或卖给人家做妾。伯父不忍把萧萧沉潭，萧萧也只好在丈夫家中住下，直等到有主顾来看人才离去：

> 这件事既经说明白，倒又像不什么要紧，只等待处分大家反而释然了。先是小丈夫不能再同萧萧在一处，到后又仍然如月前情形，姊弟一般有说有笑地过日子了。
>
> 丈夫知道了萧萧肚子中有儿子的事情，又知道因为这样萧萧才应当嫁到远处去。但是丈夫并不愿意萧萧去，萧萧自己也不愿去，大家全莫名其妙，只是照规矩像逼到要这样做，不得不做。究竟是谁定的规矩，是周公还是周婆，也没有人

说得清楚。

在等候主顾来看人，等到十二月，还没有人来，萧萧只好在这人家过年。

萧萧次年二月间，十月满足，坐草生了一个儿子，圆头大眼，声音洪壮，大家都把母子二人照料得好好的，照规矩吃蒸鸡和江米酒补血，烧纸谢神。一家人都欢喜那儿子。

生下的既是儿子，萧萧不嫁别处了。

到萧萧正式同丈夫拜堂圆房时，儿子年纪十岁，有了半劳动力，能看牛割草，成为家中生产者一员了。平时喊萧萧丈夫做大叔，大叔也答应，从不生气。

这儿子名叫牛儿，牛儿十二岁也娶了亲，媳妇年长六岁。媳妇年纪大，才能诸事做帮手，对家中有帮助。唢呐吹到门前时，新娘在轿中呜呜地哭着，忙坏了那个祖父，曾祖父。

这一天，萧萧抱了自己新生的月毛毛，却在屋前榆蜡树篱笆间看热闹，同十年前抱丈夫一个样子。

萧萧的身世，使我们想到福克纳小说《八月之光》里的莉娜·格罗芙来。两人同是给帮工诱奸了的农村女，可是两人人格之完整却丝毫未受侵害。由此看来，沈从文与福克纳对人性这方面的纯真，感到相同的兴趣（并且常以社会上各种荒谬的或残忍的道德标准来考验它），不会是一件偶然的事。他们两人都认为，对土地和对小人物的忠诚，是一切更大更难达致的美德，如慈悲心、豪情和勇气等的基础。萧萧所处的是一个原始社会，所信奉的也是一种残缺偏差的儒家伦理标准。事发后，她虽然害怕家庭的责难和惩罚，但这段时间并不长，而且，也没有在她身心留下什么损害的痕迹。读者看完这小说后，精神为之一爽，觉得在自然之下，一切事物，就应该这么自然似的。

像萧萧这样的女孩子，纯洁无邪，事事对人信任，以后常在沈从文的小说中出现。在《三三》中，与题目同名的女主角，自那位从城里来的青年人因肺病死后，就觉得很伤心，对他怀念不已，因为有一段日子，这位青年是她念念不忘的人。《边城》的女主角翠翠，是个老舟子的孙女儿，每天都耐心地等着那个情歌唱得像竹雀一样好听的但却爱闹脾气的老二回来。可是，三三与翠翠有一点却和萧萧不同。萧萧的自我意识是潜伏着的，而这两位乡下姑娘却是初恋的代表，内心充满了渴切的情怀和希望。但也仅止于希望而已，因为她们的爱情，永远得不到成人的满足。

如果我们可以把沈从文的小说世界分成两边，一边是露西[1]形态的少女（如三三、翠翠），那么另外一边该是华兹华斯的第二种人物：饱历风霜、超然物外，已不为喜怒哀乐所动的老头子。《生》（一九三三年）所描写的，便是一个在北京城什刹海杂戏场内玩傀儡戏的老头子。他已六十多岁了，手上只有一对傀儡，一

1 露西是英国诗人华兹华斯在其作品《露西》组诗中塑造的天真无邪的少女形象。

名王九,一名赵四，表演摔跤。这老头生意显然不好，因为他在表演时，还要躲躲闪闪的，希望能避过收小摊捐的巡警。故事的背景相当热闹，可是故事的本身却仅是一篇平凡写实的人道主义作品而已，只有到结尾两段时，文字才突然提升到诗的境界：

> 他于是同傀儡一个样子坐在地下，计数身边的铜子。一面向白脸傀儡王九笑着，说着前后相同既在博取观者大笑，又在自作嘲笑的笑话。他把话说得那么亲昵，那么柔和。他不让人知道他死去了的儿子就是王九，儿子的死乃由于同赵四相拼也不说明。他决不提这些事。他只让人眼见傀儡王九与傀儡赵四相殴相扑时，虽场面上王九常常不大顺手，上风皆由赵四占去，但每次最后的胜利，总仍然归那王九。
>
> 王九已经死了十年，老头子在北京城圈子里外表演王九打倒赵四也有了十年，那个真的赵四，则五年前在保定府早就害黄疸病死掉了。

这一个文字简洁的结局，实是这篇作品中最重要的一段，因为它把整个故事的要义都衬托出来了。老头子不断地把他儿子与赵四相拼的一段往事，以演傀儡戏的手法重演出来，使人更觉得他在孤寂中带有一种伟大，如华兹华斯两首名诗里的老人迈克尔和捞水蛭者一样。

在《夜》这个故事里，沈从文颇有点悠然自得地记述这件往事：有一次，他和军队里四个伙伴出差时迷了路，投宿到一个老头子的家里。晚上这五个大兵轮流讲故事时，老头只是静静地听着，仿佛满怀心事似的。后来他们逼着他也说一个来凑兴时，他说没有什么故事可讲的：

> 可是，说来说去天已亮了，荒鸡在远处喊了，我把故事说完时，几个听故事的同伴已无心再谈故事，大家皆要打盹了。我独显得精神十足，极恳切地要求老人家的话语。我要多知道他怎么就成了他的过去。这老年人望了火堆一会，望到四个兵士皆低头无语，就说："我到我房里去看看，你若一定要听故事，你随了我来。"我当真跟着他走去，他开了锁，我欢喜极了。我以为他一定有许多宝物在房中，并且一定还得传授我什么秘法同兵书，因为我从他的神气上看得出他那种不高兴人间世的样子，我觉这真正隐者的态度可以原谅，恭恭敬敬地跟到他后面，进到那小房里。
>
> 可是使我失望极了。房中除了一些大小干果坛罐，就是一铺大床。这里床上分分明明的是躺着一个死妇人。一个黄得黄脸像蜡，又瘦又小，干瘪如一个烤白薯在风中吹过一个月的样子的死人。
>
> 我说："这是怎么，你家死了人！"
>
> 他一点不失却见时态度，用他那忧郁的眼色对我望着，口中只轻轻地叹了一口气。

> 我说："这究竟是什么要紧事，我不明白！"
>
> "这是我的故事，这是我的一个妻，一个老同伴，我们因为一种心愿一同搬到这孤村中来，住了十六年，如今我这个人，恰恰在昨天将近晚饭的时候死去了。若不是你们来我就得伴她睡一夜。……我自己也快死了，我的故事是没有，我就有这些事情，天亮了，你们自己烧火热水去，我要到后面挖一个坑，既然是不高兴再到这世界上多吃一粒饭做一件事，我还得挖一个长坑，使她安安静静地睡到地下等我……"

当这故事的作者和他的伙伴离开时，"我听到一个锄头在屋左边空地挖土的声音，无力地，迟钝地，一下，两下，铁锹咬着湿的地面"。

这故事结构相当松散（因为非此不能把几个不同的故事串在一起），也是沈从文小说中较弱的一个。可是在故事末段时，这老人留给我们的印象实在令人难忘。而且，这老人更代表了人类真理高贵的一面：他不动声色，接受了人类的苦难，所表现出来的端庄与尊严，实在叫人敬佩。相较之下，叶芝因自己老态龙钟而表现出来的愤懑之情，以及海明威短篇小说《一个干净明亮的地方》中那个患了"空虚感失眠症"的老头子，都显得渺小了。

天真未凿、但将要迈入成人社会的少女，陷于穷途绝境、但仍肯定生命价值的老头子——这都是沈从文用来代表人类纯真的感情和在这浇漓世界中一种不妥协的美的象征。这个世界，无论怎么堕落，怎样丑恶，都是他写作取材时唯一的世界：除非我们留心到他用讽刺手法表露出来的愤怒，他对情感和心智轻佻不负责态度的憎恨，否则我们就不能全面欣赏到小说田园气息的一面。对左派批评家和读者的指责（说他只是一个以娱乐别人为目标的“文体家”），沈从文非常冷静地答辩道：“你们能欣赏我故事的清新，照例那作品背后蕴藏的热情却忽略了；你们能欣赏我文字的朴实，照例那作品背后隐伏的悲痛也忽略了。”沈从文对人类纯真的情感与完整人格的肯定，无疑是对自满自大、轻率浮躁的社会的一种极有价值的批评。这种冷静明智的看法，不但用于浑朴的农村社会适当，用于懒散的、懦弱的、追求着虚假价值的，与土地人情断绝了关系的现代人，也很适宜。

在沈从文描写现代都市生活的小说中，讽刺性越明显的越不成功。此无他，唯说教说得太明显之故也。但其中也有几个写得很好的，把现代中国的病态一针见血地写了出来。一九三七年刊出的《大小阮》就是一个例子。大阮是个拘谨的人，过的是旧派士大夫阶级的生活，颇懂得享受，最后竟回到母校去当院长。小阮则是个机会主义者，性情冲动，说是为了追求革命利益而过着出生入死的生活，最后死于狱中。对小阮这种“烈士行为”的看法，沈从文尽量避免采取任何党派立场，既不称赞，也不反对。他对中国这种革命青年的态度，颇像英国批评家兼诗人马修·阿诺德对浪漫诗人的评价一样：他们的热心和勇气都够了，可是懂的却不多。

三

沈从文在中国文学上的重要性，当然不单建筑在他的批评文字和讽刺作品上，也不是因为他提倡纯朴的英雄式生活。他对现代中国文学和生活方式的批评，固然非常中肯，非常有见地；他对人类精神价值的确定，固然切中时害——但造就他今天这个重要地位的，却是他丰富的想象力和对艺术的挚诚。我们若把他早期的小说，拿来和它们后来的改正本（沈从文是现代中国作家中唯一有改写习惯的一个），或者其他二十世纪三十年代的成熟小说，比较一下，那么，令我们感到惊异的，不但是他艺术方面的成长，而且还有忠于艺术的精神。在他成熟的时期，他对几种不同文体的运用，可说已到随心所欲的境界。有玲珑剔透牧歌式的文体，里面的山水人物，呼之欲出。这是沈从文最拿手的文体，而《边城》是最完善的代表作。此外还有受了佛家故事影响的叙述体，笔调简洁生动。最后值得一提的是他模仿西方句法成功后的文体。（他早期也模仿过，但不成功，这点我们在前面提过了。）他对这种文体的处理，花了很大的心思。我们试拿他的《主妇》做例子。这故事写的是一个结婚三年的女人，一天早上起来，在床上胡思乱想：

> 一朵眩目的金色葵花在眼边直是晃，花蕊紫油油的，老在变动，无从捕捉。她想起她的生活，也正仿佛是一个不可把握的幻影，时刻在那里变化。什么是真实的，什么是最可信的，说不清楚。她很快乐。想起今天是个希奇古怪的日子，她笑了。
>
> 今天八月初五。三年前同样一个日子里，她和一个生活全不相同、性格也似乎有点古怪的男子结了婚。为安排那个家，两人坐车从东城跑到西城，从天桥跑到后门，选择新家里一切应用的东西……正同姐姐用剪子铰着小小红喜字，预备放到糕饼上去，成衣人送来了一袭新衣。“是谁的？”“小姐的。”拿起新衣跑进新房后小套间去，对镜子试换新衣。一面换衣一面胡胡乱乱地想着：
>
> ……一切都是偶然的，彼一时或此一时。想碰头太不容易，要逃避也枉费心力。一年前还老打量着穿件灰色学生制服，扮个男子过北平去读书，好个浪漫的想象！谁知道今天到这里却准备扮新娘子，心甘情愿给一个男子作小主妇！

以上的事，都是在这女主角的脑海中发生的。为了捕捉一个人在回忆时各种流荡飘忽的印象和感受，沈从文的句法显然受了西方现代小说家的影响。

当然，一个作家的文体和他的“田园视景”是整体的，不可划分的，因为这二者同是一种高度智慧的表现，一种“静候天机，物我同心”式的创作力的产品。能把一棵树的独特形态写好、能把一个舟子和一个少女朴实无华的语言、忠厚的人格和心态历历勾画出来，这种才华，就是写实的才华。沈从文虽然受了自己道德信念的约束，好像觉得非写乡土人情不可，我个人却认为，最能表现他长处的，倒是他那种凭着特好的记忆随意写出来的景物和事件。他是中国现代文学中最伟大的印象主义者。他能不着痕迹，轻轻的几笔就能把一个景色的神髓，或者是人类微妙的感情脉络勾画出来。他在这一方面的功夫，直追中国的大诗人和大画家，现代文学作家中，没有一个人及得上他。在《逃的前一天》《山道中》以及许多短篇小说和长篇小说的无数片段中，我们都可以找到表现了沈从文高度印象主义写作技巧的例子。

沈从文的小说中，我打算拿出来做最后一个例子的是《静》，因为在这短短的十多页里，我们可以看到他艺术上各方面的成就——他描写情景的印象派手法和他对处于战乱忧患中的人类尊严的关心。故事讲的是一个饱经杂乱之苦的家庭，男的在军中，女的带着儿女疏散到一个小镇去暂住，等候三个男人的消息和接济。母亲肺病咯血，得躺在床上养病。大女儿和媳妇到外边求神问卜去了，丫头翠云在洗衣服。春天的日子极长。全家中比较从容自由的只有十五岁的岳珉和她的小外甥儿北生（五岁）。因为年纪的关系，他们没有完全给家庭所处的窘境困住。而沈从文这篇美丽动人的小说就是环绕着这两个人发生的。

故事开始时，岳珉正在后楼顶晒台上看风筝，没多久，北生就爬着楼梯上来了。从晒台望开去，是一大片春意，“河对面有一个大坪，绿得同一块大毡茵一样，上面还绣得有各样颜色花朵”。楼下的房子本来就昏暗得发霉，更加上一个抱病的老太婆，所以若非到这晒台上面来，这两个小孩是难得看到这些春天的景色的。难怪北生一看到小河旁边“……有三匹白马，两匹黄马，没人照料，在那里吃草，从从容容，一面低头吃草一面散步……就狂喜地喊着：‘小姨，小姨，你看！’小姨望了他一眼，用手指指楼下，这小孩子懂事，恐怕下面知道，赶忙把自己手掌掩到自己的嘴唇，望望小姨，摇了一摇那颗小小的头颅，意思像在说：‘莫说，莫说。’”

但最需要阳光、春风、绿草坪和那“又青又软”的小河的，却是岳珉。在这苦闷的沉寂中，她想到许多自己的问题，特别是到上海读书的愿望。她看着一个小尼姑从小庵堂里出来到河边去洗菜和洗衣服，自己也觉得快乐了一阵子。可是不多久，那种闷人的静寂又回来了。她回到房间去看她母亲：

“你咳嗽不好一点吗？”

“好了好了，不要紧的，人不吃亏，早上吃鱼，喉头稍稍有点火，不要紧的。”

这样问答着，女孩便想走过去，看看枕边那个小痰盂。病人明白那个意思了，就说：“没有什么。”又说：“珉珉你站在那边莫动，我看看，这个月你又长高了！”

女孩岳珉害羞似的笑着，“我不像竹子吧，妈妈。我担心得很。人太长高了要笑人的！”

岳珉的姊姊和嫂嫂下课回家后，家里几个人又聊起来。到了傍晚，岳珉又上晒楼去了，既不是为看风筝，也不是为看新娘子骑马过渡，她只在栏杆边傍看，眺望到一切远处近处，心里也慢慢地平静下来。下楼后，母亲、嫂子和姊姊三人都睡了，北生也不知在什么时候坐在地下小绒狗旁睡着了。在厨房里，翠云丫头正偷偷地用无敌牌牙粉当作水粉搽脸。这个时候，岳珉突然听到隔壁有人拍门，心便骤然跳跃起来，以为是爸爸和哥哥回来了。

可是，没多久，一切又重归静寂。岳珉不知道她那个在军队里做事的爸爸，已经殉职了。

沈从文的后记，只有一句：“为纪念姊姊亡儿北生而作。”由此可见故事中，都与作者亲人有点关系，这点我们可从他流露于文中那份含蓄而亲切的感情看出来。但是即使不知道作者的生平，对我们欣赏这故事一点也没有妨碍。因为沈从文在这篇作品中成功地营造了一种静穆的气氛，一种由各主角无援无助的心境衬托出来的悲情：她们虽然勉强地说些轻松的话，却一样难遣忧怀。这种悲伤的气氛，从这家庭住的昏暗屋子与屋子外无边的春色对比中，最容易令人感觉出来。晒楼上所看到的各种细节——小河、草坪、风筝、马匹、小尼姑和新娘子——在故事中都分别变成了自由和幸福的象征，远离这个逃难家庭。除沈从文外，二十世纪三十年代的中国作家，再没有别人能在相同的篇幅内，写出一篇如此富有象征意味、如此感情丰富的小说来。

（刘绍铭　译）

张爱玲短篇小说的艺术

一

对于一个研究近代中国文学的人来说，张爱玲该是今日中国最优秀、最重要的作家。仅以短篇小说而论，她的成就堪与英美现代女文豪如曼斯菲尔德、波特、韦尔蒂、麦卡勒斯之流相比，有些地方，她恐怕还要高明一筹。

张爱玲的家世和大多数中国近代作家不同：她出身门阀，她家既有前朝的豪华，又复很早接受了西洋文化。从她两篇自传性质的散文（《私语》和《童言无忌》）看来，她的父亲该是名门之后，而且和清朝宫廷关系也颇密切。他对于西洋文学，似乎也略有认识。（张爱玲有一天发现她父亲的藏书中有一本萧伯纳的《伤心之家》，上面有他的英文签名，并用英文写下购买年月等。）可是张老先生既然享有中国旧派绅士的特权，难免也沾染上绅士的恶习。她的母亲在当时应该算是一个了不起的女子：张爱玲年龄还很小的时候，她母亲和她姑母姐妹二人到欧洲留学去了。她恐怕对家庭不满，才肯抛下儿女，远涉重洋去读书的。她丈夫抽上了鸦片，而且讨了一个姨太太。母亲虽然不在身边，张爱玲的童年生活想必过得还有趣。她常常看到穿得花枝招展的妓女到她父亲的宴会上来“出条子”。她有个弟弟，年龄比她小一岁；弟弟性格比较柔弱，在腐化的环境中难以上进。

张爱玲八岁那年，母亲游学归来，她的家也从天津搬到了上海。她父亲那时痛改前非，把姨太太遣走，而且拼了命把鸦片戒掉。父母既已言归于好，张爱玲的生活也就恢复正常。可是不久父亲故态复萌，母亲忍无可忍，毅然办理离婚手续之后，再度去法国。张爱玲那时在中学读书，智识已开，更感觉到失掉母爱的痛苦；但是好在她姑母这次没有跟去，还可以给她一点安慰。

她父亲再婚后，这位敏感的少女感觉到更不痛快：

> 我后母也吸鸦片。结了婚不久我们搬家搬到一所民初式样的老洋房里去，本是自己的产业，我就是在那房子里生的。房屋里有我们家的太多的回忆，像重重叠叠复印的照片，整个的空气有点模糊。有太阳的地方使人瞌睡，阴暗的地方有古墓的清凉。房屋的青黑的心子里是清醒的，有它自己的一个怪异的世界。而在阴阳交界的边缘，看得见阳光，听得见电车的铃与大减价的布店里一遍又一遍吹打着“苏三不要哭”，在那阳光里只有昏睡。

因为生活苦闷，张爱玲读书很用功，同时幻想以写作成名。她中学毕业那一年（一九三七年），母亲从欧洲回上海。现在她在父母之间得有个选择，她心向母亲，亲友间无人不知；她父亲和后母想拉住她不放，拉不成，就由妒生怒。她同后母吵了一架，又给父亲重重地打了一顿；打完之后，又给父亲关了起来，丧失了自由，她觉得人都老了几年。她体会到做疯人的滋味，同时幻想她如何能学《三剑客》《基度山恩仇记》和中国旧小说里的人物那样，逃出牢狱，重获自由。关于那时候她的心境，她有一段描写：

> 花园里养着呱呱追人啄人的大白鹅，唯一的树木是高大的白玉兰，开着极大的花，像污秽的白手帕，又像废纸，抛在那里，被遗忘了，大白花一年开到头。从来没有那样邋遢丧气的花。

她后来患痢疾，可是她父亲不替她找医生，也不给她买药。她禁闭了差不多一秋一冬，最后，快到阴历年的时候，她逃走了。她叫了一辆黄包车，一直拉到母亲那里，她虽然好久没出门，倒没有被车夫敲竹杠，自己高兴"还没有忘了怎样还价"。

从此以后，她再也没有回到她父亲的家。她继续用功读书，通过了伦敦大学的入学考试（伦敦大学那时在上海举行招生考试），因为欧战关系，英国没有去成，她改入香港大学。香港那地方，比上海更要五方杂处，她所认识的人也更多了。港大的学生有欧亚混血儿，有英国人、印度人和华侨富商的子女，这些人物在她小说里有时也出现。她大三那一年，太平洋战争爆发，香港沦陷，她和同学们都在宿舍里被禁闭过一个时候。她后来回到上海，开始从事写作。虽然那时候上海文人不是受日本帝国主义利用，就是那些只谈风月的周作人派散文作家，写作的环境当然并不好，但张爱玲却安心培养自己的“风格”。一九四二到一九四五年，她是上海最走红的作家，经常在《杂志》《万象》《天地》等月刊上发表文章。除了《传奇》外，她出了一本散文集《流言》。《传奇》增订本在一九四七年出版，一九五四年香港天风书店重版，题目改成《张爱玲短篇小说集》。

二

张爱玲早年的生活并不快乐，亏得她毅力坚强，没有向环境屈服；后世读者能够读到她的作品，将应该觉得幸运。一般青年女作家的作品，大多带些顾影自怜神经质的倾向，但张爱玲的作品里却很少能看到这种倾向。原因是她能享受人生，对于人生小小的乐趣都不肯放过；再则，她对于七情六欲，一开头就有早熟的兴趣，即使在她最痛苦的时候，她都在注意研究它们的动态。她能和简·奥斯汀一样的涉笔成趣，一样的笔中带刺；但是在她滑稽的表面，我们可以看出她的“大悲”——对于人生热情的荒谬与无聊的一种非个人的深刻悲哀。张爱玲有乔叟式的享受人生乐趣的襟怀，可是在观察人生处境这方面，她的态度又是老练的，带有悲剧感观——这两种性质的混合，使得这位写《传奇》的年轻作家，成为中国当年文坛上独一无二的人物。

张爱玲在差不多刚会执笔的时候，就不断编故事，画图画。

据她自己说，她七岁那年，就在编一部以隋唐为背景的历史小说。这种写作兴趣的早熟，可以和勃朗特姐妹相比。年岁渐长，她又试写各样的通俗小说，从鸳鸯蝴蝶派章回小说一直到叫喊革命口号的普罗小说。把文字好好地活用，固然给她极大的乐趣；但是描绘人物也是最得意的工作。《流言》里面有好几页人物素描，都是些她在上海香港所见到的人物；她的描绘能够把握重点，而且笔触轻灵，不浮不乱。她假如好好地受过一些图画训练，可能成为一个画家。

张爱玲从小就用文字、图画来记录她自己看到的世界，因为她对这个世界给予她的感官享受非常喜爱。她有一篇散文，描写上海虹口日本布店所发售的各种色布，色彩非常华丽。她对于嗅觉的快感，也有同样强烈的嗜好。这里可以抄录她的散文《谈音乐》中的两段文字：

> 气味也是这样的，别人不喜欢的有许多气味我都喜欢，雾的轻微的霉气，雨打湿的灰尘、葱、蒜，廉价的香水，像汽油，有人闻见了要头昏，我却特意要坐在汽车夫旁边，或是走到汽车后面，等它开动的时候“布布布”放气。每年用汽油擦洗衣服，满房都是清刚明亮的气息；我母亲从来不要我帮忙，因为我故意把手脚放慢了，尽着汽油大量蒸发。
>
> 牛奶烧糊了，火柴烧黑了，那焦香我闻见了就觉得饿。油漆的气味，因为簇崭新，所以是积极奋发的，仿佛在新房

子里过新年，清冷，干净，兴旺。火腿咸肉花生油搁得日子久，变了味，有种“油哈”气，那个我也喜欢，使油更油得厉害，烂熟，丰盈，如同古时候的“米烂陈仓”。香港打仗的时候我们吃的菜都是椰子油烧的，有强烈的肥皂味，起初吃不惯要呕，后来发现肥皂也有一种寒香。战争期间没有牙膏，用洗衣服的粗肥皂擦牙齿我也不介意。

音乐通常都带一点悲伤意味，张爱玲说她因此对音乐不怎么喜欢。可是正因为音乐是悲伤的，音乐在她的小说所创造的世界里占着很重要的地位。她母亲是个有修养的音乐家，她自己很小的时候就学钢琴。在《谈音乐》那篇文章里，她说她喜欢巴赫、莫扎特等古典派作曲家，甚于浪漫派作曲家，足见她的趣味高洁不凡。可是读者且不要误会她像一般教会学校出身自命高贵的小姐一样，对于“下流”的东西是不屑一顾的。她喜欢平剧，也喜欢国产电影，还常常一个人溜出去看绍兴戏、蹦蹦戏。那些地方戏的内容是所谓“封建道德”，它们的表现的方式——不论曲调和唱词——是粗陋的，单调的，但是她认为它们同样表现人生的真谛；文明社会里，仪式是高雅了，趣味是繁复了，但是人生的真谛仍旧不变。这些戏曲只是用不自觉的粗陋表现了人生一切饥渴和挫折中所内藏的苍凉的意味，我们可以说张爱玲的小说里所求表现的，也是这种苍凉的意味，只是她的技巧比较纯熟精巧而已。“苍凉”“凄凉”是她所最爱用的字眼。

张爱玲天赋既然灵敏，她所受的又是最理想的教育。她的“遗少”型的父亲，督促她的课业很严，她从小就熟读中国旧诗古文。她的文字技巧实在得力于此。否则以区区二十几岁的年纪（她开始发表作品是在那时候），把中文运用得如是圆熟自如，是叫人难信的。她的父亲逼她学中文，她母亲又很早把她带入西洋艺术、音乐、文学的世界。论学问，她当然比不上钱锺书。太平洋战争发生她辍学的时候，她的西洋文化的智识绝不会超过一个美国东部女子大学的优秀毕业生。但是作家所需要的不一定是智识，而是她的人生的教育。换言之，作家应该在日常生活里能够吸收材料，保留印象，并且善加利用。人生的范围是广大的；巴赫、莎士比亚固然重要，爵士音乐和好莱坞也有它们的重要性；中国旧诗里所抒写的情感虽然精致，申曲里所表现的人生虽然恶俗，但对于作家而言，它们是同样有其效用的。张爱玲是能够雅俗兼赏的，因此她的小说里所表现的感性，内容也更为丰富。

凭张爱玲灵敏的头脑和对于感觉快感的爱好，她小说里意象的丰富，在中国近代小说家中可以说是首屈一指。钱锺书善用巧妙的譬喻，沈从文善写山明水秀的乡村风景；他们在描写方面，可以和张爱玲比拟，但是他们的观察范围，较为狭小。张爱玲在《传奇》里所描写的世界，上起清末，下迄抗日战争；这世界里面的房屋、家具、服装等，都整齐而完备。她的视觉想象，有时候可以达到济慈那样华丽的程度。至少她的女角所穿的衣服，差不多都经过了她的详细描写。自从《红楼梦》以来，中国小说恐怕还没有一部对闺阁下过这样一番写实的功夫。但是《红楼梦》所写的是一个静止的社会，道德标准和女人服装从卷首到卷尾，都没有变迁。张爱玲所写的是个变动的社会，生活在变，思想在变，行头在变，所不变者只是每个人的自私和偶然表现出来足以补救自私的同情心而已。她的意象不仅强调优美和丑恶的对比，也让人看到在显然不断变更的物质环境中，中国人行为方式的持续性。她有强烈的历史意识，她认识过去如何影响着现在——这种看法是近代人的看法。

她的世界里也充满了自然景物的意象。小说里的人物虽然住居于都市，但是他们仍旧看得见太阳，能够给风吹着，给雨淋着，花草树木也总在他们眼前不远。公共汽车乘客怀抱一大捆红杜鹃，公寓房子的洋灰屋顶上的一盆藤草努力朝天爬，夏天的微风在一个失意的男人纺绸袴褂里面像一群白鸽似的“飘飘拍着翅子”——这种小节目不但使故事更为生动，而且使当时的“人”和“地”更能给人一个明确的印象。张爱玲的世界里的恋人总喜欢抬头望月亮——寒冷的、光明的、朦胧的、同情的、伤感的，或者仁慈而带着冷笑的月亮。月亮这个象征功用繁多，差不多每种意义都可表示。

张爱玲见了具体事物，固然深感喜悦，她对于人和人之间的微妙复杂的关系，把握得也十分稳定。她那时候有些新派作家专为意识流而写意识流，为她所不取；因为在意识流之外，还有更重要的道德问题，需要小说家来处理。人心的真相最好放在社会风俗的框子里来描写；因为人表示情感的方式，总是由社会习俗决定——这一点，凡是大小说家都肯定，张爱玲也肯定。张爱玲受弗洛伊德的影响，也受西洋小说的影响，这是从她心理描写的细腻和运用暗喻以充实故事内涵的意义两点上看出来的。可是给她影响最大的还是中国旧小说。她对于中国的人情风俗观察如此深刻，若不熟读中国旧小说，绝对办不到。她文章里就有不少旧小说的痕迹，例如她喜欢用“道”字代替“说”字。她受旧小说之益最深之处是她对白的圆熟和对中国人脾气的摸透。《传奇》里的人物都是地道的中国人，有时候简直地道得可怕，因此他们都是地道的活人，有时候活得可怕。他们大多是她同时代的人；那些人和中国旧文化算是脱了节，而且从闭关自守的环境里解脱出来了，可是他们心灵上的反应仍是旧式的——这一点张爱玲表现得最为深刻。人的感性进化本来很慢；虽然是民国了，经济上工业上的进步更是旷古未有，但是旧风俗习惯却仍旧深入人心。《传奇》里每个人都勾画得清清楚楚，他们给他们的背景一衬托，更显得栩栩如生；他们的背景是当时的社会经济情形，是他们的父母，或者广言之，是一个衰颓中的文化。

三

上面一节里，我们把张爱玲短篇小说的特色，作一个笼统的介绍。她的意象的繁复和丰富，她的历史感，她处理人情风俗的熟练，她对于人的性格的深刻的抉发——这些特色当然最好用具体例子来说明。《传奇》里很多篇小说都和男女之事有关：追求，献媚，或者是私情；男女之爱总有它可笑的或者是悲哀的一面，但是张爱玲所写的绝不止于此。人的灵魂通常都是给虚荣心和欲望支撑着的，把支撑拿走以后，人变成了什么样子——这是张爱玲的题材。张爱玲说她不愿意遵照古典的悲剧原则来写小说，因为人在兽欲和习俗双重压力之下，不可能再像古典悲剧人物那样的有持续的崇高情感或热情的尽量发挥。契诃夫以后的短篇小说作家，大多认为悲剧只是一刹那间的事：悲剧人物暂时跳出"自我"的空壳子，看看自己不论是成功还是失败，都是空虚的。这种"苍凉"的意味，也就是张爱玲小说的特色。她的几篇讽刺性的短篇小说里主角人物在如意的环境里忽然来了一点小不如意，他的满怀希望忽然临时变成失望，这样他对于人生的悲剧，多少有了认识。但是张爱玲还认真写过几篇比较长的短篇小说，这里面她把悲剧意识充分发挥。这几篇小说我们预备详细讨论一下，我们可以看看张爱玲的艺术在顶紧张的状态下可以达到多高的巅峰。

《金锁记》长达五十页；据我看来，这是中国从古以来最伟大的中篇小说。这篇小说的叙事方法和文章风格很明显地受了中国旧小说的影响；但是中国旧小说可能任意道来，随随便便，不够谨严。《金锁记》的道德意义和心理描写，却极尽深刻之能事。从这点看来，作者还是受西洋小说的影响为多。

小说里的主角曹七巧——打个譬喻——把自己锁在黄金枷锁里的女人，不给自己快乐，也不给她子女快乐。她是麻油铺店老板的女儿，性情暴躁。小说开始的时候，她已经结婚五年，丈夫是官宦人家的二少爷，害骨痨的残废人。有钱有势的人家决不肯把女儿嫁给这样一个病人，七巧家门第差，而且七巧的哥哥希望妹妹高攀了，自己可以占些便宜。七巧勇敢地接受了她不幸的命运。她偶然接济哥哥，但是不让他尽情侵占；对于出身比她好的人的势利观念，她只是嗤之以鼻，不加理会。她唯一的安慰是，一旦丈夫去世，分到一大笔钱，她便可独立自主了。她陪丈夫抽大烟，自己也上了瘾；可是她身体还是正常健康，丈夫不能使她满足（虽然他们也生了两个弱小的孩子），而她需要爱，于是她自以为爱上了丈夫的弟弟——姜季泽。那时姜季泽结婚才一个月。这三少爷风流倜傥，不务正业，平日走马章台，征歌逐色，对于丫头也是毛手毛脚的，可是对于七巧，却是严叔嫂之防。七巧伸手去摸他的腿，他只是捏她一把脚，就打定主意起身走开了。

十年之后，她丈夫、婆婆都死了，七巧的苦也熬到头了。（作者描写分家吵嘴一幕，有声有色。）那时她分到了家产，搬出老宅，自立门户。可是季泽把他名下的一份早就花得差不多了，他现在专程来拜访他的寡嫂，向她倾诉爱情。

> 七巧低着头，沐浴在光辉里，细细的音乐，细细的喜悦……这些年了，她跟他捉迷藏似的，只是近不得身，原来还有今天！可不是，这半辈子已经完了——花一般的年纪已经过去了。人生就是这样的错综复杂，不讲理。当初她为什么嫁到姜家来？为了钱么？不是的，为了要遇见季泽，为了命中注定她要和季泽相爱。她微微抬起脸来，季泽立在她跟前，两手合在她扇子上，面颊贴在她扇子上。他也老了十年了，然而人究竟还是那个人呵！他难道是哄她么？他想她的钱——她卖掉她的一生换来的几个钱？仅仅这一转念便使她暴怒起来。就算她错怪了他，他为她吃的苦抵得过她为他吃的苦么？好容易她死了心了，他又来撩拨她，她恨他。他还在看她。他的眼睛——虽然隔了十年，人还是那个人呵！就算他是骗她的，迟一点儿发现不好么？即使明知是骗人的，

他太会演戏了，也跟真的差不多罢！

她一下子觉得心旌摇荡，可是她这几年来，不断地等待，不断地算计，早就把自己套在金锁里面，不论真爱假爱，她都不能接受。她开始同季泽谈生意经，讨论金钱的事情，后来发现他在骗她：他的爱是假的。一怒之下，她把手里的扇子向他掷去，打翻了一杯酸梅汤，溅得他一身。

季泽走了。丫头老妈子也给七巧骂跑了。酸梅汤沿着桌子一滴一滴朝下滴，像迟迟的夜漏——一滴，一滴……一更，二更……一年，一百年。真长，这寂寂的一刹那。七巧扶着头站着，倏地掉转身来上楼去，提着裙子，性急慌忙，跌跌绊绊，不住的撞到那阴暗的绿粉墙上，佛青袄子上沾了大块的淡色的灰。她要在楼上的窗户里再看他一眼。无论如何，她从前爱过他。她的爱给了她无穷的痛苦。单只是这一点，就使她值得留恋。多少回了，为了要按捺她自己，她迸得全身的筋骨与牙根都酸楚了，今天完全是她的错。他不是个好人，她又不是不知道。她要他，就得装糊涂，就得容忍他的坏。她为什么要戳穿他？人生在世，还不就是那么一回事？归根究底，什么是真的，什么是假的？

她到了窗前，揭开了那边上缀有小绒球的墨绿洋式窗帘，季泽正在衖堂里往外走，长衫搭在臂上，晴天的风像一群白鸽子钻进他的纺绸裤褂里去，哪儿都钻到了，飘飘拍着翅子。

普通小说家写到这里，大可搁笔。一个女人又贪钱，又爱上一个不争气的男人——很多好小说是拿这样一个人作为题材的。《金锁记》的上半部，感情与意象配合得恰到好处（从前面引的几段可以看出来），别人假如能写这半部，也足以自豪的了。可是对于张爱玲，这一段浪漫故事只是小说的开头。在下半部里，她研究七巧下半世的生活；七巧因孤寂而疯狂，因疯狂而做出种种可怕的事情，张爱玲把这种"道德上的恐怖"，加以充分的描写。

七巧的儿女是在她的专制淫威下长大的。儿子长白是个弱者，完全听母亲的支配。他没有好好地上过学，很早就养成了大少爷的恶习。他开始要逛窑子的时候，母亲给他娶了一房媳妇。七巧自己性欲得不到满足，也不容她身边的人享受正当的性生活。儿子娶了媳妇，七巧的妒忌达到了疯狂的程度。她向他百般挖苦，使他不能和妻子同房。她叫他来陪她装烟；半夜三更，母子二人一面抽着大烟，一面取笑这位可怜的媳妇。七巧还替儿子讨了一个姨太太，使媳妇的日子更不好过。妻妾二人都在不堪折磨之余，结束了残生。

七巧和她女儿长安的冲突，张爱玲有更细腻的描写。她的戏剧手法，令人叫绝。长安上过学，可是七巧不断地羞辱她，使她没有脸去见师长同学。她最后辍学了，但她是个灵敏的女孩子，

“她觉得这牺牲是一个美丽而苍凉的手势”。她母亲在世之日，她这种“手势”是她唯一自卫的武器。

七巧有时也想把长安嫁到好人家去。但是七巧恶名四播，长安又是姿色平庸，好人家是不要这样一房媳妇的。家境较差的人家，七巧总疑心他们有贪财的企图，也不予考虑。主要的原因当然是七巧不愿意让长安离开，她要控制她，折磨她。一年一年过去，长安也抽上了鸦片，脾气也同母亲一样的恶劣了。

堂房妹子同情她，替她介绍了一个男朋友童世舫。那时候长安快三十岁了，童世舫也有三十九岁。他过去谈过的几次恋爱都不顺利，在德国过了八年寂寞的留学生活，现在回转头来，反而不喜欢新式女子，长安那种旧式家庭的淑女，倒很对他的劲。他们二人偷偷地有了几次约会，最后正式订婚了。长安要对得起她的未婚夫，暗中把鸦片烟都戒了。

可是七巧把婚期不断地拖延，女儿表示着急的时候，她总骂她不要脸。母亲的冷嘲热讽，女儿不能忍受，最后决定同童世舫解了约。

> 他果真一辈子见不到她母亲，倒也罢了，可是他迟早要认识七巧。这是天长地久的事，只有千年做贼的，没有千年防贼的——她知道她母亲会放出什么手段来？迟早要出乱子，迟早要决裂。这是她的生命里顶完美的一段，与其让别人给它加上一个不堪的尾巴，不如她自己早早结束了它。

婚约取消后，她和童世舫仍旧保持朋友的关系。他们继续来往几次之后，反而产生了真正的爱情。可是这种脆薄的爱情，绝敌不过七巧魔鬼般的智巧。接着就是全篇小说的高潮：七巧在童世舫这个陌生人眼里，第一次以老太婆的姿态出现。这段文章也充满了戏剧性的紧张刺激。

然而风声吹到了七巧耳朵里。七巧背着长安吩咐长白下帖子请童世舫吃便饭。世舫猜着姜家是要警告他一声，不准他和他们小姐藕断丝连，可是他同长白在那阴森高敞的餐室里吃了两盅酒，说了一回话，天气，时局，风土人情，并没有一个字沾到长安身上。冷盘撤了下去，长白突然手按着桌子站了起来。世舫回过头去，只见门口背着光，立着一个小身材的老太太，脸看不清楚，穿一件青灰团龙宫织缎袍，双手捧着大红热水袋，身旁夹峙着两个高大的女仆。门外日色昏黄，楼梯上铺着湖绿花格子漆布地衣，一级一级上去，通入没有光的所在。世舫直觉地感到那是个疯人——无缘无故的，他只是毛骨悚然。长白介绍道："这就是家母。"

世舫挪开椅子站起来，鞠了一躬。七巧将手搭在一个佣妇的胳膊上，款款走了进来，客套了几句，坐下来便敬酒让菜，长白道："妹妹呢？来了客，也不帮着张罗张罗。"七巧道："她再抽两筒就下来了。"世舫吃了一惊，睁眼望着她，七巧忙解释道："这孩子就苦在先天不足，下地就得给她喷烟。后来也是为了病，抽上了这东西。小姐家，够多不方便哪！也不是没戒过，身子又娇，又是任性儿惯了的，说丢，哪儿就丢得掉呀？戒戒抽抽，这也有十年了。”世舫不由得变了色，七巧有一个疯子的审慎与机智。她知道，一不留心，人们就会用嘲笑的、不信任的眼光截断了她的话锋，她已经习惯了那种痛苦。她怕话说多了要被人看穿了。因此及早止住了自己，忙着添酒布菜。隔了些时，再提起长安的时候，她还是轻描淡写的把那几句话重复了一遍。她那平扁而尖利的喉咙四面割着人像剃刀片。

长安悄悄的走下楼来，玄色花绣鞋与白丝袜停留在日色昏黄的楼梯上。停了一会，又上去了，一级一级，走进没有光的所在。

十五年前，季泽来向她倾诉爱情的时候，她还有强烈的情感，她还能真心地发怒。现在她已经把她自己正当的情感完全压抑。七巧随随便便撒个谎（“她再抽两筒就下来了”）就断送了女儿终身幸福。她应付童世舫那段真好，她的计谋是成功了，可是她既无愧疚之感，也并不得意。丧失了人的情感，她已经不是人。“……一个小身材的老太婆，脸看不清楚……”这个明确而使读者牢记不忘的意象，正是代表道德的破产，人性的完全丧失。

可是在半夜里，当回顾自己空虚的胜利时，七巧会不会起一点“自怜”之感——觉得这许多年是白活了呢？《金锁记》的结束是一个出神沉思的场面，七巧一辈子生活的空虚完全展现在读者面前了。

> 七巧似睡非睡的横在烟铺上。三十年来她戴着黄金的枷。她用那沉重的枷角劈杀了几个人，没死的也送了半条命。她知道她儿子女儿恨毒了她，她婆家的人恨她，她娘家的人恨她。她摸索着腕上的翠玉镯子，徐徐将那镯子顺着骨瘦如柴的手臂往上推，一直推到腋下。她自己也不能相信她年轻的时候有过滚圆的胳膊。就连出了嫁之后几年，镯子里只塞得进一条洋绉手帕。十八九岁做姑娘的时候，高高挽起了大镶大滚的蓝夏布衫袖，露出一双雪白的手腕，上街买菜去。喜欢她的有肉店里的朝禄，她哥哥的结拜弟兄丁玉根、张少泉，还有沈裁缝的儿子。喜欢她，也许只是喜欢跟她开开玩笑，然而如果她挑中了他们之中的一个，往后日子久了，生了孩子，男人多少对她有点真心。七巧挪了挪头底下的荷叶边小洋枕，凑上脸去揉擦了下，那一面的一滴眼泪她就懒怠去揩拭，由它挂在腮上，渐渐自己干了。

这段描写文字经济，多用具体的意象，在读者眼中可以留下深刻的印象——这实在是小说艺术中的杰作。陀思妥耶夫斯基的《白痴》中纳斯塔西娅死了，苍蝇在她身上飞（明尼苏达大学教授艾伦·退特评《白痴》那篇文章里，就用这个意象作为讨论的中心），这景象够悲惨，对于人生够挖苦的了；但是《金锁记》里这段文章的力量不在陀思妥耶夫斯基之下。套过滚圆胳膊的翠玉镯子，现在顺着骨瘦如柴的手臂往上推——这正表示她的生命的浪费，她的天真之一去不可复返。不论多么铁石心肠的人，自怜自惜的心总是有的；张爱玲充分利用七巧心理上的弱点，达到了令人难忘的效果。翠玉镯子一直推到腋下——读者读到这里，不免有毛发悚然之感；诗和小说里最紧张最伟大的一刹那，常常会使人引起这种恐惧之感。读者不免要想起约翰·邓恩有名的诗句：

> 光亮的发镯绕在骨上。

七巧是特殊文化环境中所产生出来的一个女子。她生命的悲剧，正如亚里士多德所说的，引起我们的恐惧与怜悯；事实上，恐惧多于怜悯。张爱玲正视心理的事实，而且她在情感上把握住了中国历史上那一个时代。她对于那时代的人情风俗的正确了解，不单是自然主义客观描写的成功；她于认识之外，更有强烈的情感——她感觉到那时代的可爱与可怕。张爱玲喜欢描写旧时上流阶级的没落，她的情感一方面是因害怕而惊退，一方面是多少有点留恋——这种情感表达得最强烈的是在《金锁记》里。一个出身不高的女子，尽管她自己不乐意，投身于上流社会的礼仪与罪恶之中；最后她却成为上流社会最腐化的典型人物。七巧是她社会环境的产物，可是更重要的，她是她自己各种巴望、考虑、情感的奴隶。张爱玲兼顾到七巧的性格和社会，使她的一生更禁得起我们道德性的玩味。

七巧和女儿长安之间的紧张关系以及冲突，最能显出《金锁记》的悲剧力量。张爱玲另外几篇小说的感情力量，也得力于对“亲子”关系的描写。一个大小说家当以人的全部心理活动为研究的对象，不可简单地抓住一点爱或是一点恨，就可满足。这一点，张爱玲是做到了的。在长安——这个中国旧家庭制度下的悲剧人物——的青春时期，爱与恨有多方面的而且常常是畸形的表现，张爱玲都能恰到好处地写出来。假如我们说，她把她自己不快乐的童年生活反映并转化在这几段文章里面，也许不算妄加猜测吧。

《茉莉香片》是另一篇动人的故事，里面的人物可能影射作者柔弱的弟弟。题材是年轻人找寻自己真正的父亲，当代世界许多大小说家都曾写过这样的故事。聂传庆是二十岁的青年，身体瘦弱，看上去似乎有点老态。抗日战争发生后，他跟着他抽大烟的父亲和后母，从上海来到香港，现在香港一家大学里读书。他认识了一个活泼可爱的同学言丹朱，教授的女儿。她之所以喜欢和他接近，主要是因为他沉默害羞，不像别的男同学那样粗野。聂传庆妒忌她的美，也妒忌她的幸福，心里并不高兴。

一天下午，传庆和她在公共汽车上闲谈，谈起了她父亲的名字。这个名字好像很熟。回到家里，他同父亲和后母说了几句话，心里很不痛快，索性把自己关在房里，想这名字。他记得清清楚楚，他小时候曾经翻到过一本杂志，上面题着这几个字："碧落女史清玩，言子夜赠。"碧落是他母亲的名字。

这本旧杂志当然是找不到了，但是母亲还有一张（唯一的）照片留在世上。那是她在结婚之前照的，脸上表情很是忧郁，他现在悟出道理来了。母亲死的时候，他才四岁，他也想不起她的模样来。可是他听见过许多流言，从他后母那里，从用人那里。他现在仔细一想，他开始知道他母亲曾经有过怎么样的悲剧，原来言子夜是他母亲生平唯一爱人。他做过她的家庭教师，他也正式托人求婚。他家虽然也算富有，可是到底是做生意的，配不上官宦之家，求婚也就没有求成。后来言子夜就出洋留学，他母亲也嫁到聂家来了。

> 关于碧落的嫁后生涯，传庆可不敢揣想。她不是笼子里的鸟。笼子里的鸟，开了笼，还会飞出来。她是绣在屏风上的鸟——悒郁的紫色缎子屏风上，织金云朵里的一只白鸟。年深月久了，羽毛暗了，霉了，给虫蛀了，死也还死在屏风上。
>
> 她死了，她完了，可是还有传庆呢？凭什么传庆要受这个罪？碧落嫁到聂家来，至少是清醒的牺牲。传庆生在聂家，可是一点选择的权利也没有。屏风上又添了一只鸟，打死他也不能飞下屏风去。他跟着他父亲二十年，已经给制造成了一个精神上的残废，即使给了他自由，他也跑不了。

跑不了！跑不了！索性完全没有避免的希望，倒也死心塌地了。但是他现在初次把所有的零星的传闻与揣测，聚集在一起，拼凑成一个故事，他方才知道：二十多年前，他还没有出世的时候，他有脱逃的希望。他的母亲有嫁给言子夜的可能性，差一点，他就是言子夜的孩子，言丹朱的哥哥。也许他就是言丹朱。有了他，就没有她。

传庆和丹朱一同上言子夜教授中国文学的课。他愈是崇拜这位教授，愈是恨教授的女儿。教授问他一个问题，他嗫嗫嚅嚅答不上来，终于哭起来了。班上同学都笑他，丹朱也跟着笑。教授"生平最恨人哭"，厉声把他赶出教室。

那天晚上恰巧举行庆祝圣诞舞会。他父亲替他买了票，传庆只好去参加。可是他没有去，他只是一个人在山上走个不停。（学校就在那山上。）跳舞快完的时候，他向学校走去，遇见了丹朱和别的同学。丹朱请他陪她步行回家。晚上冷而有风，丹朱替她的父亲道歉："言教授在课堂上是太凶了一点。"丹朱诚恳的态度似乎使她看来特别美丽。

以后的事，最好把全文录下。这是全篇小说的高潮。传庆心里郁积的火气全发泄出来了，他的野蛮残暴可以和陀思妥耶夫斯基《地下室手记》里的主角拒绝一个善心的妓女相比。传庆不需要丹朱那种同情；即使她愿意把她那一种正常健全的爱情送给他，他也不要。他认为她的父亲应该是他的，她霸占了他的父亲，剥夺了他应有的幸福；他既恨且妒，他要报复——完全不合理的报复。假使不能报复，他所需要的爱也不是丹朱所能了解的爱；他要把自己的姓氏连他过去的生活一笔勾销，他要把全部的生命贡献给他的爱人。丹朱半哄半同情的态度，逼得他说出下面的一段话来：“丹朱，如果你同别人相爱着，对于他，你不过是一个爱人。可是对于我，你不单是一个爱人，你是一个创造者，一个父亲，母亲，一个新的环境、新的天地。你是过去与未来。你是神。”

传庆这段话，丹朱当然听不懂，但是丹朱愿意帮助他，这使得他火气更大。他很快地沿着小径走下山去，她想追上他。

> 他的自私，他的无礼，他的不近人情处，她都原宥了他，因为他爱她。连这样一个怪僻的人也爱着她——那满足了她的虚荣心。丹朱是一个善女人，但是她终究是一个女人。
>
> 他已经走得很远了，然而她毕竟追上了他，一路喊着：“传庆！你等一等，等一等！”传庆只做不听见。她追到了他的身边，一时又觉得千头万绪，无从说起。她一面喘着气，一面道：“你告诉我……你告诉我……”传庆从牙齿缝里迸出几句话来道：“告诉你，我要你死！有了你，就没有我。有了我，就没有你，懂不懂？”
>
> 他用一只手臂紧紧挟住她的双肩，另一只手就将她的头拼命地向下按，似乎要她的头缩回到腔子里去。她根本不该生到这世上来，他要她回去。他不知从哪儿来的蛮力，不过

他的手脚还是不够利落。她没有叫出声来，可是挣扎着，两人一同骨碌碌顺着石阶滚下去。传庆爬起身来，抬腿就向地下的人一阵子踢。一面踢，一面嘴里流水似的咒骂着。话说得太快了，连他自己也听不清，大概似乎是：“你就看准了我是个烂好人！半夜里，单身和我在山上……换了一个人，你就不那么放心罢？你就看准了我不会吻你，打你，杀你，是不是？聂传庆——不要紧的！‘不要紧，传庆可以送我回家去！’……你就看准了我！”

第一脚踢上去，她低低的嗳唷了一声，从此就没有声音了。他不能不再狠狠地踢两脚，怕她还活着。可是，继续踢下去，他也怕。踢到后来，他的腿一阵阵地发软发麻。在双重的恐怖的冲突下，他终于丢下了她，往山下跑。身子就像在梦魇中似的，腾云驾雾，脚不点地，只看见月光里一层层的石阶，在眼前兔起鹘落。

跑了一大段路，他突然停住了。黑山里一个人也没有——除了他和丹朱。两个人隔了七八十码远，可是他恍惚，可以听见她咻咻的艰难的呼吸声。在这一刹那间，他与她心灵相通。他知道她没有死。知道又怎样，有这胆量再回去，结果了她？

他静静站着，不过两三秒钟，可是他以为是两三个钟点。他又往下跑去。这一次，他一停也不停，一直奔到了山下的汽车道，有车的地方。

家里冷极了，白粉墙也冻得发了青。传庆的房间里没有火炉，空气冷得使人呼吸间鼻子发酸。然而窗子并没有开，长久没开了，屋子里闻得见灰尘与头发的油腻的气味。

传庆脸朝下躺在床上。他听见隔壁父亲对他后母说："这孩子渐渐的心野了。跳舞跳得这么晚才回来！"他后母道："看这样子，该给他娶房媳妇了。"

传庆的眼泪直淌下来。嘴部掣动了一下，仿佛想笑，可是动弹不得，脸上像冻上了一层冰壳子。身上也像冻上了一层冰壳子。

丹朱没有死。隔两天开学了，他还得在学校里见到她，他跑不了。

小说就这样结束了。传庆狂暴地虐待丹朱，把他生命的空虚全暴露出来了。传庆的性格是阴郁的、别扭的、女性化的；他有高度敏锐的感觉；他的生活是不幸的；他要寻求自我的本来面目；他要反抗他所不中意的家庭环境，可是他的怒气毫无力量；他对于小资产阶级的幸福生活既嫉妒又鄙视——这样一个青年人的故事，近代好几位欧洲小说家都写过。但是张爱玲笔下的聂传庆是中国旧社会衰颓中的人物。他不是乔伊斯所创造的斯蒂芬·迪达勒斯，也不是托马斯·曼所创造的托尼奥·克鲁格尔；聂传庆的病态比那几个典型的欧洲青年更要厉害。在乔伊斯的小说里，迪达勒斯还可以想到他可以同希腊神话里的迪达勒斯那样远远飞走。

聂传庆只是负起他亡母的十字架，躲在自己房里自怨自艾，出走的念头，一点也没有；他最后的狂暴，更足以证实他的无能为力。“绣在屏风上的鸟……霉了，给虫蛀了，死也还死在屏风上”——这是中国式的象征，也充分表示聂传庆和迪达勒斯等人之间的不同。“他跑不了”，他冰冻地躺在床上，他已经听到他父亲和后母在替他准备“娶房媳妇”。可是最后他总算得意洋洋地表现了一下“威力”，他那时候的心灵总算超越了平日懦弱的感伤。读者在这里又遇到了恐怖——恐怖手段本来是弱者拼命要恢复自信心时，支撑自己灵魂的法宝。在《茉莉香片》里和在《金锁记》里一样，张爱玲充分运用了她的文字技巧，运用了她对于历史文化的认识和她对于善恶的直觉。

四

在前面一节里，我们所讨论的是她作品里的悲剧性。事实上她怎样成为悲剧作家，她恐怕自己也不知道。她的短篇小说大部分都带一点喜剧和讽刺的意味。我们日常生活里总有种种可资笑谑的庸俗言行；为了要保持我们生活的正常，我们常常不得不牺牲理想，迁就现实。这种矛盾可笑的事是最能吸引张爱玲的注意的。《金锁记》里七巧的为人，前后一贯，这在张爱玲的世界里，可以说是独一无二的人物。她的另外那些角色，大多得使出他们渺小的力量，在浪漫的梦想和逼人而来的悲剧之间，找出一条出路。他们虽然是些可笑的人物，但是他们仍旧是悲哀的：人生本来就很少完全无缺的幸福；你要调整生活，适应环境，你的勇气自然会消失，你的理想也会幻灭。在《封锁》这篇小说里，一位会计师和一位大学英文女助教在停止不动的电车里攀谈起来，两人越谈越投机——会计师讲起他的太太怎样没有头脑，他的孩子又多么多，他又多么不快乐；女助教本来过了一辈子平凡的生活，现在多少期待着一点浪漫的刺激了。可是封锁一解除，会计师立刻离她而去，消失于人丛之中。“电车里点上了灯，她一睁眼，望见他遥遥坐在他原先的位子上。她震了一震——原来他没有下车去！她明白他的意思了：封锁期间的一切，等于没有发生。整个的上海打了个盹，做了个不近情理的梦。”

《倾城之恋》是篇相当长的小说，讲的是一个二十八岁的离过婚的女人，和一个三十二岁的花花公子在战争艰难的环境下，发现两人谁也离不了谁，最后大家结婚了事。“他不过是一个自私的男子，她不过是一个自私的女人。在这兵荒马乱的时代，个人主义者是无处容身的，可是总有地方容得下一对平凡的夫妻。”张爱玲描写他们恋爱的经过很是细腻，最后他们虽然不能有什么甜蜜的欢乐，却多少有点真正的（即使是平凡的）幸福。与其做难以实现的美梦，不如享受一点夫妻之乐吧。

对于普通人的错误弱点，张爱玲有极大的容忍。她从不拉起清教徒的长脸来责人为善，她的同情心是无所不包的。一般讽刺作家看见世界上的人不肯正正当当老老实实地做人，激于义愤，所以笔下刻薄。可是中国近代一些政治兴趣过浓的讽刺作家，对于道德问题并无充分的认识，他们的讽刺只是歇斯底里式地发泄一股怨气而已。张爱玲并不标榜什么主义，可是这并不是说她的道德观念较那些教条派作家的为弱。她深深知道人总是人，一切虚张声势的姿态总归无用。她所记录下来的小人物，不可避免会做些有失高贵的事情；这些小故事读来叫人悲哀，不由得使人对于道德问题加以思索。张爱玲是个彻底的悲观主义者，可是同时又是一个活泼的讽刺作家，记录近代中国都市生活的一个忠实而又宽厚的历史家。她同简·奥斯汀一样，态度诚挚，可是又能冷眼旁观；随意嘲弄，都成妙文。这种成就恐怕得归功于她们严肃而悲剧式的人生观。

张爱玲作品中真正能算喜剧的并不多。她不像钱锺书那样对于人类有一种“理智的鄙视”；她对于怪人怪事，也并没有由衷的爱好，因此她的作品很难叫人捧腹。只有在《鸿鸾禧》《琉璃瓦》和最近的那篇《五四遗事》中，她的态度才比较轻松。那几篇小说的题材都是民国时期青年人的人性风俗。那几篇小说的故事虽然迹近滑稽，但是作者的目的是要研究一个更大的问题：人类的兽性如何不得不适应风俗习惯。我们这个社会是个过渡社会，构成的因素很复杂而常常互相矛盾，张爱玲的小说是这个社会的写照，同时又是人性爱好虚荣的写照：在最令人觉得意外的场合，人忽然露出他的骄傲，或者忽然生出了恶念。

因此，张爱玲的讽刺并不惩恶劝善，它只是她的悲剧人生观的补充。人生的愚妄是她的题材，可是对于一般人正当的要求——适当限度内的追求名利和幸福，她是宽容的，或者甚至可以说是赞同的。这种态度使得她小说的内容更为丰富——表面上是幽默的写实的描写，骨子里却带一点契诃夫的苦味。在《留情》《等》《桂花蒸　阿小悲秋》几篇小说里，我们可以看到一方面是隽永的讽刺，一方面是压抑了的悲哀。这两种性质巧妙融合，使得这些小说都有一种“苍凉”之感。《桂花蒸 阿小悲秋》尤其令人感动。这是一个在上海洋人家里工作的阿妈一天里的故事。阿小是个纯朴拘谨而又爱家的乡下女人，她一生只希望她的小儿子出头；同她对比的是那个无情、放荡而又吝啬的洋主人。这个女人——她的骄傲，她的贫穷，她去侍候她所不齿的洋人的无可奈何，这些将永远留在读者的印象里。

（夏济安　译）

白先勇早期的短篇小说

一

白先勇的第一篇小说《金大奶奶》发表在一九五八年九月号的《文学杂志》上，那时他刚念完大学一年级。以后十年多，到一九六九年正月为止，他发表了二十四个短篇。同一时期，他创办了《现代文学》；以台大外文系学士的身份，在美国爱荷华大学从事小说理论和创作的研究；拿到硕士学位后，一直在加州大学圣塔芭芭拉分校任教中国语文的课程。

白先勇小说的一大半，杂志一到手我就读了。最近有机会把手边有的二十四篇重读了一遍，更肯定了我四五年来一向有的感觉：白先勇是当代短篇小说家中少见的奇才。台湾不少比他享誉更隆、创作更丰的小说家，很惭愧我都没有机会详读，假如他们的“才”比白先勇更高，“质”更精，我当然会更高兴，为文坛庆幸。但从五四运动到一九四九年以前这一段时期的短篇小说我倒读了不少：我觉得在艺术成就上可和白先勇后期小说相比或超越他的成就的，从鲁迅到张爱玲也不过五六人。白先勇才三十二岁，还没有写过长篇，凭他的才华和努力，将来应在中国文学史上占一个重要的地位。

专攻西洋文学的学者，花好多年工夫研读了二十世纪早期的大文豪，总觉得中国当代最严肃的作家也逃不出他们影响的范围，不值得重视。事实上，这些大文豪都已物故了，当代英美和日本的作家也逃不出他们影响的范围。在港台地区和海外用中文努力创作的人，虽然人数不多，可说跟他们属于同一世界性的传统，在文艺教养上也并不逊于他们：不像新文学初创立的一二十年，一方面得运用新工具——白话——来写作，一方面刚学了些西洋文学的皮毛，还顾不到技巧的研究，一大半人写出来的东西，都非常幼稚。

白先勇这一代的作家，不仅接受了二十世纪大文豪所制造的传统，而且向往于中国固有文化，对其光明的前途也抱着坚定的信心。他们并没有机械地接受学校里老师的教诲，凭自己童年的回忆，凭自己同长一辈人谈话间，或攻读古诗文时所悟会到中国往日的规模和气派（当然也能悟会到一些丑恶的方面），一种油然而生的爱国热诚占据了他们的心胸。这种爱国热诚在他们作品里表现出来，常带一种低回凭吊的味道，可能不够慷慨激昂，但其真实性却是无可否定的。

相反，在欧美日本诸国家，一般自命先进的青年所企求的是西方文明的毁灭（包括基督教和资本主义，二者之间的密切关系我在这里不想讨论），正像二十世纪二三十年代中国先进青年企图毁灭中国固有文化一样。叶芝、艾略特、乔伊斯、劳伦斯、福克纳（以英美大师为例），在西方先进青年看来，都是十足的顽固分子，因为他们都是基督教文明的支持人，尽管他们之中有人对某些教条抱否定的态度。而目前青年所向往的新社会，却是摆脱基督教束缚后的一种社会：把马克思、弗洛伊德思想杂糅成一种新思想体系的马尔库塞，深受他们爱戴不是没有道理的。白先勇这一代作家则与上一辈青年不同，他们对祖国的热爱养成他们一种尊重传统、保守的气质，同时他们在表达现实方面，力创新境，二十世纪早期大师所试用的技巧，可以运用的尽量运用，不管报章的非议和一般懒惰读者的不耐烦。他们这种一方面求真，一方面把自己看作中国固有文化的继承人、发扬人的态度贯穿着二十世纪文艺的真精神，而这种精神，在年轻一辈西方作家中反而不易见到。

二

在《谪仙记》《游园惊梦》两本短篇集子里，白先勇所重印的早期小说只有四篇：《我们看菊花去》《玉卿嫂》《寂寞的十七岁》《那晚的月光》，余者都是到美国后才写的。后期的作品无疑较早期的成熟：作者西洋小说研读得多了，阅历广了，对中国和中国人的看法更深入了，尤其从《永远的尹雪艳》到《那片血一般红的杜鹃花》那七篇总名《台北人》的小说，篇篇结构精致，文字洗练，人物生动，观察深入，奠定了白先勇今日众口交誉的地位。在这些小说和好多篇以纽约市为背景的小说里，作者以客观小说家的身份，刻画些与他本人面目迥异的人物。他交代他们的身世，记载他们在当地住定后的一些生活片段，同时也让我们看到了二十年来海内外中国人的精神面貌。《台北人》甚至可以说是部民国史，因为《梁父吟》中的主角在辛亥革命时就有一度显赫的历史。艾略特曾说过，一个现代诗人，过了二十五岁，如想继续写诗，非有一种“历史感”不可，白先勇也是在二十五岁前后（到美国以后），被一种“历史感”所占有，一变早期比较注重个人好恶，偏爱刻画精神面貌上和作者相近似的人物的作风。白先勇肯接受这种“客观”的训练，而且有优异成绩的表现，表示他已具有创作伟大长篇小说的条件。我想他不可能停留在目前这种客观阶段上而满足；可能他已在写长篇，而我们可以预测在这个长篇中，早期小说的“主观”成分和近年小说的“客观”成分一定会占同样的重要性：每一部伟大长篇可说都是一种“主观”境界和“客观”现实融合成一体而不再分化的东西。事实上，在他近年的小说中，“主观”成分依旧存在，欧阳子女士说得好，读它们时，“我们好像能够隐约听见他的心声”。

白先勇早期小说可分两类：一类是或多或少凭借自己切身经验改头换面写成的小说：《金大奶奶》《我们看菊花去》《玉卿嫂》《寂寞的十七岁》。这些小说在形式上都是第一人称的叙述，但讲故事的人同后期小说《谪仙记》里的“我”不同，多少表露出作者童年、少年时代的自己。《金大奶奶》《玉卿嫂》里的“我”，别人都叫他“容哥儿”，显然是作者自己的化身，虽然金大奶奶和玉卿嫂悲剧的故事，已经作者提炼过，不一定完全依据当年所记忆的事实。《我们看菊花去》里被送进神经病院的姊姊，可能是虚构的人物，但这种深挚的姊弟之爱，我想有自传性的基础，在作者别的小说里也能见到。同时这篇小说的创作可能也受到威廉斯名剧《玻璃动物园》的启示。白先勇对威廉斯似乎有偏好（别的小说里他曾提到《欲望号街车》和《漂泊者》这两部电影)，可能因为他们对于畸形的小人物有同样的兴趣和同情。

白先勇抗战期间住在桂林，家里有很大的花园。(“我爸那时在外面打日本鬼，蛮有点名气”——《玉卿嫂》。)抗战胜利后，他住在上海附近虹桥镇，可能也住过南京，在读高中时，已迁居台北。我同白先勇虽然见过几次面，通过不少信，但从未谈及他的家世和私人生活，但从他作品上的推测，我们可以知道他早年的一些经历。

白先勇早期小说的第二类，幻想的成分较重，最显著的例子是《青春》，叙述一个老画家在白日当空的海边上，企图在绘画一个裸体少男的过程中，抓回自己已失去的青春。最后他想掐死那少年，因为那少年的每一举动，对他都是“一种引诱，含了挑逗的敌意”，最后少年“跳到水中，往海湾外游去”，而老画家自己却“干毙在岩石上”，“手里紧抓着一个晒得枯白的死螃蟹”。这篇小说可说完全是寓言，题材和主题多少受了托马斯·曼中篇小说《死于威尼斯》的影响。幻想成分很重的另一篇是《月梦》，叙述一位老医生在无法救活一个肺炎少年的前后，对过往一段宝贵经验的追忆。此外，《闷雷》《黑虹》《小阳春》《藏在裤袋里的手》也多少是幻想的产物：它们的人物有其社会的真实性，但他们的举止、脾气都有些别扭乖张，不像《台北人》的人物，那是几笔素描即能活现纸上的真人。作者有意创造自己主观想象所认为更具真实性的成人世界，而这里面的“畸人”都有这个特征：一方面逃避现实，厌恶现实，一方面拼命想“抓”住（“抓”“扯”这类字在白先勇小说里经常出现）现实，在梦幻里，在自卑的或强暴的举动中去找它。他们大半在黄昏、月夜开始他们的活动。（《黑虹》的女主角耿素棠走遍了台北市，从中山桥头一直走到碧潭。）作者描写黄昏、月夜的气氛特别卖力，无疑地，只有在这种气氛中他的人物才能显出其真实性。《那晚的月光》（原名《毕业》，对刚离开大学的作者，毕业后的出路无疑是切身问题）是部介于第一、第二类之间的小说。大三学生李飞云在“太美”的月光之下，糊里糊涂地爱上了余燕翼。她现在“面色蜡黄”，大了肚子，他自己即将毕业，前途茫茫；月光下梦幻似的真实带给他的是他厌恶而不得不关注的现实。他安慰她，要带她“去看新生的鸳鸯梦”，事实上他们的鸳鸯春梦，双宿双飞的日子已无法抓回了。

写早期小说时，白先勇一直在技巧上用功夫，但功候未到，有时不免显露模仿的痕迹。但有时借用现成的故事，别出心裁，很值得我们赞赏。《闷雷》显然是潘金莲、武大、武松故事的重写。潘金莲雪夜向武松调情一节，改写得特别好。《金大奶奶》中的主角是位矮胖的“老太婆”，在金大先生把“上海唱戏的女人”带回家办喜事的那晚上，服“来沙尔”药水自杀。写这两段情节的对照，作者可能借用《红楼梦》九十八回“苦绛珠魂归离恨天”的写法，正因为金大奶奶一点也不像林黛玉，更显得她被人欺虐无告身世的可怜。

早期这两类小说同样对性爱冲动的表现表示出强大的兴趣，

而这种冲动的表现，在世俗眼光看来，可能是不太正常的。《月梦》的老医生回忆中重游涌翠湖，他和他的伴侣一起游泳。涌翠湖这个名字这样美丽，多读了时下流行的小说，我们一定可以想象在湖畔散步的是一对俊男美女。但老医生回忆中的伴侣却是：

> 一个十五六岁的少年，身子很纤细，皮肤白皙，月光照在他的背上，微微的反出青白的光来，衬在墨绿的湖水上，像只天鹅的影子，围着一丛冒上湖面上的水草，悠悠的打着圈子。

那时老医生比他大不了几岁，对他“竟起了一阵说不出的怜爱……他不知不觉地把那个纤细的少年拥到了怀里，一阵强烈的感觉，刺得他的胸口都发疼了”。但少年当晚就染上了肺炎，不治身亡。在他伴侣的记忆中，“湖边的依偎，变成了唯一的也是最后的一次”。“他后来无论同任何女人发生肌肤的接触时，竟觉得如同野狗的苟合一般，好丑恶，好烦腻。”在印度当随军医生的时候，有一次他被同伴带进了一间下等妓院。半夜醒来时，月光照着那妓女：“她张着嘴，龇着一口白牙在打呼，全身都是黑得发亮的，两个软蠕蠕的奶子却垂到了他的胸上，他闻到了她胳肢窝和头发里发出来的汗臭。当他摸到勾在他颈子上那条乌油油蛇一般的手臂时，陡然间全身都紧抽起来，一连打了几个寒噤，急忙挣扎着爬起来，发了狂似的逃出妓院，跑到河边的草地上，趴着颤抖起来。”

在白先勇早期小说中，这种男性美和女性丑恶强烈对比的描写，到处可以见到。不独男主角有同性恋的倾向，那些作者寄予同情的女主角，也同样对女人的身体表示憎恶，对她们做妻子、母亲本分应做的事，表示强烈的反感。耿素棠在圆环一带见到一个胖女人，“将一个白白胖胖的大奶子塞进婴孩嘴里去，婴孩马上停止了哭声”：

> 耿素棠……心里突然起了一阵说不出的腻烦。她记着头一次喂大毛吃奶时，打开衣服，简直不敢低头去看，她只觉得有一个暖暖的小嘴巴在啃着她的身体，拼命的吸，拼命的抽，吸得她全身都发疼。乳房上被啮得青一块，紫一块，有时奶头被咬破了，发了炎，肿得核桃那么大。一只只张牙舞爪的小手，一个个红得可怕的小嘴巴，拉、扯，把她两个乳房硬生生的拉得快垂到肚子上来——大毛啃完，轮到二毛，现在又轮到小毛来了。

初生的婴孩是没有牙的，不可能把奶头咬破，孩子的小手可以“舞爪”而不可能“张牙”（除非“牙”在这里是“爪”的代名词），小嘴巴无力也不可能恶意地把母亲的乳房“拉得快垂到肚子上来”。在这一段过火的描写里，很显然地，作者已把自己男性的洁癖交给他的女主角，使她无法感到小嘴巴吮奶时她应有的生理上的快感，而只能对任何拉扯性的本能行动感到一种无上的反感。

《青春》里的少男和《月梦》老医生记忆中那位夭亡的伴侣生得一样美丽。但正因为他代表一种理想，他充满了“青春的活力”，行动非常矫捷，不像其他早期小说中的青年，不免在精神上、身体上带些病态。老画家面对这位可望而不可抓的模特儿，两次低声叫道：“赤裸的 Adonis！”阿多尼斯，这位希腊神话中带女性气质的美少年，读英国文学的人没有不知道的：雪莱悼亡济慈的诗即题名“Adonais”。莎士比亚叙事诗《维纳斯和阿多尼斯》里的阿多尼斯是位未解风情的少年，爱神维纳斯苦苦向他求爱，他都无动于衷，一心只爱打猎，结果被一头野猪伤害了性命。悲悼莫名的维纳斯觉得有“沉鱼落雁”之貌的阿多尼斯，即是野猪也一定要亲他，爱他，只是它举止粗笨，要吻他腰部的时候，不防一双长牙把他抵死了。维纳斯叹道：

> “我若有他那样的牙，或得承认，
> 我早已用一吻就会把他杀害，
> 不过他已死了，他不曾用他的青春和
> 我缱绻；只怪我的命太坏。”
> 说完这话她立即晕倒在地，
> 脸上染上他的淤凝的血迹。

白先勇在台大四年，《阿多尼斯》这首名诗是一定读过的。

《维纳斯和阿多尼斯》是否读过我不敢肯定。(据闻选修“莎士比亚”这门课的学生，一学年读不到四五种剧本。)但无疑，阿多尼斯是他早期小说中一个最重要的原型。这个原型有同性恋的倾向，所以不解风情也不耐烦女性的纠缠，但即使他并非同性恋者，他也挡不住爱神维纳斯的侵略式的攻势，他会枯萎下去（像希腊神话中的另一位美少年提托诺斯一样）或被她的长牙抵死。在阿多尼斯的世界中，爱与死是分不开的，或者可以说每一个追逐他的女人，自命是多情的维纳斯，但揭开真面目，却是利牙伤人的野猪。和阿多尼斯型少年外表上迥异而本质上有相似处的是侏儒式干枯了的男人(《闷雷》中的丈夫)，他们或因先天不足，或因幼年期离不了母亲、奶妈、女仆们的包围，养成了甘受女性支配、折磨的习惯。他们可能是同性恋者，但从未经过同性恋的考验，终生想在异性那里得到幼年时在母亲或奶妈怀里那种安全感。《藏在裤袋里的手》中的吕仲卿是这一类典型里最显著的例子，他比他太太玫宝“还要短半截，一身瘦得皮包骨，眉眼嘴角总是那么低垂着”。玫宝根本不当他人看待，但他竟能在她的辱骂冷待中得到些满足。他畏惧女人——“一个痴白肥大的女人臀部”对他是个恐怖的象征——但离不了女人，因为他永远是他姆妈的独生子。

《玉卿嫂》是白先勇早期小说中最长也是最好的一篇。欧阳子觉得它结构“比较松散……好像作者有太多话要说，有点控制不了自己似的”。叶维廉在《游园惊梦》的《代序》上也作了相类似的批评。《玉卿嫂》技巧上不如后期小说洗练，但不要忘记，故事中的容哥儿才是小学四年级的学生，一位从小任性娇养惯，看白戏，吃零食，晚上溜出门，除了母亲外不怕任何人的大少爷。他虽然在讲玉卿嫂的故事，但他兴趣太广，注意力不可能集中，而作者正利用这个弱点，不特把容哥儿的个性详尽地衬托出来，而许多看来不重要的细节，在故事的发展中自有其重要性。容哥儿讲这个故事，自然是在玉卿嫂死掉之后，至少隔一两个月，甚至一两年，但他还是个不懂事的小孩，口气完全不像成年人。他对男女间冤孽式的爱情还不甚了解，他觉得它很好玩、奇怪，而且笼罩着一种噩梦式的恐怖。他故事交代得很清楚，但不知道自己也是促成这段孽缘悲剧下场的关键人物。

在《玉卿嫂》里，白先勇并没有像不少欧美现代小说家一样，根据一个神话、一首古老的诗篇刻意重写，玉卿嫂长得很俏，但她是抗战时期旧式社会里的孤孀，当然没有希腊爱神那样无拘束的自由。她死心塌地爱上了比她年轻不少的庆生，但当她发觉她抓不住他的心的时候，她自己化身为野猪，把他杀死，再结果了自己。（根据神话，野猪是爱神情夫战神阿瑞斯或阿波罗的化身。）阿多尼斯和庆生相像之点较多：二人都是孤零无靠，无丈夫气而富女性美的男子。阿多尼斯是一位国王和他亲生女儿乱伦的结晶，一落地即被阿佛洛狄忒（即维纳斯）藏在箱子内占为己有，后来被地府王后珀尔塞福涅发现，她也爱上了他，两位女神争夺这位少年，反而送了他的性命。庆生的身世不大清楚，但他身患痨疾，不能自立，虽非乱伦的结晶，也表示他遗传上有欠缺，或是不健全的旧式社会的产物。他一直被玉卿嫂贴钱养着，待在死弄堂里一间“矮趴趴”的屋子里（维纳斯的箱子）。他和玉卿嫂姊弟相称，他们真正的关系，瞒了容哥儿好久。维纳斯虽然是阿多尼斯的情人，但从小把他照顾大，也可算是他的母亲、保姆，或长姊。

玉卿嫂是深深值得我们同情的女人，她克勤克俭，把所积蓄的钱，给庆生养病，指望迟早有同他结婚的一日，这样自立门面，即使服侍他一辈子，也是一种满足，一种快乐。她为人很规矩，从不同男仆们调笑，也绝对不考虑同东家乡下有田地的远亲满叔结婚。但正因为她人这样好，爱情这样专一，她这种自己不能克制的占有欲狂的表现更显出其恐怖性。而这种占有欲狂，在作者看来，是性爱中潜在的成分，在必要时一定会爆发的。

在玉卿嫂的悲剧里，容哥儿也是个吃重的人物：假如他不常带庆生去看戏，庆生不会认识这位旦角金燕飞；假如他不报告玉卿嫂庆生和金燕飞幽会的情形，她也不会动了杀机。最主要的，容哥儿虽很喜欢玉卿嫂，因为她生得体面，百事顺他，但显然庆生对他的吸引力更大：前者不过是个女仆，后者是个自己想搭配的淘伴。容哥儿才十岁，不解风情，更不懂什么叫同性恋，但下意识中他觉得同庆生在一起，更好玩，更有意思，想同他亲热。玉卿嫂不是作者一向最厌恶的大奶肥臀的女人，她和庆生都长得眉清目秀，有“水葱似的鼻子”，像一对亲姊弟，但容哥儿不喜欢玉卿嫂额上的额纹，“恨不得用手把她的额头用力磨一磨，将那几条皱纹敉平去”。相反地，他对庆生“嘴唇上留了一撮淡青的须毛毛”，却特别醉心，“看起来好细致，好柔软，一根一根，全是乖乖地倒向两旁，很逗人爱，嫩相得很”。他和庆生初会的第二天，一放学就跑去找他，瞒了母亲，也不关照玉卿嫂，请他去看戏吃面。走进屋子，庆生在睡午觉：“我一看见他嘴唇上那转柔得发软的青胡须就喜得难耐，我忍不住伸出手去摸了一下他嘴上的软毛毛，一阵痒痒麻麻的感觉刺得我笑了起来，他一个翻身爬了起来，抓住了我的手，两只眼睛一直愣愣发呆，还不知道是怎么回事。‘哈哈，我在耍你的软胡须呢！’我笑着告诉他，突的他的脸又开始红了起来——红、红、红从头脖一直到耳根子去了。”

容哥儿并不可能分析自己喜欢庆生的原因，正同他不了解玉卿嫂对庆生那一股强烈的爱一样。但下意识中，他把玉卿嫂当情敌看待，他不让玉卿嫂一个人去访他的情人——每次跟着一起去，使她没有同庆生亲热的机会，也免得她伤害他。在容哥儿眼里，“不知怎的，玉卿嫂一径想狠狠地管住庆生，好像恨不得拿条绳子把他拴在她裤腰带上，一举一动，她总要牢牢地盯着……我本来一向觉得玉卿嫂的眼睛很俏的，但是当她盯着庆生看时，闪光闪得好厉害，嘴巴闭得紧紧的，却有点怕人了”。

大除夕，容哥儿和底下人赌博的当口，玉卿嫂换了盛装，溜出去和庆生团圆了。容哥儿发觉她人不在，已十一点多钟，他一口气在冷风逼人的黑夜，飞跑到庆生屋子的窗口，戳破了窗纸，凭屋内桌上的烛光和床头火盆所发的红光，窥视玉卿嫂和庆生在床上做爱：

> 玉卿嫂的样子好怕人，一脸醉红，两个颧骨上，油亮得快发火了。额头上尽是汗水，把头发浸湿了，一缕缕的贴在上面，她的眼睛半睁着，炯炯发光，嘴巴微微张开，喃喃呐呐说些模糊不清的话。忽然间，玉卿嫂好像发了疯一样，一口咬在庆生的肩膀上来回的撕扯着，一头的长发都跳动起来了。她的手活像两只鹰爪抠在庆生青白的肩上，深深的掐了进去一样。过了一会儿，她忽然又仰起头，两只手扯住了庆生的头发，把庆生的头用力揿到她胸上，好像恨不得要将庆生的头塞进她心口里去似的，庆生两只细长的手臂不停的颤抖着，如同一只受了伤的小兔子，瘫痪在地上，两条细腿直打战，显得十分柔弱无力，当玉卿嫂再次一口咬在他的肩上的时候，他忽然拼命的挣扎了一下用力一滚，趴到床中央，闷着声呻吟起来，玉卿嫂的嘴角上染上了一抹血痕，庆生的左肩上也流着一道殷血，一滴一滴淌在青白的肋上。

这是一段绝好的文字，可能认为小疵的是“模糊”两字，平常我们用这个片语描摹视觉而不是听觉的印象，但整段文章着重容哥儿的视觉印象，作者用这两个字可能是有意的。对容哥儿来说，这段文字描写他目睹人生秘密的一种（启蒙），他第一次看到了性交，正像在小说末了，在一大段和这段前后照顾的文字上，容哥儿看到了死亡的景象，得到另一种启蒙。（除夕那晚，庆生房里“桌子上的蜡烛跳起一朵高高的火焰，一闪一闪的”，他死后，“桌子上的蜡烛只烧剩了半寸长，桌面上流满了一饼饼暗黄的蜡泪，烛光已是奄奄一息发着淡蓝的火焰了”。）容哥儿目击的做爱，是一幅老鹰搏击兔子的图画：庆生是“受了重伤的小兔子”，他只有“细腿……打战”“挣扎”“滚”“趴”“呻吟”的份，玉卿嫂完全在侵略者的地位，用她的牙齿“咬”“撕扯”，用她“活像两只鹰爪”似的手“抠”“掐”“扤”“揿”“塞”。（多少个活泼的动词！）她攻击被害者和身体各部分，自己“嘴角上染了一抹血痕”。不管事后她“变得无限温柔”，在做爱的当时，她是一只鹰，一头野兽，痉挛式地、狂暴地实行控制她理智的本能的意志。在白先勇早期小说里，每个阿多尼斯都遭受了女人（维纳斯＋野猪）的侮辱，但正因为玉卿嫂自己是个楚楚可怜的女人，她自己无法控制的行动更增加了她悲剧的深度。在她的故事里，作者用他独特的看法，写照出一个极真实而且和中国旧社会客观情形完全符合的世界。

白先勇偏爱阿多尼斯式的美少年，这是他早期小说中不容置辩的事实。现代欧美作家中，同性恋者多的是。前文所提到的剧作家威廉斯就是其中的一位。托马斯·曼生前有妻室子女，生活很规矩，但如果他对同性恋没有一种切身的体会，可能也写不出《死于威尼斯》这样的杰作。近二三百年来不少作家、艺术家有其精神上、生理上的不同，而因之创造出普通人凭自己的智力想象所不能体会到的人生众相。陀思妥耶夫斯基患癫痫症，这对他个人来说是一桩不幸，但假如他是身心完全健全的人，绝不可能写出他的伟大小说来。我们尽可当它一种病态看待，但这种病态也正是使他对人生、对男女的性爱有独特深刻看法的一个条件。

《寂寞的十七岁》的主角杨云峰，脾气、个性、家庭环境都和《玉卿嫂》里的容哥儿相像，只是年龄大了七岁，而且因为皮肤很白（同学称他“小白脸”“大姑娘”），像庆生一样，已是异性同性攻击的对象。容哥儿用小孩子眼光看成人世界，对任何事不作道德性的判断。但寂寞的杨云峰，心理上毛病一大堆，已开始能接受“犯罪感”的惩罚。深夜一人在新公园被一位中年男人搭上（“他把我的两只手捧了起来，突然放到嘴里用力亲起来。我没有料到他会这样子。我没想到男人跟男人也可以来这一套”），“回家后第一件事情就是到浴室里去照镜子，我以为一定变得认不出来了，我记得有本小说写过有个人做了一件坏事，脸上就刻下一条‘堕落之痕’”。作者虽有意把这段经验当作小说的高潮看待，我们牢记不忘的却是早几天课堂里杨云峰受女生唐爱丽折磨的那一大段。那段文字写得触目惊心，显然主角受女性侵犯时所受的心灵上的震动要比受男性侵犯时强烈得多。

王文兴以为白先勇的小说“是自《上摩天楼去》以后臻于成熟的”（《〈谪仙记〉后记》）。其实白先勇到美国后发表的第一篇小说是《芝加哥之死》(一九六四年一月)，而不是《上摩天楼去》(同年三月)。后者无疑是白先勇“客观”小说的第一篇，前者可说是“主观”小说的最后一篇，虽然形式上是第三人称的叙述。白先勇发表《毕业》后，整两年没有发表一篇东西，《芝加哥之死》在文体上表现的是两年中潜心修读西洋小说后惊人的进步。主角吴汉魂是刚拿博士学位的英文系研究生，他身处异国，苦读了好几年书，心境上要比早期小说中的青年苍老得多。最主要的，吴汉魂虽然努力探索自己的一生，却忘不了祖国，他的命运已和中国的命运戚戚有关，分不开来。这种象征方法的运用和主题命意的扩大，表示白先勇已进入了新的成熟境界。

编后记

最近几年，我花了很大的心力，协助夏师母王洞女士整理完成了五卷本的《夏志清夏济安书信集》。这批书信记录了兄弟二人对志业理想和人生境况的种种感触与体味，让我们可以看到在时代的大历史之外，作为一介文人，他们如何凭借个体的努力，书写了个人的小历史，不断对话现实，增延历史。长期离散的经历使两人有一个共同的志向，那就是在世界文学的舞台上，自觉承担起向世界推广自己、介绍中国文学文化的责任。他们相信文学的力量、人文的力量，更愿意远离时代大潮，做一个边缘人、普通人。对于他们的选择，我们应该予以尊重，毕竟，任何时代、任何社会的精神的赓续、文化的传承，可能更需要像夏氏兄弟这样普通知识分子的“避重就轻”和“纯粹”。也是因为这个缘由，重读夏志清的著作，也就有了别样的况味。夏氏书信提供了特别生动丰富的阅读语境，甚至不少文章、论著的“生产过程”，都在书信中留下了宝贵的记录，让我们也更深切地体会到夏志清著作的人文立场、审美趣味和理论渊源。感谢夏师母的信任，授权给我编选这本文选。所选文章，有的出自专著，更多的是单篇论文，但都构成了夏志清学术世界的有机肌理，从古典到现代，也指涉了夏志清贯通古今、打通中西的学术旨趣。如果读者能尝鼎一脔，甚至由此走进到夏志清丰富的学术世界，那就于愿足矣。

季进

二〇一八年五月十八日